Tinta invisible

JAVIER PEÑA nació en A Coruña en 1979, aunque desde hace más de veinte años vive en Santiago de Compostela, adonde se mudó para estudiar periodismo. Licenciado en Ciencias de la Información por la USC en 2001, ejerció la profesión durante nueve años en la, ahora ya extinta, delegación de *Diario AS* en Galicia. En 2010 se unió al gabinete de la Consellería de Cultura de la Xunta. Durante los siete años siguientes redactó más de mil discursos para conselleiros del gobierno gallego. En 2015, aún en la Xunta, comenzó la escritura de *Infelices*, su primera novela, una obra sobre el fracaso y la tiranía de las expectativas que Blackie Books publicó en 2019. Fue seleccionada entre las mejores novelas del año por medios como la *Cadena Ser*, *Zenda* o *La Voz de Galicia*. Después llegaría *Agnes*, su segunda obra de ficción y la más oscura. Además de novelista, es profesor de escritura creativa. Creó y coordinó el Obradoiro de novela Cidade da Cultura, imparte talleres online de Casa Blackie, y recientemente ha puesto en marcha la Residencia literaria Cidade da Cultura, en la que participan algunos de los jóvenes escritores gallegos más prometedores. Peña regresa ahora con su proyecto más ambicioso y personal, a caballo entre el ensayo literario y las memorias. Un homenaje bellísimo y deslumbrante a las historias de las que estamos hechos y hacia aquellos que las escribieron. Y una carta de amor, honesta y desgarradora, a su padre.

JAVIER PEÑA

Tinta invisible

© diseño e ilustraciones de cubierta: Luis Paadín
© de la fotografía del autor: Ana Carpintero

© del texto: Javier Peña, 2024
© de la edición: Blackie Books S.L.
Calle Església, 4-10
08024, Barcelona
www.blackiebooks.org
info@blackiebooks.org

Maquetación: David Anglès
Impresión: Liberdúplex
Impreso en España

Primera edición en esta colección: marzo de 2025
ISBN: 978-84-10323-30-8
Depósito legal: B 21724-2024

Todos los derechos están reservados.
Queda prohibida la reproducción total o parcial
de este libro por cualquier medio o procedimiento,
comprendidos la reprografía y el tratamiento informático,
la fotocopia o la grabación sin el permiso expreso
de los titulares del copyright.

A mi padre.

I

Introducción

El lector de etiquetas de champú

Cuenta Onetti que contaban que William Somerset Maugham, entonces el escritor mejor pagado del mundo, esperaba disgustado el tren en una estación perdida de la India a mediados de los años 30. La espera era más fastidiosa de lo acostumbrado porque Maugham había olvidado las maletas en un tren anterior. No eran la ropa y sus enseres los que preocupaban al escritor, sino los libros. ¿Cómo haría para soportar tantas horas de espera sin ninguna lectura que echarse a la boca? Rebuscó en sus bolsillos y encontró un viejo contrato. Lo leyó hasta aprendérselo de memoria, pero era del todo insuficiente, así que preguntó al jefe de estación si tenía en su despacho algún libro que prestarle. El hombre le señaló la guía telefónica y Somerset Maugham pasó las horas leyendo los nombres de los vecinos que poseían un teléfono en aquel pueblo perdido. Antes de subirse al vagón que debía llevarlo a su destino, alguien le acercó las maletas extraviadas y le preguntó cómo lo había pasado durante las horas muertas. ¡Horrible!, ¡fatal!, respondió Maugham señalando la guía de teléfonos, ¿cómo es posible que este pueblo tenga tan pocos habitantes?

Esa voracidad lectora, que hace que hasta una guía telefónica de la India parezca corta, me recuerda a mi padre. Una de las imágenes más nítidas que guardo de él en mi cabeza lo dibuja leyendo las etiquetas de los champús en los centros comerciales. Siempre lo perdíamos por los pasillos porque se quedaba leyendo la composición de cuantos productos caían en su mano. Tenía la manía de leer en alto —o al menos en *semialto*, no llegaba a ser propiamente en alto, sino un murmullo, como un pequeño rezo—; las letras parecían tener un poder de atracción invencible sobre él.

Resultaba difícil salir indemne de la visita a mi padre en el hospital en sus últimas semanas de vida. Aunque no lo hablásemos entre nosotros, sabíamos que la siguiente parada era el final, el momento en que la fibrosis limitaría tanto los pulmones que el corazón dejaría de dar abasto. A cada visita lo veía más consumido, parecía que sus brazos se fueran a deshacer como el papel de un libro muy antiguo, como si ya no quedase carne en ellos, solo piel envuelta. Para tratar de animarlo le llevé al hospital mi segunda novela días antes de que saliera a la venta, pero aunque intentó dos veces su lectura, le exigía un esfuerzo que ya no era capaz de hacer. Que el hombre que leía las etiquetas de champú abandonase el libro de su hijo sobre la mesilla indicaba que había llegado el final. Supongo que en su momento los hijos de Somerset Maugham, cuando su padre dejó de leer, concluirían algo semejante a lo que concluimos nosotros aquel día.

Lo más doloroso era que la cabeza de mi padre permanecía intacta, estaba tan lúcido que solo podíamos lamentar que su cuerpo fuera incapaz de seguir acarreando ya su mente. Como aún no habíamos superado la pandemia, las visitas debían hacerse con mascarilla y de uno en uno. En los ratos que pasé a solas con él, charlamos de libros y películas y escritores y personajes, y fue entonces cuando me di cuenta de que él y yo solo sabíamos comunicarnos a través de historias. En los cuarenta y dos años que compartimos, mi padre y yo apenas hablamos directamente sobre lo que sentíamos. Lo que hacíamos era contarnos historias.

En alguna ocasión lamenté no haber tenido una relación más cercana con mi padre —y me quejé en voz alta, o en *semialto* como hacía él leyendo la etiqueta de los champús—. En alguna ocasión creí ser Brick en *La gata sobre el tejado de zinc*, cuando habla con su padre, enfermo de cáncer terminal: Te has gastado un millón de dólares en trastos, ¿acaso te aman?, dice Brick. ¿Para quién crees que los compré?, responde el padre, son tuyos: la casa, el dinero, todo. La réplica del hijo me emociona: ¡Cosas, no quiero cosas!, grita rompiendo todo lo que se le pone por delante.

Mis padres nunca tuvieron un millón de dólares; por no tener, nunca tuvieron ni casa propia, pero siempre me compraron todo lo que les pedí. Me compraron *cosas*, pero yo *no quería cosas*. En uno de sus relatos, Lucia Berlin lo expresa con una belleza desgarradora: «A veces pensaba que si un tigre me arrancaba la mano a dentelladas y yo corría a buscar a mi madre, ella simplemente me soltaría un fajo de billetes en el muñón».

Durante años me convencí de que todo lo que había recibido de mis padres eran cosas. Hasta que en esos últimos días en el hospital entendí que mi padre me había entregado mucho más que billetes en un muñón. Me había dado las historias, la capacidad de escucharlas y disfrutarlas, la capacidad de crearlas. Entonces entendí que estoy hecho de historias. Entendí que si algún día alguien me quita las historias, me desharé como se deshacían los brazos de mi padre, como las páginas de un libro muy antiguo, como si hubiera que atar los pellejos que me envuelven para que no me convierta solo en aire.

Morir solo en el Gran Cañón

Los primeros brotes de este libro asomaron junto a la cama de hospital de mi padre. Diría, a riesgo de caer en la hipérbole, que asomaron en un momento de epifanía personal. Las visitas a un enfermo desahuciado suelen llenarse de palabras para espantar el terror que acompaña al silencio. En una situación así, el silencio recuerda demasiado a la muerte.

Las palabras de mi padre, empujadas por las piedras que tenía entonces por pulmones, se juntaron para narrarme la desaparición de Ambrose Bierce en 1913. Yo conocía bien la historia, Bierce era uno de sus escritores predilectos; un hombre irritante que había acumulado enemigos a base de críticas del tipo «lo único que puedo decir de este libro es que sus tapas están demasiado alejadas la una de la otra». Pasada la setentena, Bierce envió una carta a sus conocidos anunciándoles que viajaría a México para vivir en primera persona la revolución de Zapata. Está documentado que el escritor se desplazó hasta el sur de los Estados Unidos. Luego se desvaneció. Hubo quien juró haber visto a un gringo viejo combatir en las filas del ejército de Pancho Villa en la batalla de Ojinaga. Otros aseguraron que en realidad se había encaminado a algún lugar del Gran Cañón para morir solo. Mi padre me contó, con las costillas emergiendo de su pijama hospitalario, que Bierce había prometido que nadie encontraría sus huesos y cumplió su palabra.

Me pregunté por qué mi padre había elegido aquella historia en aquel preciso momento. ¿Acaso sentía, como Ambrose Bierce, que había llegado la hora de enfilar el camino solitario hacia el Gran Cañón? ¿O era únicamente que no sabía hablar de otra manera con su hijo? Recordé que yo siempre introduzco las dos mismas anécdotas en las charlas con personas a las que no conozco o en situaciones que me incomodan. ¿Le sucedía eso a mi padre? ¿Me contaba anécdotas preparadas de antemano porque se le hacía incómodo hablar conmigo? ¿Creía que no me conocía lo suficiente?

No, no era eso. He tardado en comprenderlo, pero creo que al fin lo he hecho. En mi juventud pensaba que las historias aportaban a mi vida únicamente entretenimiento; es decir, algo superfluo. Más tarde, cuando me convertí en escritor, las historias se transformaron en mi modo de vida, se hicieron funcionales y necesarias. Hube de esperar a la muerte de mi padre para percatarme de que son mucho más que eso. Son el torrente que conforma mis ideas, la esencia de lo que soy. No era que mi padre y yo nos relacionásemos con historias: las historias eran nuestra relación. Ellas lo eran todo, ellas eran el centro; nosotros solo las flanqueábamos.

Muchas de mis historias favoritas las oí por primera vez en la voz de mi padre, algunas aparecen en este libro. A menudo las protagonizaban los autores de las novelas, incluso en mayor proporción que los personajes de las mismas. Cojamos el caso de Bierce: de su obra yo apenas he leído un relato, *El incidente del puente del Búho*; conozco mejor, en cambio, su biografía, porque mi padre me habló de ella en multitud de ocasiones.

Las vidas de los grandes narradores siempre me han interesado, pero desde aquel día en el hospital el interés ha devenido obsesión. A la pregunta de por qué mi padre hablaba más de los autores que de las novelas, he acabado por responderme que, con frecuencia, las vidas de los escritores son más literarias que su propia literatura. Ser escritor, pienso ahora, no solo significa escribir historias, sino habitar un mundo de historias. Imagino que ser lector es lo más parecido.

Escribiendo con la nariz rota

Pienso también que habitar el mundo de las historias no es una elección personal, sino una forma de ser, a veces innata, a menudo inculcada desde la infancia, como hizo mi padre conmigo. En un famoso intercambio epistolar, Gorki le confesó a Chéjov que por mucho que tuviera éxito con sus libros se sentía *estúpido como una locomotora*. Gorki llevaba trabajando desde los diez años y no había tenido tiempo de estudiar. Decía en su carta que sentía que bajo sus pies de locomotora no había raíles, que escribía como una huida hacia delante, aunque un día se daría de bruces y acabaría con la nariz rota. ¡Pero no!, le contestó Chéjov, ¡eso no es así!, ¡uno no acaba con la nariz rota por escribir, uno escribe porque tiene la nariz rota y no tiene otro lugar a donde ir!

Existe una antigua leyenda sobre Homero que representa uno de los peligros que acechan a quien habita el mundo de las historias. Ante la tumba de Aquiles, Homero habría solicitado contemplar el escudo y la armadura que el dios Hefesto forjó para el héroe. Cuenta la leyenda que el brillo sobrenatural de la obra del herrero de los dioses cegó al aedo para siempre. Ese fue el precio que Homero hubo de pagar por su exceso de curiosidad, el castigo a su ansia por ver más de lo que debía. Pero Tetis se apiadó del pobre ciego y le concedió a cambio el don de la poesía. Como dicen unos versos de la *Odisea*: «Amándolo sobremodo, la musa le otorgó con un mal una gracia: lo privó de la vista, le dio dulce voz».

En mi opinión, los escritores se dedican a la profesión más hermosa del mundo: crear las historias que nos explican como seres humanos; infelizmente, esa *gracia* suele llegar acompañada de algún *mal*, como la ceguera de Homero. Pero si esto es así, ¿por qué aceptan los escritores ese mal? ¿No tendría más sentido huir de las historias, dejarlas atrás? La respuesta nos la ha dado Chéjov. Lo aceptan porque tienen la nariz rota y no tienen otro lugar a dónde ir. Porque quieren experimentar más de lo debido, quieren vivir varias vidas, una sola no es suficiente para ellos.

El *mal* que acompaña a los escritores tiene que ver con la curiosidad y la sensibilidad. Como cualquier artista, un escritor es, por definición, una persona excepcionalmente sensible; alguien que percibe el mundo de manera, digamos, amplificada; alguien, por tanto, más expuesto a sentir dolor y, quizás, también a provocarlo. Como veremos en las páginas que siguen, elementos como el ego, la envidia, la mentira, la obsesión, el sufrimiento, etcétera son los cuervos que acaban devorando los ojos de los escritores.

Hace unos meses, mientras terminaba de reunir la documentación para este libro, descubrí que una de las vidrieras de la iglesia episcopal de Dayton, en Ohio, contiene la efigie de C. S. Lewis, el autor de *Las crónicas de Narnia*. En el vitral el escritor británico aparece con chaqueta y corbata; el león de Narnia se acurruca a sus pies y un cohete espacial escupe fuego a su espalda. El conjunto es tan *kitsch* que resulta atractivo, pero lo que impacta no es tanto el retrato como el lugar en que está ubicado: un escritor entre imágenes de santos.

La investigación que he realizado no ha hecho sino corroborar mi impresión inicial de que los escritores encajarían en cualquier lugar salvo en un vitral entre santos. No ha hecho sino confirmar mi idea acerca de los grandes narradores: seres heridos, narcisistas incorregibles, incapaces de sobrellevar el éxito, inútiles para soportar el fracaso. ¿Cómo esas personas que han escrito páginas maravillosas pueden ser a menudo seres humanos tan sospechosos? ¿Qué sentido tiene dedicar una vidriera en una iglesia a un miembro del gremio menos *santo* del mundo?

Me dije que tal vez ese gremio tan poco santo, además de fascinarme con sus historias, podía concederme un postrer favor. ¿Era posible que, estudiando las vidas de los escritores, comprendiese mejor la relación que me había unido con mi padre? ¿Era posible que, profundizando en sus infelices biografías, entendiese mejor las razones de mi propia infelicidad? ¿Me ayudarían a conocer mi ego, mi envidia, mis mentiras, mis obsesiones, mi sufrimiento? Después de dos años de trabajo, creo que algo he aprendido. He aprendido a querer mejor a mi padre. He aprendido, si no a perdonarme, sí a ser más indulgente conmigo mismo. Al primero de esos aprendizajes he llegado tarde. Espero estar aún a tiempo de aprovechar el segundo. Ojalá estas páginas puedan ser de utilidad para algún otro lector.

Primera visita a mi padre

Un día, en un café de Lisboa, Fernando Pessoa escuchó a un hombre narrar las muertes y penas que había sufrido su familia en los meses anteriores. Al terminar el relato cargado de patetismo, el hombre levantó su taza y, resignado, dijo: En fin, la vida es así, pero yo no estoy de acuerdo. A Pessoa le fascinó la capacidad del parroquiano para resumir en un brindis la filosofía del escritor. Los escritores, pensaba Pessoa, son ante todo inadaptados. Un escritor asume que la vida es como es, pero eso no quiere decir que le guste; es más, se niega a que le guste.

Algo semejante pensé yo la primera vez que visité a mi padre en el hospital. Cuando abandonaba el edificio junto a mi mujer, un joven doctor nos trasladó sus condolencias y confirmó así nuestras peores sospechas: la muerte era ya inevitable, era solo cuestión de tiempo. ¿Qué puede uno responder cuando recibe el pésame por alguien que sigue vivo? Mi mujer le dijo al joven doctor algo como *así es la vida*. Yo quise añadir: pero yo no estoy de acuerdo. Un escritor se niega a que la vida le guste, un escritor se revuelve ante la vida. Sucede también que a menudo no protesta de viva voz, sino que lo escribe varios años más tarde. Eso he hecho yo.

Aquel día yo había estado a solas con mi padre por primera vez en cuatro años. Era el tiempo que llevábamos sin hablarnos.

Siempre que me he dejado de hablar con alguien querido los motivos me parecían imperdonables. Hoy soy incapaz de recordar uno solo de esos motivos, hoy solo recuerdo a las personas que abandonaron mi vida. Supongo que en todos los casos esas razones insoslayables tenían que ver con el desgaste de la relación, el cambio en los intereses personales, los celos y el orgullo. Pero con un padre no existe el orgullo, con un padre te lo guardas donde te quepa. Esa y no otra, creo, es la causa de que los seres humanos solamos hablarnos con nuestros padres hasta el final.

Esa al menos fue la causa por la que yo decidí retomar el contacto con mi padre cuando mis hermanos me dijeron que sufría una enfermedad incurable. La primera vez en cuatro años que estuvimos a solas el olor a desinfectante nos atravesaba el alma y disfrazábamos la tristeza detrás de una de esas sonrisas que si te descuidas un segundo se convierten en puchero. La primera vez en cuatro años que estuve a solas con mi padre no quería que se fuera sin habernos despedido.

Él no hizo la más leve referencia al tiempo que habíamos pasado sin vernos y eso me hizo sentir incómodo, nunca he manejado bien que me rompan los esquemas. Yo llegaba preparado para una charla trascendente. Está bien no meter el dedo en la llaga, pero de ahí a hacer como si no pasase nada hay un trecho. Me sentía como el día que entrevisté a una tenista que había dado positivo por cocaína y ella me dijo: pregúntame por lo que quieras, menos por la cocaína. Ya, pensé yo, pero es que yo he venido aquí a hablar de cocaína. Quizás debería escribir una novela sobre unas personas cuyas vidas se rigen por un problema pero fingen que ese problema no existe.

El cuerpo decrépito de mi padre yacía en la cama. Había envejecido tanto durante esos cuatro años que mi sensación fue que mi juventud también se había esfumado de repente. Cuando llegó el cisma, mi padre tenía 72 años y era un hombre saludable; ahora tenía 76 y era un moribundo. Es difícil explicarle una transformación así a tu cerebro. Mi madre y mis hermanos podían comprenderlo mejor porque habían vivido con él todo el proceso. Yo solo había entrevisto a mi padre una vez a través de la cristalera de una cafetería; entonces me sorprendió lo encorvado que caminaba. La siguiente ocasión en que nos vimos fue cuando decidí enterrar el hacha de nuestra guerra imaginaria. El reencuentro se formalizó en un restaurante, como en una negociación de entrega de rehenes; de su nariz asomaban ya unas cánulas conectadas a una mochila de oxígeno. Eso sucedió un año antes de que lo ingresasen. Solo doce meses más tarde un joven doctor nos daba las condolencias a la salida del hospital.

Cuando estuve a solas con mi padre en la habitación le pregunté si veía algo la televisión que colgaba de la pared. Funcionaba con una tarjeta que tenías que recargar como el bono del transporte público.

Ayer tu madre la puso un rato, me dijo él, pero ahora no puedo porque... Hizo un gesto hacia el otro lado de la cortina, allí descansaba otro hombre al que habían conducido al cuarto pocas horas antes. Lo acompañaba su hija, sentada bajo la ventana con las rodillas muy juntas y las mejillas enrojecidas como si hubiese llorado. La televisión era compartida y mi padre entendía que debía alcanzar un acuerdo con su compañero de habitación sobre el canal que deseaban ver. Era una negociación que no le apetecía iniciar. De todas formas, dijo, la programación es malísima. Ayer vi un rato una película, añadió, pero ya la había visto y además se agotó la tarjeta e intenté dormir.

¿Qué película?, pregunté.

La carretera. ¿La has visto?

Asentí con la cabeza. *La carretera*, menuda elección para un moribundo. Pero mi padre era así, no iba a cambiar ahora. *La carretera*. El libro de Cormac McCarthy es uno de los que utilizo en los talleres de escritura creativa; hay fragmentos que me sé de memoria. Es la historia de un padre y un hijo en mitad de una situación apocalíptica que nunca sabemos por qué se produjo. Qué apropiado, pensé. Recordé frases sueltas, recordé que el padre nunca le dice a su hijo que lo quiere, pero cuando el niño tirita por la noche lo abraza y cuenta cada una de sus respiraciones.

Mentiría si dijera que mi padre no me decía que me quería. Lo decía con frecuencia, con una ligereza pasmosa, demasiada para mi gusto. Decía te quiero como quien dice pásame el bote de kétchup. Yo sentía como si me pidiese el kétchup y luego ni siquiera abriese el bote; solo lo colocaba a su lado de la mesa.

El oxígeno conectado a su nariz permitía a mi padre respirar con cierta fluidez, pero cuando hablaba le sucedía algo que me llamaba la atención. No era capaz de enlazar frases completas y hacía pausas que no correspondían. Su conversación, como nuestra relación, tenía hiatos incómodos. Me descubrí contando sus pausas como el padre cuenta respiraciones en *La carretera*.

Me pregunté si existían las relaciones narrativas entre personas reales. Los personajes, digo en las clases de escritura, funcionan con mayor coherencia que los seres humanos. Lo que dicen y hacen tiene siempre algún motivo. Son unos pequeños y perversos manipuladores. ¿Era *La carretera* algún mensaje oculto de mi padre?

Me dije que comprobaría si la noche anterior habían emitido *La carretera* o si mi padre trataba de decirme algo, pero nunca lo hice. Se lo comenté a mi mujer en el coche de vuelta a casa. Analizas todo demasiado, me dijo ella, deja de mirar las cosas con lupa.

Hoy sé que mi padre no quería mandarme ningún mensaje con *La carretera*, no me hablaba en morse, ni yo era fray Guillermo de Baskerville observando en la nieve las huellas de un monje muerto. Como ya he dicho, las historias no eran un código para entender nuestra relación, las historias eran la relación.

¿Códigos? ¿De qué hablas?, dijo mi mujer, no seas infantil, deja de mirarlo todo con lupa, deja de darle vueltas a todo.

Claro, pensé, como si fuese tan fácil. Analizarlo todo no es una elección consciente, tiene que ver con procesos cerebrales automáticos que no alcanzo a comprender. Diría que esos procesos involuntarios son la razón por la que yo he acabado siendo escritor. Porque cuando veo una hormiga caminando extraviada en la cocina de mi casa, no veo un insecto, veo una historia. Por eso he decidido empezar este pequeño libro deteniéndome un momento a hablar acerca de mirar la realidad con lupa.

2

Imaginación

Pintar paisajes con postales

Cuando en 1938 los alemanes entraron en Checoslovaquia y cerraron las universidades, el joven Bohumil Hrabal vio la oportunidad de abandonar los estudios de Derecho, que lo aburrían mortalmente, e inscribirse en un cursillo de ferroviario. Cuentan que el día que pasó el examen, el inspector le preguntó cómo sabría que un tren estaba a punto de llegar a la estación si no funcionasen los semáforos. Con los ojos, contestó Hrabal convencido. El inspector decidió entonces complicarle un poco más la prueba: Pero, ¿y si hubiera niebla? Bohumil se arrodilló junto a la vía, acercó el oído y permaneció inmóvil un instante. Luego se puso de pie y anunció que el tren aún tardaría un poco en llegar. El inspector asintió tan intrigado como complacido. ¿Qué manual te ha enseñado a hacer eso?, preguntó. Ninguno, respondió Hrabal, lo vi en una película de Gary Cooper.

Aunque el propio Hrabal debió de encargarse de embellecer la anécdota, en ella se encuentra mucho de la literatura del checo. Como veremos, el *modus vivendi* de los autores se refleja siempre en su obra. Cuando más adelante se convierta en escritor, la comicidad, el absurdo y la presencia de los trenes serán rasgos habituales de los libros de Hrabal; en especial, del más famoso de ellos, *Trenes rigurosamente vigilados*.

En uno de los pasajes de esa novela, un ferrocarril de mercancías entra en la estación en que sucede gran parte de la trama. El maquinista está furioso porque les han suministrado un carbón de mala calidad y su irritación crece al ver al estrafalario jefe de estación, que cría palomas que se posan sobre él como si fuese una estatua. Para distraerle de su enojo, el agente ferroviario al cargo le pide al maquinista que le ponga al día de su vida. ¿Qué me cuentas?, le dice, ¿sigues con tu afición a la pintura? Sigo, contesta el maquinista, estoy pintando un paisaje marino a partir de una postal. El agente ferroviario se queda perplejo y le pregunta por qué no sale a la naturaleza para dibujarla en vez de usar una postal como inspiración. El maquinista se echa a reír: Verás, le dice, si lo hiciese así, tendría que reducir la naturaleza para meterla toda en un cuadro; en cambio, pintando desde las postales lo que hago es ampliar la realidad.

Creo que los escritores, los artistas en general, comparten con ese pintor aficionado un afán: ampliar la realidad, observarla con una lente de aumento y poder apreciar y comprender mejor el lugar donde vivimos. Estoy seguro de que eso es lo que hizo Hrabal cuando contó la anécdota del examen como ferroviario.

Es imposible meter el mundo en una novela, pero es posible atrapar un pequeño pedazo, aplicarle una lente de aumento y crear un nuevo universo. No creo que los escritores, necesariamente, vean la imagen completa del mundo con mayor precisión que el resto. Lo que hacen es fragmentarlo y obsesionarse con alguno de los pedazos. Por eso cuando mi mujer, a la salida del hospital, me decía que no lo analizase todo con lupa estaba pidiéndome un imposible.

La pregunta que debemos hacernos ahora es la siguiente: ¿cómo adquieren los escritores esa lente de aumento?

Un fotograma por segundo más

La habitación del hospital en la que estaba ingresado mi padre tenía una ventana desde la que se podía ver el mar. Era un pequeño consuelo para los enfermos, no creo que muchos hospitales regalen esas vistas. En todos los días que estuvo allí, no vi a mi padre mirar una sola vez por la ventana. Resulta aún más curioso si tenemos en cuenta que mi padre era marino.

No existe otro paisaje que represente su vida como el mar, el mar abierto, el océano, la sensación de salir a cubierta y no ver a tu alrededor otra cosa que el más profundo de los azules. Durante cuarenta años mi padre tuvo la oportunidad de observar la naturaleza en su expresión más salvaje y hermosa. Supongo que encerrado en el hospital se negaba a relegarla a una ojeada por el ventanuco, a reducirla a un atisbo a través de un último resquicio, ¿acaso podía eso añadir algo a su memoria?

En esos días, mi padre prefería contarme historias sobre el mar que contemplarlo. Me hablaba del compañero que se había salvado de un naufragio huyendo por el hueco del ascensor. Me hablaba de sus viajes por el golfo Pérsico cuando Irán e Irak estaban en guerra. Ignoro si la mañana en que lo mandaron a casa para que muriese en un lugar más cálido se giró para mirar por la ventana, si echó un vistazo final a su inmenso compañero azul sabiendo que no volverían a verse. Lo único que sé es que en nuestras conversaciones en el hospital mi padre me habló del mar. El mar, en sus palabras, se volvía tan grande como lo había sido cuando estaba en mitad del océano, incluso más. Mi padre lo había observado tantas veces que lo había memorizado y lo había hecho suyo. Había completado el camino de la mirada del artista. Observación-memoria-imaginación. Los tres pasos de la lente de aumento.

Cuentan que cuando David Foster Wallace estaba inmerso en la gira de *La broma infinita* y viajó a Nueva York, se detenía a contemplarlo todo y todo lo maravillaba. Eh, fijaos en esto, echadle un ojo a aquello otro, qué increíble eso de más allá. Esa de Wallace era la mirada del escritor. Es cierto que su capacidad para observar y su velocidad para procesar lo que veía era muy superior a la media, Mary Karr dijo de él que parecía ver un fotograma por segundo más que el resto de los seres humanos. Pero no es necesario, en absoluto, ser un superdotado como Wallace para mirar de esa manera.

Lo fascinante de aquella gira de *La broma infinita* es que las personas que lo acompañaban durante el viaje se dieron cuenta de que, cuando estaban junto a Wallace, él conseguía que ellos vieran más de lo que sus ojos solían mostrarles.

Imagino que alguna vez habéis recibido en vuestra ciudad a gente que viene de fuera. Seguro que en más de una ocasión os han sorprendido preguntándoos, oye, qué es eso de ahí, y no habéis sabido contestarles. Tal vez hayan señalado un detalle escondido y sea lógico que lo desconozcáis. Pero no es disparatado pensar que hayan apuntado hacia algo que siempre ha estado delante de vuestras narices y hayáis tenido que reconocer que, en realidad, nunca os habíais parado a verlo. Cuando llega alguien de fuera, nos enseña que hay que mirar todo como si fuera nuevo, hay que mirar con la mirada de un niño.

Esta es una idea que en los últimos tiempos ha ido creciendo en mí. Cada vez estoy más convencido de que, en buena medida, los novelistas son niños que se resisten a crecer. Niños que tienen la curiosidad de preguntar por todo, a quienes no les ha vencido la rutina que hace a los adultos caminar con la cabeza baja sin darse cuenta de que a dos palmos de sus narices se abren escenarios cambiantes y maravillosos. Aún no son esos adultos a los que la rutina ha empujado a darlo todo por sentado.

Coetzee y un envoltorio de caramelo

Dar las cosas por sentado es el opuesto a pensar como un escritor. En *Infancia*, el primer tomo de su trilogía de memorias noveladas, el sudafricano John Maxwell Coetzee narra uno de sus primeros recuerdos. En él, John es un niño muy pequeño que lleva polainas y un gorro de lana con pompón, por lo que debe suceder en invierno. Viaja con su madre en un autobús que asciende una montaña por una carretera sobre un desfiladero.

Estamos en la Sudáfrica de los años 40 a muchos kilómetros de distancia de la población más cercana, así que podemos imaginar que el paisaje es salvaje y agreste, la carretera es poco más que un camino, y el autobús, viejo y destartalado, sufre en el ascenso. El niño Coetzee acaba de comerse un caramelo, pero no recuerda nada de él, de lo único que se acuerda es del envoltorio y de la ventanilla abierta del autobús. La abertura es apenas una rendija, el espacio suficiente para que el niño cuele por él sus deditos y haga asomar el envoltorio que el viento agita y retuerce. John se gira hacia su madre y le pregunta: ¿Lo suelto? Ella asiente con la cabeza. El papel vuela hacia el cielo y planea sobre el vacío del desfiladero durante unos segundos antes de que el autobús gire y él lo pierda de vista. ¿Qué le ocurrirá?, le pregunta John a su madre, pero ella ya tiene la cabeza en otra cosa y no le responde. El niño no puede dejar de pensar en el trozo de papel. Se dice que algún día volverá a por él, que no se morirá sin regresar a aquel desfiladero a buscar el envoltorio del caramelo y saber qué ha sido de él.

En este primer recuerdo del Coetzee niño ya habitaba, de alguna forma, el Coetzee escritor. Para John aquel no era un simple papel sin importancia, quería, *necesitaba*, saber qué había sido de él. Se cuestionaba el destino de las cosas, no daba nada por sentado. Aún más: no solo se hacía preguntas, sino que se prometía que, tarde o temprano, antes de morir, encontraría una respuesta.

Creo que cualquier niño es un novelista en potencia. No tengo más datos para constatarlo que mi intuición. Podría, eso sí, enumerar a una serie de científicos que consideran que el elemento que nos define como especie es la capacidad para la narración. Algunos afirman que más que *homo sapiens* nuestra especie debería llamarse *homo narrans*. Argumentan que la principal característica que permitió al sapiens destacar sobre el resto de animales fue su capacidad de organizarse en grupos colaborativos. Y no hay mejor vínculo para cualquier grupo que las historias compartidas. ¿No me creéis? Entonces cómo explicáis que las tres religiones más importantes en la historia de occidente se conozcan como *las religiones del Libro*. O que la Biblia y los mitos griegos sigan siendo, inconscientemente, la base de la inmensa mayoría de las narraciones que creamos en pleno siglo XXI. Nuestros héroes pueden ser *narcisistas* y vivir *odiseas* y suelen triunfar ante las adversidades como David ante Goliat, aunque a menudo quienes los rodean se laven las manos como Pilatos o tomen decisiones *salomónicas*. Aunque quizás no puedas escribir la historia de tu héroe porque tu ordenador ha sido infectado por un *troyano*.

No me resulta tan descabellado, pues, pensar que la capacidad de crear historias en un niño sea innata y que, al revés de lo que pueda parecer, lo que hacemos al pasar de la infancia a la madurez sea mutilar esa creatividad, en vez de fomentarla. Si esto es así, cuando mi mujer me decía: ¿Tu padre hablando en código? ¡No seas infantil!, estaba en lo cierto. Ella estaba siendo más madura, pero si yo no me hiciese esas preguntas algo absurdas, nunca habría escrito este libro; en realidad, nunca habría escrito nada. A menudo la mejor forma para conseguir la lente de aumento de la que hablábamos es despojarnos de los vicios adquiridos y permitir volar al niño que llevamos dentro como el papel del envoltorio de Coetzee sobre aquel desfiladero.

James Joyce el memorioso

Hablemos un momento de la memoria, que precede a la imaginación, puesto que para imaginar hemos de partir necesariamente de la realidad. Es imposible hacerlo de otro modo. Podéis hacer la prueba en casa y tratar de describirle a la persona que tenéis al lado algo imaginario sin utilizar elementos que en algún momento hayáis captado por uno de vuestros sentidos. Imposible, ¿verdad? Cuando un amigo va de viaje a un país exótico y te cuenta que ha comido un alimento del que nunca has oído hablar, lo normal es que le preguntes por su sabor. Si tu amigo desea describírtelo, la única respuesta lógica es que haga una comparación con elementos concretos —sabe como el pollo— o abstractos —pero con un punto más amargo—, cuyo conocimiento considera que ambos compartís. ¿Cómo va tu amigo a expresarte un nuevo sabor si no es usando conceptos que tú puedas entender porque antes los has experimentado?

Pongamos un ejemplo más literario. Suponed que sois Kurt Vonnegut y habéis creado el planeta Tralfamador y ahora tenéis que decidir cómo serán sus habitantes. Evidentemente, nadie ha visto nunca antes a un tralfamadoriano. ¿Cómo se los describiríais al lector? En *Matadero Cinco* Vonnegut nos dice que los tralfamadorianos son como un desatascador verde, cuyo mango acaba en una mano con un ojo en la palma. Desatascador, mano, ojo, color verde. Cuatro elementos, todos extraídos de la realidad. Estoy seguro de que cuando Vonnegut lo escribió no necesitó ir a la cocina, coger un desatascador y ponerlo al lado de la máquina de escribir, ni tampoco se miró la mano. Simplemente usó su memoria.

Muchos grandes escritores son personas muy memoriosas. James Joyce, por ejemplo, gozaba de una capacidad retentiva inhumana. Padecía una grave dolencia en la vista y, aunque no llegó a quedarse del todo ciego, tuvo que someterse a muchas operaciones. Sylvia Beach, la librera de Shakespeare and Co. y editora del *Ulises*, cuenta que después de una de esas operaciones visitó a Joyce en su casa de París. Encontró al escritor tumbado en la cama con una venda en los ojos y bastante aburrido. Joyce le pidió a la librera que le leyera *La dama del lago*. ¿Qué parte?, preguntó Beach. La que quieras, respondió Joyce. Sylvia abrió el poema épico de Walter Scott por una página al azar y leyó una línea. Entonces Joyce la interrumpió y recitó sin un solo error esa página entera y la siguiente.

Nos hallamos ante un caso parecido al de Foster Wallace, algo sobrehumano. No voy a decir que para ser escritor uno deba tener esa capacidad de archivarlo todo como si fuese Funes, el personaje del relato de Borges que recordaba cómo era la forma de todas las nubes de cualquier día que hubiese vivido.

Considero, de hecho, que sucede al contrario. El Funes borgeano recordaba tantas cosas que era incapaz de crear nada propio. Lo importante para un escritor es saber distinguir qué elementos uno va a poder utilizar en el futuro y, por tanto, es conveniente archivar. Esa es, creo, la memoria del escritor. A partir de esa memoria, nace la imaginación, que, como dijo Einstein es más importante que el conocimiento, porque el conocimiento es limitado, pero la imaginación circunda el mundo. La imaginación permite crear un universo a partir de una postal, como le sucede al maquinista pintor de Hrabal.

Un álbum de boda sin la novia

Cuando Margaret Atwood estudiaba en Harvard en los años 60, ya había alcanzado cierta repercusión como poeta. Una de las bibliotecas de referencia en poesía moderna, la Biblioteca Lamont, se hallaba en el propio campus; eso habría sido una gran ventaja de no ser porque Atwood tenía prohibida la entrada. La escritora canadiense podía pedir que le prestasen libros si sabía cuáles quería en concreto, pero no caminar por los pasillos y perderse entre las estanterías. El único motivo era que había nacido mujer. Hasta 1967 no se les permitió a las mujeres entrar en la Biblioteca Lamont y Atwood tuvo que ver cómo compañeros que carecían de su talento, y ni siquiera tenían demasiado interés en la poesía, recorrían la biblioteca mientras ella debía permanecer fuera. Por si fuera poco, el Departamento de Inglés de Harvard no contrataba a mujeres como profesoras, una estúpida costumbre que complicaba el futuro de Margaret. Es difícil olvidar que has pasado por algo así.

Unos años más tarde, en 1979, Atwood viajó a Afganistán. Allí le presentaron a un hombre llamado Abdul, que la invitó a tomar el té en su casa. Mientras caminaban hacia la vivienda de Abdul, a la escritora la impresionó ver tantas mujeres con el rostro cubierto; en aquella época un occidental no estaba acostumbrado a imágenes como esa. En su casa, Abdul la trató con amabilidad y cercanía y le enseñó las fotos de su boda. La sorpresa de Atwood fue enorme al comprobar que la mujer de Abdul no salía en el álbum. ¿Qué sentido tenía eso? Tampoco las hijas de Abdul aparecían en las fotos de familia que colgaban en el salón. Las mujeres habían sido borradas de la realidad.

Cinco años después, Atwood estaba en Berlín Oeste gracias a un programa del Gobierno alemán. Estaba desesperada porque había invertido siete meses en una novela que se le había atragantado y deseaba abandonarla. Necesitaba una idea que le permitiese salir de aquel atranco. En su memoria se había quedado a vivir el borrado de las mujeres que había visto en Afganistán. Delante de la pesada máquina de escribir alemana ante la que se sentaba cada día, Atwood comenzó a teclear una novela que titularía *El cuento de la criada*, una distopía ubicada en un mundo donde las mujeres son deshumanizadas y utilizadas únicamente con fines reproductivos.

¿Pero dónde ambientar aquel mundo distópico machista? Sabía que tendría mucha más fuerza si el escenario era familiar y no un lugar exótico como Kabul, así que utilizó sus recuerdos de Harvard. No necesitó viajar a Massachusetts. Desde su cuarto en Berlín tenía perfectamente claro lo que quería retratar. Atwood recreó de memoria los muros que rodeaban el campus e hizo que de ellos colgasen los cadáveres de los rebeldes contra la dictadura de Gilead en *El cuento de la criada*. Era su particular venganza por los días que la dejaron en la puerta de la Biblioteca Lamont como si fuese un animal salvaje.

De nuevo, la lente de aumento recorría el camino observación-memoria-imaginación.

La reinvención de la palabra topo

En determinadas ocasiones ese camino incluye un cuarto paso. Una cuarta etapa en la que los escritores son capaces, si no de transformar directamente la realidad, sí al menos nuestro concepto de ella. En un capítulo en el que hemos introducido la metáfora de la lente de aumento, se hace imposible no pensar en la lupa de Sherlock Holmes. Por culpa de Holmes, se ha extendido la creencia de que los detectives privados resuelven casi cualquier caso que les pongan delante, pero esta es una verdad únicamente literaria. La realidad, como dice el escritor de novela policiaca Ed McBain, es que «la última vez que un detective privado investigó un caso de homicidio fue... nunca».

Ahondemos en esta idea: antes de convertirse en el escritor John Le Carré, a David Cromwell —ese era su verdadero nombre— lo destinaron en la embajada británica de Bonn, entonces capital de la Alemania Federal. El encargo de Cromwell era establecer lazos que apoyasen la entrada del Reino Unido en la Comunidad Económica Europea. Al menos eso era lo que todo el mundo creía. Solo el embajador y un par de altos cargos sabían la verdad: que Cromwell era un espía infiltrado por el MI6 para destapar las células nazis que comenzaban a revivir en Alemania. Aunque sus logros en el espionaje fueron poco brillantes, la experiencia resultó primordial para que, bajo el pseudónimo John Le Carré, David se convirtiese en uno de los escritores de novelas de espías más famosos de todos los tiempos. Y uno de los favoritos de mi padre: veremos más adelante que aquel antiguo espía jugó un papel simbólico en el final de nuestra relación.

Le Carré aportó la dosis de realismo y verosimilitud que necesitaba un género demasiado dado al exceso. El escritor reconocía que la disciplina que había adquirido a la hora de escribir informes de Inteligencia acabó por definir su prosa. Se había mentalizado de la importancia de un estilo sobrio, en el que los adjetivos eran tan sospechosos como un agente doble y los verbos debían hacer funcionar las frases. Pero no solo el espionaje dibujó a Le Carré; Le Carré también dibujó al espionaje. En primer lugar, hizo que los agentes del MI6 parecieran mucho más efectivos de lo que eran en realidad. En *El espía que surgió del frío* envió a su protagonista, Alec Leamas, al otro lado del muro de Berlín con el objetivo de infiltrarse entre los alemanes del Este como un agente británico caído en desgracia. ¡Creo que la única maldita operación con un agente doble que nos salió bien en toda la historia es la que se inventó Le Carré en *El espía que surgió del frío*!, llegó a exclamar uno de los directores del MI6.

En una de sus novelas más famosas, *Tinker, tailor, soldier, spy*, que en España se llamó sencillamente *El topo*, Le Carré utiliza el nombre de dicho animal para designar al chivato dentro de una organización. Antes de 1974, año de publicación de la novela, la palabra no se utilizaba con esa acepción ni en el MI6 ni tampoco en la CIA. El propio Le Carré intentaría recordar de dónde la había sacado para la novela; él decía que quizá solo había traducido la palabra rusa *krot*, pero en los archivos del KGB tampoco es posible rastrear ese término. Puede que no fuera una pura invención de Le Carré y que la hubiese escuchado en algún momento anterior, pero fueron sus novelas las que la popularizaron. Hasta tal punto que si ahora mismo hablamos de un topo mucha gente pensará antes en un soplón que en un pequeño mamífero excavador.

El tío Oswald de Roald Dahl

La imaginación es la esencia del escritor. Roald Dahl había sido piloto de aviación durante la Segunda Guerra Mundial. Sobrevolando Libia, su avión se averió y tuvo que aterrizar de emergencia. El aeroplano estalló en llamas y Dahl sufrió heridas muy graves. Durante dos meses no pudo abandonar la cama del hospital, tuvieron que recomponerle por completo la nariz, las operaciones en la espalda le dejaron una cojera que arrastró el resto de su vida y le extrajeron tantos huesos que Dahl los guardaba en su escritorio. Cuando recibió el alta, la RAF lo envió a un puesto más tranquilo y, de la noche a la mañana, se convirtió en agregado para Asuntos del Aire en la embajada británica en Washington.

Dahl tenía 25 años y sus dos metros de altura le daban un aspecto imponente. Comenzó a llamar la atención en Washington, pero no era su estatura lo que hacía que lo reclamasen en todas las cenas, sino las historias que contaba. A Dahl le gustaba hablar de las aventuras que había vivido su tío Oswald y divertía a los comensales con sus narraciones.

Uno de sus amigos de la época, David Ogilvy, que entonces trabajaba para la Inteligencia Británica y años más tarde se convertiría en magnate de la publicidad, recordaba una historia que Dahl había contado en una de esas cenas. El coche del tío Oswald se había averiado en mitad del desierto del Sinaí y un hombre llamado Aziz había aparecido de la nada y lo había invitado a pasar la noche en su casa, la única en muchos kilómetros a la redonda. Aziz le presentó allí a su esposa e hija, que a Oswald le parecieron encantadoras. Esa madrugada una mujer se coló en su alcoba y se acostó con Oswald; él no fue capaz de verle la cara en la penumbra, así que, antes de que se escabullese, decidió morderle el cuello para que la marca de sus dientes lo sacase de dudas a la mañana siguiente. ¿Se trataba de la mujer de Aziz o de su hija? Pero cuando Oswald se despertó y bajó a desayunar, madre e hija se habían anudado un pañuelo de gasa al cuello. Mientras Aziz lo conducía de vuelta junto a su coche, Oswald le preguntó por qué había construido su casa en mitad del desierto. Ah, es por mi hija, le respondió Aziz. ¿Tu hija? ¿Qué le ocurre? La hija de Aziz le había parecido a Oswald perfectamente normal. Ah, esa no, le dijo Aziz, la que conoces tú no, la otra. ¿Tienes otra hija?, preguntó Oswald sorprendido. Sí, sí, pero nunca se deja ver, ¿sabes?, tiene la lepra.

Muchos de los comensales lanzaron pequeños gritos de asombro, otros estallaron en carcajadas. A Dahl le encantaba ser el centro de atención; fue en esa época en Washington cuando decidió que sería escritor. Treinta años más tarde incluiría esta historia, con el título de *El visitante*, en una colección de relatos. El último libro que me regaló mi padre fue una edición de los cuentos completos de Roald Dahl. He consultado ese volumen para escribir este fragmento y me ha parecido tristemente poético.

Lo cierto es que Dahl no tenía ningún tío que se llamase Oswald, pero eso les importaba poco a quienes oían sus historias. Lo único que les importaba era poder cenar con aquel hombre con tanta imaginación.

Pero, ¿hasta qué punto la imaginación es distinta de la mentira?

3

Mentira

En sus ojos están sus novelas

A principios de los años 50, los estudiantes de la Universidad de Cornell, en la pequeña localidad de Ithaca, disfrutaban de las clases de un excéntrico profesor de literatura, un hombre entrado en la cincuentena que vestía camisas rosas y arrastraba cierto aire de desvalimiento. Sus alumnos lo conocían por su desprecio hacia Dostoyevski: nunca nadie conseguía con él más que un aprobado raspado si se atrevía a dedicar un trabajo al autor de *Crimen y castigo*. Ese profesor se llamaba Vladimir Nabokov y pronto se iba a convertir en uno de los escritores más famosos del mundo.

En sus clases Nabokov solía contar una historia sobre el origen de la narrativa. Decía que la literatura no nació cuando un chico llegó corriendo del valle neandertal gritando *lobo* con un enorme lobo pisándole los talones; la literatura nació el día que el chico llegó gritando *lobo* sin que ninguno lo persiguiera. Que al pobre chico, tras haber mentido tantas veces, lo acabase devorando un verdadero animal, explicaba Nabokov, no era más que un mero accidente.

Podríamos decir que era algo más que un accidente: era el peaje que en el primer capítulo establecimos que deben pagar los creadores por sus historias. Si el chico mítico de Nabokov es el inventor de la literatura, lo lógico es que su peaje sea uno tan cruel como ser devorado por un lobo.

Haciendo uso de una de las fábulas más antiguas sobre la mentira, Nabokov dibujaba un claro paralelismo entre el novelista y el mentiroso. El escritor vive en un limbo ubicado a medio camino entre el mundo real y el de su imaginación, un limbo que, de nuevo, podemos afirmar que comparte con los niños.

Cuando un publicista le pidió a Véra Nabokov, la esposa de Vladimir, una fotografía de su marido para una campaña promocional, ella le envió una imagen muy antigua de un niño. El publicista se puso en contacto con ella para decirle que debía de haberse confundido. Véra le respondió que no había tal confusión. Ese niño es Vladimir, le dijo, y si miras con atención en sus ojos, verás que en ellos ya estaban todas sus novelas. Véra también creía que la capacidad para la invención de historias, es decir, para mentir, se desarrolla en la infancia.

El primer amigo invisible de Pessoa

Soy el pequeño de tres hermanos y aparecí cuando ya nadie me esperaba. Llegué al mundo por un error profiláctico de mis padres, al que regresaré más adelante; me presenté tarde, como a casi todo en la vida: en mi familia siempre he sido el que se incorpora al final, como en la enfermedad de mi padre. Mi llegada obligó a habilitar para mí un cuarto en casa que hasta entonces tenía otro uso; mientras mis hermanos mayores compartían habitación, yo dormía en una salita con una cama que durante el día se ocultaba bajo el sofá. Parecía como si mis padres hubiesen buscado una solución de emergencia mientras pensaban qué hacer conmigo.

En la película *El sentido de la vida*, de los Monty Python, una pareja católica tiene tantos hijos como intercambios sexuales, ya que no usan anticonceptivos. Como no saben qué hacer con los niños, los venden para experimentos químicos. Cuando vi la película, imaginé que mis padres estaban a la espera de la oferta que algún laboratorio pudiera hacer por mí. El lugar donde yo dormía recibía el extraño nombre de *sala de estar*, como si los otros cuartos fueran los de *ser* y ese solo el de *estar*. Eso incrementaba mi angustia por la temporalidad de mi existencia: yo en aquella casa no era, *estaba*.

También me angustiaba lo tarde que mis padres se levantaban los días que yo no tenía que ir al colegio. Yo nunca salía de mi habitación hasta que ellos venían a despertarme, como si fuesen mis carceleros. Supongo que fue esperando a mis padres en las mañanas ociosas en aquella sala de estar cuando comencé a inventar historias y surgió mi capacidad de fabular y crear personajes. Supongo que fue tan temprano cuando se forjó la persona capaz de fingir en el hospital ante mi padre que nunca nos habíamos distanciado. Supongo que fue en aquella sala de estar en donde me desdoblé por primera vez entre ficción y realidad, donde empecé, en definitiva, a ser escritor.

En desdoblamientos de personalidad nadie se puede comparar con Fernando Pessoa. El poeta portugués desarrolló de tal forma su multiplicidad que incluso acuñó un concepto para referirse a sus *alter ego*: heterónimos. Tres son los poetas más conocidos en los que Pessoa se transfiguró para escribir, Alberto Caeiro, Álvaro de Campos y Ricardo Reis, pero en sus escritos se han contabilizado más de cien personalidades distintas. Pessoa tenía claro que un heterónimo era muy distinto de un pseudónimo. Así como el pseudónimo hace referencia simplemente a un escritor que firma con un nombre distinto al suyo, el heterónimo encierra un carácter único escindido del autor. Cada *alter ego* de Pessoa tenía su propia profesión, su formación, opiniones diferentes, e incluso litigaban entre sí. Llegó al punto de confeccionar una carta astral para cada uno de ellos y ensayaba firmas con distintas grafías que reflejasen la forma de ser de sus heterónimos.

Esto no es algo que a Pessoa se le ocurriese en un momento determinado de su vida adulta, no es que un buen día pensase que dividirse en múltiples personalidades podía ser una fórmula interesante para vender su poesía a periódicos y revistas. Era innato en él, o al menos se dedicó a ello toda la vida.

El primer heterónimo de Pessoa del que se conservan pistas es un caballero francés llamado Chevalier de Pás, que creó cuando tenía seis años. No es inusual que los niños inventen amigos invisibles, especialmente aquellos solitarios que crecen rodeados de gente mayor, como le sucedió a Pessoa tras las trágicas muertes de su padre y su hermano menor. El amigo invisible de la niñez es el primer personaje de ficción para muchos escritores, pero Pessoa iba varios pasos por delante del resto de los niños. No solo creó al Chevalier de Pás, sino que también le dio un archienemigo, el capitán Thibeaut, y en un almanaque de su madre escribió con letra infantil y errores ortográficos el nombre de *Le Chavalier de Pá* (sic) en la entrada del 11 de julio. Es decir, Pessoa le dio un cumpleaños a su personaje, que era, para él, tanto o más real que los familiares que lo rodeaban. Quizás lo más extraordinario es que con seis años Pessoa se enviaba a sí mismo cartas escritas por el Chevalier de Pás. No es que él le escribiera cartas a un amigo imaginario, era el amigo quien se las escribía a él.

En un documental que sigue al poeta chileno Pedro Lemebel en sus últimos meses de vida, ya muy enfermo de cáncer, se lo ve canturreando una vieja canción de Jeanette que dice que un poeta tiene el corazón de *niño grande* y *de hombre-niño*. Como en la canción, en Pessoa la frontera entre el niño y el adulto es difusa. Durante toda su vida continuó siendo el niño que inventaba amigos invisibles. O puede que de niño fuera ya el adulto que hacía literatura. ¿Pero es que hay mucha diferencia entre una cosa y la otra?

¿Qué, Salman, volveremos aquí por ti?

Los niños suelen ir domando su predisposición a la mentira con el paso de los años. Existen, creo, dos razones básicas de esa doma. Una interna: a medida que los niños alcanzan la madurez se vuelven perfectamente capaces de distinguir entre fantasía y realidad, algo que en sus primeros años les resulta más confuso. La otra es externa: los adultos les señalan que la mentira es perniciosa. Les hacen ver, por tanto, que el mundo real se encuentra en un nivel superior al de la fantasía, que lo que sucede fuera de ellos es más importante que lo que ocurre dentro de su cabeza. Los padres reprimen las mentiras de sus hijos como algo censurable y vergonzoso, de modo similar a como se reprime la naturalidad hacia los genitales o la escatología.

En algún momento los padres también hacen saber a los niños que no todas las mentiras son igual de negativas. Es más, algunas son necesarias; y no me refiero a casos aislados, sino a situaciones cotidianas.

Mark Twain hace una encendida defensa de la mentira en su pequeño ensayo *On the decay of the art of lying*, en el que llega a afirmar que debería incluirse como materia en la escuela pública. En ese librito, Twain nos pide que nos pongamos en la siguiente situación. Caminamos por la calle perdidos en nuestros pensamientos, encerrados en nuestro monólogo interior, cuando, de repente, una persona nos interrumpe e inicia una conversación. Puede que nos haya cogido en un mal día o que esa persona no sea de nuestro agrado, pero suponed que lo que nos dice entonces nuestro monólogo interior es algo como «ojalá te

35

secuestrasen unos caníbales y fuese la hora de la cena». Obviamente, eso no es lo que le respondemos a esa persona, le mentimos y le contamos que nos alegramos mucho de verla, que deberíamos encontrarnos en otro momento, con más tiempo, acompañados de alguna bebida alcohólica de baja graduación —observad hasta qué punto mentimos automáticamente que incluso los abstemios suelen hacer referencia a esas bebidas alcohólicas—, compartimos un par de naderías y seguimos nuestro camino. Gracias a la mentira, el día continúa sin grandes sobresaltos. ¿Os imagináis que fuésemos por la vida expresando el deseo de que unos antropófagos se comiesen a nuestros conocidos? No lo hacemos. Utilizamos una mentira social, funcional y limitada, lo que solemos llamar *mentira piadosa*.

Curiosamente, esto entraña una paradoja y es que el escritor, como el niño, posee una enorme capacidad para crear mentiras ociosas e ilimitadas, pero a menudo es torpe en el uso de las mentiras piadosas.

Os pondré un ejemplo: el 14 de febrero de 1989, el día que el Ayatolá Jomeini promulgó la fatua que condenaba a muerte a Salman Rushdie e invitaba a los musulmanes de cualquier parte del mundo a que la ejecutasen en cuanto tuvieran oportunidad, el escritor de *Los versos satánicos* debía acudir al servicio fúnebre de un buen amigo del mundo literario. Fue su última aparición pública antes de encerrarse a vivir protegido en un escondrijo. Aquel día, en la iglesia, se encontró con la plana mayor de la industria editorial británica. Martin Amis se acercó a Rushdie y estrechó a su amigo entre sus brazos, lo apretó con fuerza y le dijo lo preocupados que estaban por él. Yo también estoy preocupado, le respondió Rushdie. Entonces escuchó que desde el asiento de atrás alguien elevaba la voz: era el novelista Paul Theroux. El autor de *La costa de los mosquitos* dijo: ¿Qué, Salman, entonces la semana que viene vendremos aquí por ti? Theroux podía escribir largos libros llenos de fabulaciones, pero era incapaz de inventar una mentira piadosa en el momento más trágico de la vida de un colega.

Mentir hasta en las conjunciones

Pero dejemos a un lado la mentira social, que tiene escasa cabida en un libro sobre escritores. Hablemos de la mentira fabuladora, la gran mentira, aquella inherente al escritor. Nadie incapaz de mentir a lo grande puede escribir una novela. Hemingway dijo que los autores de ficción no son más que unos supermentirosos que, si saben lo suficiente y son disciplinados, pueden hacer sonar sus mentiras incluso más reales que la verdad. Martha Gellhorn, que estuvo casada con Hemingway, decía que lo que en un escritor es imaginación en cualquier otra persona se considera mentir. Ahí, decía Gellhorn, es donde entra la genialidad.

Llamémosle genialidad, llamémosle como queramos, lo que es evidente es que nos referimos al lugar donde descansa uno de los atributos más atractivos de cualquier cuentacuentos. Os propondré que imaginéis otra situación: llegáis tarde a una comida entre amigos y solo quedan dos sillas libres. Una está al lado de un comensal que siempre narra su vida adornándola como si fuera Roald Dahl, vosotros sabéis que exagera y puede que incluso se invente las historias, pero las sazona con un punto de humor y crea personajes maravillosos. Junto a la otra silla os sonríe anodinamente, con las gafas apoyadas en la punta de la nariz, vuestro amigo el *cronológico*, ese que cuenta todos los sucesos con la temporalidad exacta, como si fuese una alarma de tareas: esta mañana fui al urólogo, me citó a las 10:30, pero llegué a las 10:35 por culpa del tráfico, no perdí la vez porque la consulta iba con retraso, había una pareja de ancianos que tenían cita para las 12:15, pero llevaban allí desde antes de las 9, yo entré a las 10:40 y el urólogo me saludó con un apretón de manos, las tenía

37

sudorosas, a eso de las 10:45 me dijo que me bajase los pantalones y me acomodase en la camilla, luego se puso un guante y se untó vaselina, etcétera. Acortémoslo aquí porque aún queda mucho libro por delante. Convendremos que todos nos abalanzaríamos a la misma silla, ¿verdad?

El problema no radica, pues, en el don para la mentira, ya que ese es el principal encanto del escritor, sino en el uso que se haga de él. Lillian Hellman escribió en *La loba*, una de sus obras de teatro más célebres, que «Dios perdona a los que inventan lo que necesitan». Sucede que, hablando de escritores, la necesidad de invención suele ser demasiado elevada.

Cuando una investigadora estaba elaborando un libro sobre Dashiell Hammett, se encontró con un muro casi infranqueable llamado Lillian Hellman. Con idas y venidas, la dramaturga había sido la pareja más duradera del autor de *El halcón maltés*. Hellman creía que eso le otorgaba el derecho a controlar la verdad. Al entrevistarse con ella, la biógrafa constató que Hellman pretendía reescribir la vida de Hammett, incluso las partes anteriores a que ambos se hubiesen conocido. Deseaba poseer la historia y convertir al escritor en otro de sus personajes. ¿Pero era Hellman realmente capaz de diferenciar aquello que le había sucedido junto a Hammett de aquello que su inmensa capacidad fabuladora había creado?

Hellman protagonizó una de las peleas entre escritores más famosas de la historia. Mary McCarthy la llamó mentirosa en televisión; dijo que todo lo que Hellman decía era mentira; todo, remarcó McCarthy, incluidos los artículos y las conjunciones —en realidad, McCarthy dijo incluidos *and* y *the*, pero tiene difícil traducción—. Hellman la llevó a los tribunales y reclamó una indemnización de más de dos millones de dólares. McCarthy se documentó a fondo para el juicio y constató que, efectivamente, los libros de memorias de Hellman estaban llenos de mentiras. Sin embargo, los abogados de esta, aun admitiendo que su defendida podía haber falseado la verdad, argumentaron que en ningún caso había sido el cien por cien de lo escrito —ya sabéis, incluidos *and* y *the*— y, por tanto, McCarthy había realizado un comentario falso y malicioso en la televisión nacional. Ignoro si existen otros juicios que hayan abordado la legalidad de las hipérboles, pero pocos ejemplos dejan tan claro el absurdo de intentar pasar el cedazo de la verdad por las obras literarias.

Un tantito mentiroso

La confusión entre ficción y realidad es un mal extendido entre los escritores, casi una característica propia del oficio. Juan Rulfo fue uno de los más ilustres mentirosos de las letras hispanas. Poco antes de casarse con Clara Aparicio, Rulfo le hizo una advertencia: soy *un tantito mentiroso*, le dijo. Pero incluso al hacer esa confesión estaba mintiendo. Sin quererlo, Rulfo acababa de repetir la famosa paradoja de la mentira —Todos los cretenses son mentirosos. Yo soy cretense—. En realidad, era mucho más mentiroso que *un tantito*.

Clara convivió toda la vida con los engaños de Rulfo. Hubo una época en que estaba muy preocupada por lo mucho que bebía Juan y secuestraba las botellas de alcohol que entraban en casa. Pero, incluso así, a menudo le parecía verlo borracho sin haber pisado la calle. ¿Cómo era posible? Clara buscó por todas partes y descubrió que el vecino de arriba descolgaba botellas de tequila con un cordel hasta la ventana del baño de Rulfo, el escritor se las bebía y cuando terminaba devolvía el vidrio vacío al vecino atándolo al cordel; luego salía del aseo como si no hubiese pasado nada.

Hablamos del mismo escritor que llegó a decir «yo cuando hablo, invento». Un buen amigo del mexicano instaba a no llamar mentiras a las mentiras de Rulfo, sino «metamorfosis de la verdad». Suena más hermoso, sin duda, pero no soluciona nada a la hora de dilucidar qué parte de lo que contaba era verdad y cuál mentira. Llamémosles metamorfosis, de acuerdo, pero entonces ¿una oruga es verdad cuando es oruga o cuando es mariposa?

Los primeros textos biográficos que abordaban la carrera de Rulfo empezaron a aparecer en vida del autor de *Pedro Páramo*, pero él los despachó diciendo que estaban llenos de *purititas mentiras*. Resultaba que la mayor parte de esas mentiras eran las mismas que el propio Juan había contado como verdades en entrevistas. ¿No es posible que en algún momento él mismo llegase a pensar que no era más que un personaje de ficción llamado Juan Rulfo?

Un fontanero de Devon en paro

Si bien la confusión entre ficción y realidad puede ser irritante, especialmente para los biógrafos, el uso más censurable de la mentira es el que se hace en provecho propio.

Aquella sala de estar de casa de mis padres en la que pasé tantas mañanas aburridas en mi infancia era un cuarto multiusos, valía tanto para depositar a un niño sobrante como para abandonar objetos superfluos. Mis padres guardaban allí también sus libros. Mientras esperaba la aparición de mis carceleros imaginarios, me aprendía de memoria los títulos de aquella humilde pero poblada biblioteca. Los nombres que captaban mi atención eran los más extraños; mis ojos, barriendo los estantes como un faro, siempre se detenían en un libro: *El tercer ojo*, de T. Lobsang Rampa.

Es probable que al lector actual el nombre Tuesday Lobsang Rampa le diga poco. Quizás os hayáis topado alguna que otra vez con él si sois asiduos de las librerías de segunda mano. Sin embargo, a mediados de los 50 se convirtió en un fenómeno editorial.

Todo empezó cuando un misterioso hombre con la cabeza afeitada y los ropajes de un lama tibetano acudió a una editorial inglesa con un manuscrito en la mano.

Se titulaba *El tercer ojo* y narraba la autobiografía de Tuesday Lobsang Rampa, que había nacido en Lhasa en el seno de una familia aristocrática y, después de estudiar teología, había llegado a ser una gran figura del Tíbet. El libro alcanzó un éxito inesperado, vendió más de 300 mil copias y se tradujo a multitud de idiomas.

Cuando llegó a Alemania, cayó en manos de un especialista en asuntos tibetanos, el alpinista Heinrich Harrer. Mientras pasaba página tras página, Harrer no podía dar crédito a lo que leía. El tal Lobsang Rampa contaba que a los ocho años le habían perforado el cráneo para abrirle el tercer ojo de la clarividencia y que a los quince se había encontrado al yeti. ¿Cómo alguien podía haberse tragado aquellas patrañas? Harrer escribió una crítica tan dura que la editorial alemana que lo iba a publicar amenazó con demandarlo. Para cubrirse las espaldas, Harrer contrató a un detective privado con el objetivo de que desenmascarase a Lobsang Rampa.

Sus sospechas estaban más que fundadas: el autor de *El tercer ojo* no era ningún aristócrata de Lhasa, sino un fontanero desempleado de Devon que respondía al nombre de Cyril Hoskin. Cuando le pidieron explicaciones, Hoskin argumentó que un día se había subido a un árbol de su jardín a observar un búho y se había caído. Según explicó, mientras estaba semiinconsciente, el espíritu de un viejo monje tibetano pasó flotando y lo poseyó.

Cuando pienso en la historia de Lobsang Rampa, me acuerdo de la novela *El mago*, del argentino César Aira. En ella, un hombre llamado Hans Chans viaja a una convención de magia en Panamá con el propósito de ser proclamado el mejor mago del mundo. Hans Chans se cree merecedor de tal honor por una razón: es el único mago vivo con poderes reales; el resto son meros prestidigitadores, embaucadores, empleadores de tristes trucos. Pero he aquí la paradoja: Hans Chans nunca pasará de ser considerado más que un mago mediocre, porque su magia natural queda eclipsada por la parafernalia que sus rivales emplean en sus esforzados trucos.

La carrera editorial de Ciryl Hoskin debió haber finalizado nada más salir a la luz su farsa, pero siguió escribiendo libros como monje tibetano hasta su muerte en 1981. Su éxito contribuyó decisivamente a crear la moda de lo tibetano, que se extiende hasta nuestros días. Un profesor universitario norteamericano recordaba lo mucho que le costaba en los años 90 hacer entender a sus alumnos que la verdad del Tíbet no era la que contaba Lobsang Rampa en *El tercer ojo*, sino la de los historiadores y ensayistas serios. Atendiendo a esta historia, tal vez debamos admitir que el mago de Aira tenía razón: los impostores tienen más opciones de triunfo que un verdadero mago.

Un caballero con un pudin de ciruela

Podríamos pasar horas discutiendo cuál es el mejor personaje de Dickens. David Copperfield, Pip, Ebenezer Scrooge, los señores Micawber o cualquier otro. Pero creo que todos ellos quedan eclipsados por otro personaje salido de la mente del escritor inglés: un personaje llamado Charles Dickens.

No hay un escritor, salvo Shakespeare, que represente el orgullo británico como Dickens. Para los ingleses era, en palabras de su hija Kate, «un alegre y jocoso caballero que caminaba por el mundo con un pudin de ciruela en una mano y una jarra de ponche en la otra». Dickens utilizó todas las herramientas a su alcance para que nadie descubriese hasta mucho después de su muerte que la realidad difería mucho del jocoso bebedor de ponche. La suya fue la peor forma que puede tomar la mentira, la empleada para destrozar la vida de los otros.

Dickens tenía talento como actor; de hecho, esa había sido su primera vocación, pero un resfriado impidió que se presentase a una prueba; al poco tiempo, comenzó a despuntar en la escritura. Quién sabe lo que habría ocurrido de no haber sido por aquel resfriado. Con todo, Dickens nunca olvidó su amor por el teatro y, siendo ya el escritor más popular de Inglaterra, conoció a una joven actriz llamada Nelly Ternan en una representación amateur. Nelly tenía 18 años; él, 44, pero eso no evitó que se enamorase locamente de ella. Solo había un problema: Dickens era un hombre casado.

Catherine, su mujer, había alumbrado a diez hijos y había entregado su juventud a mantener unida a la familia, pero Dickens no tuvo miramientos para deshacerse de ella cuando le resultó oportuno. Utilizó las mentiras más viles que se le ocurrieron, la acusó de no querer a sus hijos, aseguró que Catherine sufría problemas mentales y consiguió que, salvo uno, todos los hijos abandonasen a su madre.

Aun separado, Dickens no podía casarse con Nelly. Concebía el divorcio como una deshonra. El caballero británico que él fingía ser no podía pasar por ese trance. Decidió que la mejor idea era mantener a Nelly en distintas casas a poca distancia de Londres, como si se tratase de la única componente de un harén monógamo. Nelly pasaba la mayor parte del tiempo sola y poco a poco se fue marchitando, ¿pero qué otra cosa podía hacer? Dickens se las había arreglado para hacerla depender de él y se había convertido en su único soporte económico y social. El escritor amenazaba con demandar a quien siquiera insinuase que tenía una amante y obligó a la familia de Catherine a guardar silencio bajo la advertencia de que, de lo contrario, dejaría de mantener a su exmujer.

Hasta seis décadas después de la muerte del autor de *Oliver Twist*, los británicos no supieron que Dickens había mantenido doce años escondida a su amante. Es cierto que había habido algunas sospechas; es difícil engañar a todo el mundo todo el tiempo. En junio de 1865, el escritor viajaba en tren con Nelly cuando a la altura de Staplehurst la locomotora descarriló arrastrando consigo una parte de los vagones. El famoso escritor se dejó ver ayudando a los heridos, dándoles de beber de una botella de brandy, pero, al parecer, nadie fue capaz de identificar a su acompañante. Los informes policiales hablaban de una mujer que se negó a revelar su identidad para no asustar a sus familiares. Dickens había arrastrado a Nelly a su mundo de mentiras y falsedades.

Puede que Dickens lograse construir su personaje con el ponche y el pudin de ciruela en las manos, pero lo hizo a costa de traicionar a aquel niño que en el valle neandertal gritó lobo. Dickens resultó ser un lobo que se había disfrazado de niño que grita lobo.

Segunda visita a mi padre

Ciento cincuenta y seis años después del accidente ferroviario de Dickens en Staplehurst, yo viajaba en un tren a A Coruña para una nueva visita en el hospital. Nunca he aprendido a conducir; en eso soy como mi padre, que se sacó el carné, pero no volvió a coger un coche después del examen. Aquel día mi mujer no pudo acercarme al hospital, así que tomé un tren desde Santiago y luego recorrí tres kilómetros a pie.

Caminé por calles de mi ciudad natal que nunca había recorrido antes. Caminé pensando en una ocasión en que había visitado a mi padre en el barco. Yo tenía doce años y él me había pedido que lo acompañase en la guardia en la sala de máquinas. Confieso que era bastante aburrido: vigilar que nada se disparase en un panel con medidores de aguja y botones como los de una antigua máquina recreativa. Pero aquel día todos los botones rojos se iluminaron al mismo tiempo y una alarma penetrante hizo vibrar el cubículo. Mi padre comenzó a blasfemar mientras trataba de estabilizar lo que fuera que se había desajustado. La frente y el labio superior le sudaban a borbotones. En ese momento uno de sus compañeros entró en la sala muerto de risa. Había sido él quien había apagado un dispositivo a propósito. Vi que estabas aquí con tu padre, me dijo, y me apetecía que lo vieras cagarse en todo. Vale, gracias, gilipollas, debí pensar yo.

Cuando trabajé en un periódico deportivo mis compañeros de redacción me hacían jugarretas parecidas para oírme blasfemar a mí. Eres igual que tu padre, me decía mi mujer y yo me enfadaba con ella.

Caminaba pensando en esto cuando me percaté de que llevaba unos minutos dando vueltas por las mismas calles. Me había perdido en mitad de mi propia ciudad y me pregunté si me habría extraviado voluntariamente. Tengo las piernas cortas, pero aquel día mi paso era cercano a la inmovilidad. Tenía miedo, esa era la verdad, quería ver a mi padre, pero estaba aterrorizado. En la primera visita no habíamos hablado de nuestro distanciamiento ni de la muerte, solo de historias. Había sido la emoción del reencuentro, pensaba, esta vez, sin duda, tocaríamos temas más profundos.

Ya en la habitación, él parecía estar peor que el primer día. Creía que me acostumbraría a ver la piel de mi padre retorcida como la de un melocotón pasado de fecha, pero uno no se acostumbra a eso. Apreté la mandíbula y me senté en una silla muy rígida pegado a un lateral de la cama. Me senté muy cerca porque estoy sordo de un oído y no quería que él tuviese que forzar la voz. Recuerdo que me hablaba de un asesino caníbal de la Unión Soviética. Pensé: qué puto sentido tiene una conversación *así* en este momento, pero dejé que hablase. Ese día me había prometido no buscar segundas intenciones en sus historias, solo me dejaría llevar por ellas. Como no sabía dónde apoyar las manos, las dejé caer sobre la cama. Sentí que mi padre aproximaba su mano a la mía. Como dos personas que se gustan pero no se atreven a confesarlo, fuimos acercando las manos y finalmente nos las cogimos y nos las apretamos sin fuerza. Mis piernas cortas me obligaban a colocarme en el extremo de la silla para mantenerme agarrado a él, pero no pensaba soltarlo. Permanecí sentado al borde de una lámina de metal que me aserraba las nalgas mientras él seguía hablando de un asesino caníbal. Aguanta, me dije, aguanta, no lo sueltes ahora. No lo sueltes.

Entró entonces una enfermera y mi padre dejó mi mano a un lado. Fernando, cómo estás, dijo la enfermera y luego miró hacia mí y yo me azoré como si estuviera en un lugar que no me correspondía. Como si el tiempo que habíamos estado sin hablarnos me hubiese privado de derechos filiales. Como si fuese un huérfano agarrado a la mano del padre de otra persona. Es mi padre, quise gritarle a la enfermera, es mi padre, no el tuyo. Pero no dije nada.

¿Qué tal las *depos*?, le preguntó la enfermera.

¿Las depos?, dijo mi padre.

Las deposiciones.

La enfermera parecía querer hacer más íntima su conversación con el paciente para demostrarme que yo estaba de más allí. Mi padre, aquel hombre macerado como un melocotón viejo al fondo de un frutero, pensó un segundo y luego dijo en un susurro:

Esforzadas.

En un primer momento la respuesta de mi padre me avergonzó. Era un acto reflejo: mi primera reacción a lo que él decía era siempre la vergüenza. Luego sé que sonreí, aunque no moví un músculo de la cara, sé que por dentro sonreí.

La enfermera me indicó que yo debía salir porque iban a asearlo. Es mi padre, quise decirle de nuevo, si alguien tenía que salir de allí era ella.

Me senté en una sala de espera con sillas de plástico unidas las unas a las otras. La última vez que había estado en unas sillas así había sido en una oficina de empleo. Maldije a todos los fabricantes de sillas del mundo, después cogí mi móvil y anoté: *esforzadas*. Quizás algún día podía utilizar la respuesta en una novela.

Saqué de mi mochila un libro de Amélie Nothomb que habla sobre su padre, un diplomático belga destinado en Japón. Allí el señor Nothomb se había convertido en cantante de Noh, el teatro japonés tradicional, un arte incomprensible para cualquier occidental no familiarizado con él. De niña, a Amélie le horrorizaba oír a su padre cantar aquellos chirridos desafinados que la asustaban y aburrían a la vez. Con el tiempo, sin embargo, había aprendido a amar el Noh. Todo se aprende a amar con el tiempo. Esa sensación, la de que mi padre cantaba cosas desafinadas, es la que tuve toda la vida. Hasta que, escribiendo este libro, me he dado cuenta de que era yo quien no sabía apreciar la melodía.

Hace poco, antes de acostarme hice un pequeño baile, un bailecito ridículo que a veces hago en la intimidad cuando estoy alegre o he tenido un buen día. Mi mujer me dijo: Esos bailecitos son de tu padre, te pareces tanto a él.

Esa vez no me enfadé. No, esa vez pensé: ojalá.

Cada vez que me avergoncé de mi padre, era de mí mismo de quien me estaba avergonzando. Cada vez que me avergoncé de mi padre, era mi ego el que fracasaba: no era que no lo quisiera a él, era que me odiaba a mí. Supongo que he acabado siendo escritor porque soy una de esas personas que tienen al mismo tiempo las ganas de volar y la autoestima de una mosca de la fruta a la que le han arrancado las alas.

El ego fabrica grandes escritores, pero también grandes infelices.

4

Ego

Las cenas interrumpidas de los Yurok

La infancia de Ursula K. Le Guin no tuvo nada de ordinaria. Su padre, Alfred Kroeber, era un prestigioso antropólogo y en los años 30 solían alojarse en su casa del Valle de Napa los huéspedes más variopintos. Uno de ellos era un nativo de la tribu de los *yurok* al que llamaban Robert Spott. Durante las cenas, Spott seguía una costumbre de su pueblo: si alguien hablaba, bajaba los cubiertos y dejaba de masticar hasta que el otro terminaba de hablar; luego volvía a comer. En la familia de Ursula nunca permanecían mucho tiempo callados, así que el pobre Spott debía interrumpir su cena constantemente. Años más tarde, Ursula se inspiraría en esa idea para crear a los habitantes de un planeta helado, a los que no solo les costaba encontrar alimentos, sino también sacar tiempo para engullirlos con tranquilidad, por lo que hablar a la hora de la comida se consideraba una transgresión muy grave.

Ursula comenzó a crear los universos ficticios que la convertirían en una de las mejores autoras de literatura fantástica en aquel entorno tan peculiar. Imaginó sus primeras historias entre los huéspedes del Valle de Napa, antes incluso de poder expresarlas con palabras. Cuando ya era una autora consolidada, a menudo le preguntaban: ¿Siempre has querido ser escritora? ¡No!, decía Ursula, ¡siempre *he sido* escritora! No era una cuestión de voluntad, era una parte de ella misma, como el color del pelo o la forma de las orejas.

Cuando Ursula terminó su primera novela, su padre la puso en contacto con Alfred Knopf, uno de los editores más importantes de la época. Knopf leyó la novela y, aunque le envió una carta llena de buenas palabras, la rechazó. Aquel fue solo el primero de muchos rechazos. Cualquiera podría haberse venido abajo y tirado la toalla, pero Ursula no lo hizo. Ella sabía que *era* escritora, del mismo modo que sabía que nunca sería jugadora de baloncesto porque no alcanzaba el metro sesenta. Fue ese convencimiento el que salvó la carrera de Le Guin, el que hizo que nunca dejase de intentarlo. Más tarde diría que la confianza en sí misma y su arrogancia fueron las que la hicieron salir adelante como escritora.

El horno de Eudora Welty

Veamos ahora un caso opuesto. Uno de los primeros relatos que escribió Eudora Welty se titulaba *El hombre petrificado*. Era un texto cargado de humor sobre los cotilleos que se cuentan en un salón de belleza de Mississippi, el estado en que nació Eudora, donde viviría toda su vida y que retrataría como nadie en sus cuentos. Eudora envió *El hombre petrificado* a todas las revistas literarias de Norteamérica, pero solo recibió respuestas negativas. La que más le dolió fue la de Robert Penn Warren, que había fundado la *Southern Review* y era el gran impulsor de la literatura del sur de Estados Unidos. Después de recibir la última carta de rechazo, Eudora se irritó tanto que encendió el horno de leña de la cocina, arrojó dentro la única copia de *El hombre petrificado* y observó las páginas arder y convertirse en cenizas. Por fin me he librado de ese maldito relato, pensó.

Dos meses después, Robert Penn Warren contactó con Eudora para decirle que deseaba volver a echarle un ojo a *El hombre petrificado*, ya que tenía la impresión de haberlo juzgado mal en su primera lectura. Eudora no supo muy bien qué responder. No tenía intención de contarle a Warren su momento de flaqueza —si a un editor le demuestras dudas sobre la calidad de tu obra, estás invitándolo a que él mismo deje de valorarte—, pero tampoco podía satisfacer su petición porque había destruido el manuscrito original. Pensó que la mejor opción era darle largas, seguro que pronto se olvidaba de aquel cuento endiablado.

En efecto, durante un tiempo, Warren pareció olvidar el relato, pero al cabo de un año volvió a ponerse en contacto con ella para pedirle que le dejase releer *El hombre petrificado*. A Eudora solo le quedaba la opción de confesar. O, quizás, pensó, podía volver a escribir el cuento de memoria. ¡Pero hacía más de un año que había quemado su historia! Dio igual, Welty lo reescribió y se lo mandó a Warren haciéndolo pasar por el original. Ignoro si Warren se dio cuenta de los cambios, lo que sí sé es que el cuento se publicó, fue premiado y hoy es uno de los relatos de Eudora Welty que aparece en más antologías.

El ego es un mecanismo esencial para la literatura. Es el mecanismo que, en primer lugar, impulsa al autor a escribir una historia y, por encima de todo, el que le impide destruirla inmediatamente después de haberla creado. Sin la confianza de Le Guin sería imposible soportar los rechazos que, de un modo u otro, un autor va a recibir a lo largo de su carrera. Si, como Welty, uno quemase sus papeles después de que alguien los desprecie, en vez de bibliotecas y librerías, lo que tendríamos sería un gran conjunto de hogueras.

Es por eso que considero que los escritores humildes, en sentido estricto, no existen. O quizá sí existan y estén infiltrados entre nosotros y no lo sepamos. Un escritor humilde solo podría serlo si escribiera en su casa, para sí mismo, y luego guardase los folios en un cajón y nadie supiera que ha estado escribiendo. La paradoja es que si un día descubriésemos al escritor humilde y leyésemos sus escritos, desaparecería y se convertiría en un escritor egotista más. Como el gato de Schrödinger: cuando abrimos la caja, deja de ser una paradoja científica para convertirse, en el mejor de los casos, en un simple gato; en el peor, en un gato muerto en una caja.

Es cierto, como ya hemos dicho, que uno escribe por necesidad; en palabras *chejovianas*, porque tiene la nariz rota, pero esa acción se queda a la mitad si luego no da a leer a nadie sus papeles. Una historia que no se comparte es como el árbol que cae solo en el bosque; ambos hacen ruido solo si hay alguien cerca para oírlo. Para que una historia esté completa debe ser compartida y, para compartirla, hace falta ego. Si un escritor le enseña a otra persona uno de sus textos, es porque cree que tiene algún mérito. Aún no he conocido al escritor que diga: lo que escribo carece de valor, no entretiene, no sirve para nada, leerlo es una tortura, ¿qué puedo hacer? ¡Publiquémoslo! ¡Vamos a dárselo a miles de personas para que lo lean! Estaréis conmigo en que, afortunadamente, ese escritor no existe.

El problema en sí, pues, no es el ego, sino una desmesura de él. Que un autor piense que es importante por el mero hecho de haber creado una historia. En el caso de que un día caigamos en esa trampa, siempre podemos recordar lo que dice Murakami. Escribir, afirma, no es un trabajo adecuado para personas con una inteligencia por encima de la media. En contra de la afirmación del autor japonés, podemos argumentar que un escritor debe ser, al menos, alguien hábil con el lenguaje. Pero recordemos también las sabias palabras de uno de los per-

sonaje s de *Hijos de la medianoche*: Nadie se casa con un diccionario.

Tengo razón

Mi padre era una persona afable, con un carácter suave la mayor parte del tiempo, pero con pequeños raptos de malhumor
que habían aumentado con la edad y los incordios de la enfermedad. Lo último que yo deseaba era que esos raptos consu-
mieran las pocas energías que le quedaban, así que cuando lo
acompañaba en el hospital procuraba darle siempre la razón en
todo, algo que jamás había hecho antes. Supongo que para él
aquella era una pista definitiva de la gravedad de la situación.
En la película *Desmontando a Harry* dicen que las palabras más
hermosas en inglés no son *te quiero*, sino *es benigno*. Para mi
familia, las palabras más hermosas son *tengo razón*.

Hace unos veinte años un amigo de mi hermano pasó la tarde de Navidad con nosotros y todavía hoy cada vez que me
ve lo primero que hace es recordarme la partida de Trivial que
jugamos aquel día. En casa de mis padres el Trivial no era un
simple juego de mesa, era el gran plebiscito de *la razón*. El ambiente de cada partida parecía el de uno de esos partidos de
hockey sobre hielo en los que acaban tirando los sticks y dán-
dose puñetazos. Eran los tiempos en que *Google* aún no había
jubilado las enciclopedias, y cada tres tiradas alguien se levantaba a buscar un tomo para demostrar que las respuestas impresas
en las tarjetas eran incorrectas o, al menos, interpretables.

A los ocho años, mi profesora aseguró en clase que Córcega
pertenecía a Italia; yo levanté la mano y le respondí que estaba
equivocada; ella hizo valer su autoridad de profesora para aca-
llarme y esa tarde volví indignado a mi casa, ¡me habían quitado la razón y yo sabía que la tenía! Incomprensiblemente, a

mis padres les pareció una buena idea que yo apareciese al día siguiente en clase con el tomo de la letra ce de la enciclopedia para corregir a mi maestra. Unas semanas más tarde, hubo que elegir un país para un ejercicio y yo escogí Liechtenstein —¿cómo se puede ser tan odioso?—, la profesora me dijo que el ejercicio requería el nombre de un país real y no uno inventado. Al día siguiente aparecí en clase con el tomo de la letra ele.

Hace poco mi madre me comentó que se había encontrado con esa profesora y le había dicho que me guardaba mucho cariño. No cabe duda de que es una mujer con buen corazón.

Teclear más deprisa

Leyendo las memorias de Isaac Asimov, regresé al episodio de la profesora y la enciclopedia. Asimov cuenta que un día, ya en la vejez, una mujer se le acercó para comentarle que habían estudiado juntos en el colegio. El escritor la miró de arriba abajo, pero, a pesar de su memoria prodigiosa, no la reconoció. ¿Era posible que lo hubiese confundido con otra persona? La mujer le contó entonces una anécdota de la escuela: una vez el profesor había afirmado algo, Isaac le había dicho que estaba equivocado y durante la hora del almuerzo había corrido a casa y regresado con un libro enorme bajo el brazo para demostrar que tenía razón. Ah, respondió Asimov, entonces es cierto que estudiamos juntos: ¡no cabe duda de que ese niño era yo! Las dos palabras más hermosas: *tengo razón*.

Es probable que no haya otras memorias que exuden una confianza en uno mismo como las de Asimov. En el prólogo del libro habla del motivo por el que disfruta tanto escribiendo materiales autobiográficos. Dice: tratan sobre mi tema favorito.

Un día debía dar una conferencia sobre robots y Asimov no se había preparado nada; no es que estuviese especialmente nervioso, pero cuando subió al estrado y buscó con la vista a su mujer, notó que se había sentado al fondo del auditorio. Asimov carraspeó, dio dos golpecitos al micrófono y comenzó su exposición. A medida que hablaba, le parecía que la gente se divertía, en algunos fragmentos incluso se reían a carcajadas. Cuando estaba llegando a la parte final de la charla, se dio cuenta de que su mujer se había cambiado de sitio y ahora estaba sentada en un asiento en primera fila. Desde ese día, no volvió a preparar ninguna charla y exigía siempre hablar en último lugar. ¿Por qué?, le preguntaban. Porque es imposible que nadie mejore mi discurso.

Una arrogancia como la de Asimov suele repelernos, pero él encontraba en ella la clave de su productividad, que lo llevó a escribir 500 libros en su carrera. El autor prolífico, escribió Asimov, tiene una ventaja enorme: no duda sobre lo que escribe. El escritor ordinario, en cambio, está lleno de dudas. Se mortifica con cada frase, ¿estará bien así?, se pregunta, y se queda sentado meditando sobre la calidad de su obra, sobre si tiene sentido lo que hace, sobre si ha equivocado el rumbo de su vida.

Asimov era lo opuesto de ese autor sufridor, él disfrutaba más escribiendo que haciendo ninguna otra cosa. Una vez le preguntaron si le gustaba hacer algo distinto que escribir. No, dijo Asimov. ¿Y qué haría si un médico le diera seis meses de vida? Pensó un segundo y luego respondió: Teclear más deprisa.

Si Asimov cogía uno de sus centenares de libros antiguos y lo releía, se quedaba atrapado y era imposible apartarlo de la lectura. Sus libros le parecían divertidísimos, todos ellos. Veremos en un capítulo posterior que esto es poco común entre los escritores; lo normal es que no deseen volver nunca a lo que han escrito. Pero el ego genuinamente hipertrofiado de Asimov también es poco común entre los autores. El ego, hemos dicho, es el mecanismo que pone en marcha la creación, pero también es el que puede llevar al creador a descarrilar más fácilmente.

El principio que te den por el culo

Nadie como los editores han sufrido esos egos desmedidos. El reputado editor Robert Gottlieb tenía un principio que él llamaba *el-principio-que-te-den-por-culo*. Lo expresaba de la siguiente manera: aguanta tanta mierda de los autores como puedas y cuando llegues al límite, mándalos a tomar por culo.

A principios de los 80 tuvo que aplicar ese principio con una de las estrellas de la firma, Roald Dahl. Aquel hombre que tras la guerra les parecía tan simpático a todos los comensales en las cenas en Washington se había convertido en una persona egotista y despótica. Uno de sus mayores conflictos con Gottlieb tuvo como motivo que en la portada de *Los cretinos* el nombre *Roald Dahl* aparecía más pequeño que el título. En otra ocasión, escribió a la ayudante del editor para comunicarle que se le habían terminado los lápices de la marca que utilizaba y necesitaba que le enviasen más. Se ve que a Dahl le parecía más práctico que le mandasen los lápices desde el otro lado del Atlántico que acercarse a comprarlos él mismo. Cuando por fin se los enviaron, Dahl escribió diciendo que eran inservibles: no tenían goma de borrar incorporada, eran demasiado duros y el color no era el adecuado.

Gottlieb, cansado de estas actitudes, le escribió una carta diciéndole que no iba a tolerar más desmanes y, a no ser que tratase con más respeto al personal a su cargo, por mucho que lamentaran perder sus libros, no lo publicarían más. Cuando envió la carta, en la oficina de Knopf todos se levantaron de sus asientos y lo celebraron ruidosamente.

Uno de los relatos más famosos de Roald Dahl se titula *El cisne*. En él, dos adolescentes abusan a diario de un niño llamado Peter, algo más pequeño que ellos. Cuando a uno de los adolescentes le regalan una escopeta, mata a un cisne de un disparo y se le ocurre una idea: corta las alas del ave y se las ata a Peter a la espalda, luego lo obliga a subirse a un árbol y le ordena que se eche a volar. El niño cae en el jardín de sus padres, no sabemos si vivo o muerto, y todo el pueblo cree haber visto un enorme cisne surcar los cielos.

Imagino la celebración de los trabajadores de la editorial como si hubiesen despedido a los abusones de *El cisne*. En 1984 Dahl publicó *Boy*, las memorias sobre su infancia; no creo que muchos se extrañasen al leer acerca de las vejaciones a las que lo habían sometido en el colegio. Gran parte del conflicto en su obra había sido una pugna entre abusadores y abusados. Parece que Dahl hizo uso, tanto en sus narraciones como en su vida, de la inseguridad que había adquirido en su infancia. El ego de Dahl parece el reflejo de una herida, de una carencia en la autoestima.

Una granizada fatal para Poe

La arrogancia de los escritores no suele nacer de la confianza, sino de sus antípodas. Lo habitual es que la soberbia provenga del profundo pozo de la inseguridad. Hace poco escuchaba a un *youtuber* preguntarse qué diferenciaba la autoestima de la soberbia. En mi opinión, una confianza como la de Ursula K. Le Guin tiene que ver con la fe en tus posibilidades; la soberbia, en cambio, lleva aparejada el desprecio a otros. No es que creas que tú eres bueno, es que crees que los demás son peores que tú.

Edgar Allan Poe parecía tener un ego gigantesco. El día que le leyó *El cuervo* a un amigo y el otro le respondió que era un buen poema, Poe se enfadó muchísimo: ¿Bueno?, ¿cómo que bueno?, ¿eso es lo único que sabes decirme?, dijo, ¡pues yo te aseguro que es el mejor poema que nadie haya escrito jamás!

Pero Poe era una persona herida. Sus padres habían muerto cuando era niño y el hombre que lo adoptó nunca llegó a darle su apellido ni le dejó un dólar en herencia. Poe estaba siempre endeudado y no pudo completar sus estudios universitarios; eso le provocaba una inseguridad de la que no conseguía deshacerse al confraternizar con otros literatos. Hay investigadores que aseguran que el uso de palabras arcaizantes en su obra tenía que ver con demostrar una cultura que su falta de cualificación universitaria podía poner en duda. Había empezado a jugar y a beber antes de cumplir los 18 y tuvo que huir y embarcarse con un nombre falso para no acabar en la cárcel porque su padrastro se negaba a sufragar sus deudas.

Edgar ahogaba sus miserias en alcohol y en pretensiones literarias. Creía que sus cuentos y poemas podían hacerle recuperar el lugar que la vida le había birlado. Su determinación por triunfar como escritor llegó a apartarlo durante un tiempo del alcohol. Como hizo también Balzac, cambió las bebidas espirituosas por café bien cargado. Balzac decía no poder escribir si no bebía torrentes de café. Un matemático calculó que el escritor francés había bebido 50.000 tazas a lo largo de su vida, y un doctor aseguró que la cardiopatía que lo mató había tenido que ver con su consumo desmedido de café.

El caso es que cuando Poe cambió el alcohol por la cafeína, alcanzó uno de sus mayores éxitos con el relato *El escarabajo de oro*. Pero seguía necesitando dinero, e intentó aliviar su maltrecha economía impartiendo charlas de literatura. Charlas en las que se dedicaba a una de sus aficiones favoritas: despedazar a la competencia.

Medio siglo más tarde, Knut Hamsun, un hombre de origen humilde al que habían ninguneado en los círculos literarios, se haría famoso dando conferencias en las que hacía trizas a Henrik Ibsen, el gran autor escandinavo de la época. Cuando Hamsun llevó sus charlas a un teatro de Copenhague, envió a Ibsen una invitación para un asiento en primera fila. El discurso de Hamsun comenzó con una burla sobre la simpleza psicológica de los personajes de Ibsen. La audiencia se rio a carcajadas, mientras el dramaturgo escuchaba impasible en su asiento. Un periodista indignado escribió que, de haber vivido en un país civilizado, alguien le habría volado a Hamsun la tapa de los sesos.

A la primera conferencia de Poe en Nueva York asistieron trescientas personas y el escritor salió de ella muy contento. El día en que estaba programada la segunda charla una violenta tormenta asoló el cielo neoyorquino, los rayos parecían cicatrices anaranjadas y granizaba sin parar. Cuando Poe salió al escenario, solo doce personas ocupaban el patio de butacas. El evento se canceló y, a la mañana siguiente, Edgar apareció en el trabajo en tal estado de ebriedad que un amigo tenía que sostenerlo del brazo para que no se cayese. Su etapa cafetera había terminado abruptamente. ¿Creéis que alguien con una verdadera confianza como la que expresaba al hablar de *El Cuervo* se habría hundido de esa manera por un contratiempo tan ligero?

Cuatro años más tarde, el doctor Snodgrass, un viejo amigo de Baltimore, recibió una nota urgente: Hay un caballero muy mal vestido que viaja bajo el nombre de Edgar Allan Poe. Está en muy mala situación y dice que es conocido suyo. Snodgrass acudió a la llamada y lo halló semiinconsciente, con los ojos vidriosos y medio desnudo. Había empeñado la ropa o se la habían robado. Tuvieron que meterlo en un carruaje como si fuera un cadáver. Lo enterraron al día siguiente en una tumba sin placa. Acudieron doce personas, incluidos los enterradores. Solo tres meses después, la crítica aclamaba a Edgar Allan Poe como un genio.

Bea, creo que el libro es mejor que yo

Es cierto que la propia esencia de la escritura incita a caminar sobre arenas movedizas. Escribir significa dedicar tu vida a algo que nunca sabrás si es lo suficientemente bueno; abandonarte a algo que no se puede medir con objetividad. Muchas de las obras más admiradas en su tiempo han caído en el olvido, muchas que fueron ignoradas se admiran hoy como obras maestras. Tres meses después de morir en la miseria puedes convertirte en un mito. Susan Sontag llamaba a esto *la agonía del escritor.* ¿Cómo saber si lo que escribes es bueno de verdad? La respuesta es: no se puede.

Pienso ahora en un documental sobre una falsificación de un Rothko que vi hace unos años. Los protagonistas se pasan un buen rato decidiendo si el cuadro en cuestión está colgado del derecho o del revés, son incapaces de adivinarlo. Finalmente alguien dice: no sé si está del derecho o no, pero es bonito. Creo que el juicio sobre lo que uno escribe es semejante al de ese Rothko, no sabemos si está del derecho o del revés, pero al menos esperamos que sea bonito. Y como no existe un baremo objetivo, el escritor considerará injusto cada fracaso.

El miedo al fracaso es todavía más paralizante si llega precedido de un éxito anterior. Norman Mailer decidió contar su experiencia durante la guerra del Pacífico en su primera novela, *Los desnudos y los muertos,* pero su editor rebajó sus expectativas: La gente está harta de la guerra, le dijo, nadie quiere oír una palabra más sobre ella. No sabía cuánto se equivocaba.

Poco antes de que se publicase la novela, Mailer y su mujer, Bea, emprendieron un viaje por Europa. Cuando hicieron una pequeña escala en Niza, el libro llevaba ya unos cuantos días en el mercado, pero Mailer ignoraba cómo le iba. Se dirigieron a la oficina de correos para ver si había algo allí para ellos; Norman descubrió que su padre le había enviado un voluminoso paquete. Estaba lleno de recortes, reseñas, cartas y telegramas que elogiaban sin medida su novela. Con el paquete en la mano, a Mailer le entró una especie de abatimiento. Al regresar al coche, le dijo a su mujer: Bea, creo que igual el libro es mejor que yo.

Se había convertido en una celebridad de la noche a la mañana y, sin embargo, se sentía más vacío que nunca. Para llenar ese vacío utilizaba las reseñas y las cartas elogiosas. Pero cada vez necesitaba un número mayor de alabanzas, cada vez más desmedidas y cada vez le hacían menos efecto.

La inseguridad infla el ego y esa inflamación alimenta la inseguridad, creando un círculo vicioso que se parece mucho a una adicción. Para Norman Mailer sería la primera de muchas adicciones. A partir del momento en el que abrió aquel paquete en la oficina de correos de Niza, su vida sería una lucha permanente por fingir que podía ser tan bueno como su propio libro.

Juana de Arco en Palo Alto

Dicen que Susan Sontag podía pasar, en cinco minutos, de pensar que era la mente más brillante de América a convencerse de que era un absoluto y completo fraude. A todos nos ha sucedido algo así en algún momento, tenemos días mejores y peores con nosotros mismos. La clave estriba en los cinco minutos de distancia entre ambos picos; ahí radica la principal diferencia: el ego del escritor viaja arriba y abajo a velocidades pasmosas.

Esas oscilaciones salvajes entre arrogancia e inseguridad hacían de Sontag una persona difícil. Una periodista de *The New Yorker* recordaba que durante una entrevista Susan le había hablado de tal o cual *amigo* suyo. La periodista no había dejado de asentir mientras pensaba que los días anteriores, para preparar la entrevista, había conversado con esas mismas personas a las que ella llamaba *amigos* y se habían referido a Sontag como *esa hija de la gran puta*.

De Sontag se decía que deseaba fundar junto a su hijo David una aristocracia de dos personas. Desde que David era un niño pequeño, Susan y él recibían a gente a cenar en casa; el tema de la velada siempre era el despellejo de los que habían acudido a la cena del día anterior. Al pobre David lo apodaban *le monstre*; había heredado la soberbia de Susan, pero no su talento. No era fácil ser el hijo de Sontag. Cuando creció, David viajó a Bosnia y escribió un libro sobre la guerra de los Balcanes, pero entonces su madre apareció en Sarajevo para robarle el protagonismo. ¿No podías dejarme solo ni en este rincón del mundo?, le dijo David.

Sontag decidió involucrarse en la guerra de Bosnia; viajó ocho veces a los Balcanes, llevó consigo marcos alemanes para repartirlos entre los artistas locales y su colaboración resultó de gran ayuda para los bosnios. El problema no era su participación en el conflicto, sino la valoración que ella hacía de la misma. En una ocasión la escucharon compararse con Juana de Arco en una conversación telefónica.

Uno de los perfiles más irónicos de Sontag lo escribió Terry Castle en un artículo titulado «Buscando a Susan desesperadamente», como la película de Madonna. Lo curioso es que este perfil lo escribió Castle como obituario de Sontag, lo cual indica el escaso aprecio que sentía por ella.

Contaba Castle que se la había encontrado paseando por Palo Alto con aspecto de diva y Susan se había apresurado a relatarle su experiencia durante el sitio de Sarajevo. No paraban de caer las bombas, le dijo a Castle, y entre bomba y bomba, una mujer bosnia se acercó a pedirme un autógrafo, había leído mi último libro, *El amante del volcán*, y le parecía buenísimo, a todo el mundo en Europa le parece buenísimo, ¿sabes, Terry?

En mitad de la conversación, Sontag le preguntó a Castle si alguna vez había tenido que esquivar las balas de los francotiradores. Castle suspiró y respondió que no. Entonces Susan se puso a fingir que había francotiradores en los tejados de Palo Alto, echó a correr encorvada señalando aquel tejado y aquel otro, ¡mira allí!, ¡y allá!, esquivando balas imaginarias. Los transeúntes se preguntaban quién era aquella mujer que actuaba como una demente.

No sé en qué momento se hace obvio que el ego se ha desmadrado, pero creo que si la gente empieza a pensar que eres una versión moderna de Norma Desmond en *El crepúsculo de los dioses*, a punto de gritar en cualquier momento *Señor De Mille, estoy lista para mi primer plano*, tal vez deberías planteártelo.

5

Envidia

¿Compararme a mí con ese hombre?

Tolstói y Dostoyevski son reconocidos como los dos mayores genios de la literatura rusa. El autor de *Guerra y paz* era solo siete años menor que el de *Crimen y castigo*; eran contemporáneos y, sin embargo, nunca se conocieron. No fue fruto de la casualidad, no se conocieron porque evitaron hacerlo. Cuando en 1880 se erigió un monumento a Pushkin en Moscú, Turguénev trató de convencer a Tolstói para que participase en el homenaje al gran poeta romántico. Tolstói se negó; siempre había odiado hablar en público, pero había otra razón de peso: Dostoyevski iba a estar allí. A Tolstói le aterraba que la ocasión se convirtiera en una competición de popularidad entre él y el autor de *Crimen y castigo*. En realidad, lo que le aterraba era perder esa competición.

Dostoyevski se llevó la gloria en el homenaje a Pushkin. Se cuenta que la ovación que recibió resonó en el centro de Moscú, las mujeres le tiraron ramos de flores y un joven estudiante se desmayó. Imagino a Tolstói mordiéndose las uñas al leer los periódicos al día siguiente en su casa de Yasnaya Polyana.

Ocho meses después de aquel día, una hemorragia pulmonar acabó con la vida de Dostoyevski. La noticia cogió por sorpresa a Tolstói, que escribió una sentida carta a un conocido en común: «Nunca lo vi, nunca tuve contacto con él, pero, con su desaparición, de repente, me he dado cuenta de que era una persona a la que sentía próxima, alguien esencial para mí. Los escritores somos arrogantes y envidiosos, pero a mí nunca se me ocurrió competir con Dostoyevski. Siempre lo vi como un amigo y estaba convencido de que algún día nos conoceríamos».

O Tolstói mentía a sabiendas o se engañaba a sí mismo. ¿Olvidaba que había sido él quien había esquivado la oportunidad de conocerlo? Tan pronto como se le pasó la impresión por el fallecimiento de su adversario, volvió a propagar la idea de que Dostoyevski era un escritor de segunda fila. No voy a negar que en sus libros hay buenos fragmentos, dijo, pero en conjunto son terribles.

Como si quisiera hacer una última comprobación, poco antes de morir Tolstói intentó leer *Los hermanos Karamazov*, una novela que había dejado a medias treinta años atrás. Cómo era posible que lo hubieran comparado con aquel hombre, pensó tras la relectura, ¡a él!, ¡al autor de *Guerra y paz*! Solo un escritor podría pedir en sus últimos días el libro de su gran rival y morir feliz poniéndolo a parir.

Los santos envidiosos

Los escritores somos arrogantes y envidiosos, dijo Tolstói. Hemos dedicado el capítulo anterior a la arrogancia, hablemos en este, pues, de la envidia. ¿Cómo era posible que Tolstói, un hombre al que se le consideraba un mito en vida, profesase envidia hacia otros autores? Él, que había conseguido lo que cualquier persona soñaría para sí; él debería ser el objeto de la envidia de los otros, ¿no es así?

En el momento en que Dostoyevski falleció, Tolstói atravesaba la crisis más profunda de su vida. Una crisis que derivaba del hecho de haber logrado cuanto se había propuesto. Lo tenía todo, pero no era feliz; ese era el peor tormento. Tal vez fuese también la razón de su llanto por la muerte de Dostoyevski, había perdido al único rival que podía destronarlo, ¿qué motivaciones le quedaban?

Es ingenuo pensar que el éxito pueda contribuir a reducir la envidia. Lo que hace es invitarla a apuntar cada vez más alto. Aristóteles decía en su *Retórica* que la envidia sigue la máxima de 'alfarero contra alfarero'. Rivalizamos con quienes aspiran a lo mismo que nosotros. No tiene sentido que un alfarero envidie a un rey, igual que tampoco tendría ninguna lógica que un rey envidiase a un alfarero.

Os pondré un ejemplo. Supongo que cada año, cuando se entrega el Nobel de Literatura, muchos imaginamos por un segundo cómo será recibir un premio así. Sin embargo, ninguno de nosotros, escritores desconocidos o simples lectores, sentimos verdadera envidia hacia el ganador del Nobel; lo vemos tan lejos que es imposible que nos haga daño que la Academia Sueca se olvide de nosotros. Pero ¿y los que están en las quinielas del premio, los que cada año se quedan sin él? ¿No creéis que son ellos quienes en realidad envidian a los Nobel? Son personas que ocupan una posición infinitamente mejor a la que nosotros ocuparemos nunca y, no obstante, es a ellos a quienes les corroe la envidia cuando el secretario de la Academia Sueca anuncia el nombre del ganador.

De acuerdo, diréis, pero, entonces, si ganas el Nobel o te conviertes en una leyenda en vida, ¿a quién puedes envidiar una vez que ya has llegado a lo más alto? Ahí tenéis, precisamente, el ejemplo de Tolstói, que no olvidaba a su viejo rival muerto. Aún es más común que, como decía Norman Mailer tras triunfar con *Los desnudos y los muertos*, el rival sean los elogios de antaño. Recuerdo cuando le preguntaron al entonces campeón del mundo de ajedrez, el noruego Magnus Carlsen, quién era su jugador favorito del pasado. Magnus sonrió y contestó que su jugador favorito del pasado era él mismo hacía cuatro o cinco años. Todos los periodistas rieron la ocurrencia, pero creo que su respuesta encerraba algo más que una simple broma. Nuestro ego de alfarero tiende a buscar a otro alfarero que envidiar y, si no lo encuentra, envidiará las épocas de vieja gloria en la alfarería.

En medio de aquella crisis personal suya, Tolstói comenzó a frecuentar a los desfavorecidos y se asombró de las pésimas condiciones en las que vivían. Intentó concienciar desde su posición privilegiada a las clases dominantes y abrazó un pensamiento que se llamó anarquismo cristiano, con el que cosechó poco más que el desdén de los ricos. Muchos pensaron que la suya no era una experiencia de fe, sino una nueva búsqueda de la admiración de otros: ya no quería solo ser el mejor escritor, también quería ser el más santo. Pero Bertrand Russell advierte de que la santidad no protege de la envidia. Dudo, dice Russell, que San Simeón el Estilita, que pasó los 37 últimos años de su vida encaramado a una columna de 17 metros de altura a modo de penitencia, se hubiera alegrado sinceramente de haber sabido que otro santo se había subido a una columna más estrecha que la suya.

La envidia, añade Russell en *La conquista de la felicidad*, es la más lamentable de todas las características de la condición humana: la persona envidiosa desea hacer daño al objeto de su envidia —como Tolstói cuando criticaba abiertamente a Dostoyevski— y al mismo tiempo su propio sentimiento lo hace desgraciado. Un proverbio japonés dice que «maldecir a alguien conlleva dos tumbas». Cambiemos el verbo *maldecir* por *envidiar* y tendremos otro proverbio muy atinado.

La envidia no aporta ningún tipo de felicidad. En *La broma infinita* David Foster Wallace explica por qué. Un tenista de origen asiático de solo once años siente tal envidia por Michael Chang, ganador de Roland Garros, que no es capaz de dormir ni comer. Uno de los psicólogos que pulula por la academia de tenis le advierte de que ha caído en la trampa propia de esa emoción. Crees que existe un sentimiento recíproco para la envidia que tú experimentas por Michael Chang, le dice; crees que Michael Chang siente placer por la envidia que tú le profesas, pero eso no es verdad.

Si ese sentimiento recíproco existiese, desear ser objeto de envidia tendría un sentido; indigno, pero sentido al fin y al cabo. Como no es así, es el camino más absurdo e inútil hacia el dolor. El camino de la belleza en la creación literaria recorre estos pasos: mirada-memoria-imaginación. Su opuesto, el camino de la infelicidad, sigue la senda que conduce de la inseguridad a la soberbia y, finalmente, a la envidia.

Hoy os envidio la vida

Ya he contado que le llevé a mi padre mi segunda novela al hospital y que no pudo leerla a pesar de empezarla un par de veces; no le era posible concentrarse en nada demasiado tiempo. Por eso me sorprendió cuando mi madre me dijo que él le había comentado que si hubiese escrito una novela sería exactamente igual a la mía. De ser esto cierto, me parecería el elogio más hermoso que puede recibir un escritor, dada la situación en la que se produjo. Pero yo no lo presencié y mi padre no me mencionó nada acerca de mi novela, quizás porque le avergonzaba su incapacidad para avanzar más allá de las veinte o treinta primeras páginas.

Fui testigo, en cambio, de una escena distinta un día en que mi madre se acercó a darme el relevo de mi visita. Mi libro permanecía sobre la mesilla del hospital al lado de las magdalenas del desayuno en su envase de plástico, magdalenas que mi padre no quería comer y luego yo engullía en el coche de vuelta a casa, llenándome la boca para no tener que comentar nada de lo vivido, sabiendo que en el futuro se convertirían en mis magdalenas de Proust. Mi madre señaló la novela, agarró a mi padre de la mano y le dijo: ya ves, un hijo escritor, lo que tú siempre quisiste ser. ¿Cómo?, me dije. ¿Mi padre quería ser escritor? Primera noticia. ¿Cómo era posible que estuviese conociendo a mi padre en sus últimas semanas de vida? Ese pensamiento me descompuso un poco y sonreí como pude bajo la mascarilla.

Noté que mi padre me miraba con ojos tristes —hasta ese momento no me había dado cuenta de que mi caída de ojos melancólica proviene de la familia paterna— y me pregunté si sentía envidia de lo que yo había logrado y él había soñado. Entonces me fijé en que no estaba mirándome a mí, sino a mi pecho. Estoy convencido de que no era más que una mirada perdida, pero me hizo pensar que si mi padre alguna vez había envidiado algo de mí era el funcionamiento de mis pulmones en aquella precisa tarde, la ágil circulación del aire por mis alvéolos, que él tenía cicatrizados a causa de la fibrosis. Si alguna vez mi padre envidió algo de mí, no fue más que la elasticidad de unos saquitos en los pulmones. En mi cabeza sonó una canción de Fabrizio de André en la que uno de los ladrones crucificados al lado de Cristo repasa sus pecados: no he abandonado la envidia de ayer, dice, lo que sucede es que hoy os envidio la vida.

La mesa del comedor, escuela de narrativa

Pese a hacernos infelices, la envidia es un sentimiento íntimamente ligado al alma humana. Uno de los mitos más antiguos que conocemos narra la historia de los dioses egipcios Osiris y Seth. Osiris era alto y hermoso, había enseñado a los humanos a cultivar grano y había conseguido que abandonasen sus comportamientos primitivos; su hermano Seth era todo lo contrario. La envidia de Seth lo llevó a engañar a Osiris, meterlo en un ataúd y ahogarlo en el Nilo. Luego despedazó el cuerpo de su hermano, que de este modo se convirtió en el dios del inframundo, el reino de los muertos. El mito nos demuestra, por una parte, que la envidia es tan vieja como lo es el *homo narrans*; por otra, que los lazos familiares no la previenen, sino todo lo contrario. Ya sabéis, alfarero contra alfarero.

Kurt Vonnegut aprendió a inventar historias sentado a la mesa. Existen pocos escenarios tan competitivos como los comedores familiares. En la novela *Primera sangre*, de Amélie Nothomb, a su padre, Patrick, lo envían de niño a pasar el verano con su familia de Las Ardenas, muy numerosa y con pocos recursos económicos. Allí los platos se sirven en función de la edad, primero los padres cogen el trozo más grande de carne, luego los hermanos mayores cogen trozos más pequeños, etcétera. Patrick, que entonces tiene seis años, piensa que, con suerte, podrá tocarle una patata. Un primo de su misma edad le dice: Si llegas a los dieciséis serás alimentado. ¡Pero nos quedan diez años!, protesta Patrick. No será fácil, le dice el otro, pero tú solo estás aquí de vacaciones: ¡sobrevivirás!

En el caso de Vonnegut la rivalidad en la mesa no afectaba a la alimentación, sino al protagonismo. Él era el hermano pequeño y rara vez le daban la oportunidad de meter baza. Descubrió que la única forma que tenía de hacerse notar era decir cosas desconcertantes. En una ocasión, cuando alguien preguntó cómo había sido el día, el pequeño Kurt probó a decir: el mío ha sido verdaderamente horrible. Entonces vio que la familia al completo giraba su cabeza hacia él, pero no fue capaz de dar continuidad a aquella llamada de atención y los otros perdieron rápidamente el interés, regresaron a sus conversaciones y volvieron a olvidarse de Kurt.

Entendió que no era suficiente con llamar la atención, debía hacer sus historias más interesantes, más graciosas, enganchar a los oyentes y no soltarlos. No lo aprendió de golpe, sino poco a poco, con la práctica, cena tras cena. ¿Qué tipo de historias hacían reír a sus hermanos?, ¿cuáles recibían con desinterés?

Si Kurt hubiese sido el mayor y le hiciesen caso por una mera cuestión de edad y jerarquía, tal vez nunca habría sido escritor; tal vez habría sido *solo* un científico como su hermano Bernard, que dedicó buena parte de su vida a investigar la producción de lluvia artificial. Menudo desperdicio para la literatura.

Yo era la más dotada de las dos

Como Kurt en aquellas cenas familiares, Katherine Mansfield también destacaba por su capacidad para desconcertar en las conversaciones; Virginia Woolf admiraba su ingenio y desenvoltura. Hablamos probablemente de las dos mejores escritoras modernistas, pero, aunque la figura de la neozelandesa ha ido ganando prestigio, es indudable que Woolf ocupa un lugar preeminente en la historia de la literatura. Sin embargo, Virginia siempre se sintió empequeñecida cuando estuvo al lado de Mansfield. Es cierto que, a la muerte de Katherine, a Virginia aún le quedaban por escribir sus grandes obras, pero era raro que Woolf se amilanase ante otro autor, algo que sí le sucedía con Mansfield. Era Virginia quien siempre daba el paso de escribir a Katherine o proponerle que se reuniesen; era, decía, una de las pocas personas de cuya conversación realmente disfrutaba. Pensad en alguien a quien podríais estar escuchando horas y horas. No hay muchos candidatos, ¿verdad? Pues Mansfield era esa persona para Virginia.

Katherine podía mostrarse solícita con Virginia y, en cuestión de minutos, actuar con frialdad. Desconfiaba del círculo de amigos de Woolf, el grupo de Bloomsbury, un grupo de intelectuales que revolucionaron la cultura británica de inicios del siglo xx, tan inteligentes como chismosos, siempre a la busca de destripar a otros sin piedad.

Cuando Virginia conoció a Mansfield, comentó con sus amigos que le había parecido una *civeta apestosa a la que había que sacar a pasear*, un comentario que seguramente acabó llegando a oídos de Katherine. A pesar de lo ofensivo que puede sonar, en el fondo, en ese *civeta apestosa* ya estaba la mezcla de admiración y envidia que Virginia le profesaba y que, para ser sinceros, nunca negó.

Es posible que envidiase la vida mundana y disoluta de la *civeta*, que parecía haber participado en todas las fiestas, mientras Virginia, por culpa de su trastorno depresivo, apenas frecuentaba los ambientes nocturnos. En realidad, Katherine había pagado un precio muy alto. Había contraído la gonorrea siendo muy joven y una operación quirúrgica había hecho que los gonococos se diseminasen veloces por su cuerpo, causándole daños pulmonares y artritis.

Que Woolf envidiase el talento de Katherine no impidió que, cuando montó la imprenta Hogarth Press junto a su marido, uno de los primeros libros que editasen fuera *Preludio*, un excelente relato de Mansfield. Al año siguiente, Virginia imprimió en Hogarth Press un cuento suyo, *Kew Gardens*, que no se encuentra entre sus mejores obras. Ante la indiferencia que provocó esta publicación, Woolf le dijo a su hermana Vanessa: No pasa nada si te gusta más el relato de ella que el mío. Pero las dos sabían que sí pasaba.

Aquella derrota le dolió tanto a Virginia que, cuando más tarde leyó otro cuento de Mansfield titulado *Felicidad*, lo arrojó al suelo gritando: ¡Está acabada! Woolf auguraba un fracaso que no llegó, pero ciertamente Katherine estaba acabada, aunque por motivos diferentes. En diciembre de 1919 escribió en su diario: Soy una mujer muerta y no me importa. La tuberculosis la mató con solo 34 años.

Su fallecimiento desoló a Virginia. Escribió en su diario: Cuál fue mi primera sensación, ¿un alivio?, ¿una rival menos? Luego la depresión, ¿cuál es el sentido de escribir si Katherine ya no puede leerlo?

Como en el caso de Tolstói, la competitividad no termina con la desaparición del adversario. No puede ser así, porque la lucha es con uno mismo. Al finalizar *La señora Dalloway*, Virginia anotó un extraño lamento: Katherine seguiría escribiendo si estuviese viva, y la gente habría podido ver que yo era la más dotada de las dos.

Un bulto como legado

El ansia de gloria de los escritores es tan excesiva que a menudo tienen pocos escrúpulos a la hora de conseguirla. En *El Reino*, Emmanuel Carrère habla del período de su vida en que abrazó el cristianismo; él consideraba que su nueva fe le pedía el sacrificio de desprenderse de aquello que más deseaba. ¿Y qué era en su caso? La gloria como escritor. Por ella, dice Carrère, habría vendido de buena gana su alma al diablo, pero como el diablo la había rechazado, solo le quedaba regalársela a Dios a cambio de nada.

El fragmento de Carrère guarda semejanzas con un chiste que contaba Margaret Atwood. Una tarde cualquiera el diablo se le aparece a un escritor que aporrea las teclas de su ordenador. El diablo carraspea, pero el escritor no levanta los ojos del teclado. Entonces el diablo alza la voz y dice: voy a hacerte el mejor escritor de tu generación. Eso hace girar la cabeza a nuestro autor. El diablo sonríe y añade: Qué digo de tu generación, el mejor del siglo. El escritor está cada vez más interesado. ¡El mejor de la historia!, dice el diablo. ¿Y qué tengo que darte a cambio? El diablo extiende un contrato sobre la mesa: A cambio solo quiero que me des tu alma, la de tu madre, tu padre, tus cuatro hermanos, tu perro y tus doce sobrinos. El escritor le pide un bolígrafo al diablo para firmar, pero antes de hacerlo, se detiene pensativo. Un momento, dice, ¿dónde está la trampa?

El diablo de la soberbia y la envidia amenaza a los escritores por todas partes. Como escribió Daniel Defoe, Satán no tiene morada fija porque parte de su castigo como ángel caído estriba en carecer de un lugar donde posar la planta del pie. Quizás Mary Shelley debió haber pensado esto cuando le presentaron a un hombre errante llamado Edward Trelawny. Era el hijo menor de una familia de abolengo en horas bajas. Siempre tuvo la arrogancia de quien se cree de la realeza y la envidia del hijo sin herencia. A los doce años su padre, que no soportaba su rebeldía, lo alistó en la marina; al borde de la treintena se había convertido en un guardiamarina con poco futuro. Trelawny pensó que tal vez le convenía juntarse con gente con más talento que él para adquirir relevancia social. Hizo lo imposible para que lo invitasen a Pisa a conocer a dos poetas rodeados por el escándalo, Lord Byron y Percy Shelley. Trelawny se presentó ante ellos como un aventurero e inventó hazañas fabulosas para ser aceptado en su círculo. Se acercó a Shelley más que a ningún otro. Pero solo seis meses después de la llegada de Trelawny a Italia, Percy Shelley falleció en un naufragio.

Fue Trelawny quien encontró en la playa de Viareggio el cadáver mutilado de Shelley, que reconoció únicamente por la ropa y un libro de Keats que Percy llevaba en el bolsillo. Cuando cremaron el cadáver, emergió de la pira un bulto azulado, un trozo de materia supurante que se resistía a arder. Decidieron que aquel tenía que ser el corazón del poeta y Mary Shelley, la esposa del fallecido, lo conservó durante toda su vida.

De la noche a la mañana, Trelawny se había quedado sin la persona que lo unía a un círculo intelectual al que no pertenecía. Aunque mantuvo el contacto con Byron, Mary y otros, acabó peleándose con todos ellos. Mary dijo de Trelawny que era un ser destruido por la envidia, por la insatisfacción interna, por no ser *nada*.

Gran parte de la ira de Trelawny hacia Mary provenía de que su fantasía de autoproclamarse el mejor amigo de Shelley no se sostenía cuando la viuda del poeta estaba delante. La envidia de Trelawny era tal que odiaba a Mary por no ser él el viudo de Percy, y su venganza duraría un siglo.

Hoy nadie duda de que Mary Shelley fue un genio universal, pero esa es una consideración que solo empezó a ostentar a partir de los años 60 del siglo pasado. Antes de eso, durante cien años la memoria de Mary languideció eclipsada por la figura de Percy. Y el principal culpable fue Edward Trelawny.

A la muerte de Mary, Trelawny escribió un libro en el que traza un perfil durísimo de la escritora. «Su capacidad puede juzgarse por las novelas que escribió tras la muerte de Percy, vulgares y convencionales. Mientras estuvo bajo la sombra de su marido, sus facultades se ensancharon, pero al perderlo se hundió en su natural pequeñez», escribió.

Fue Trelawny quien popularizó la idea de que Mary había escrito *Frankenstein* gracias a la influencia de Percy. En el monumental Diccionario Nacional de Biografías, que comenzó a publicarse en el Reino Unido a finales del siglo XIX, la entrada que correspondía a Mary decía: «Sin duda debió recibir más de lo que dio, nada más que el magnetismo de su marido puede explicar lo que la llevó a escribir una obra tan alejada de su capacidad natural».

Es curioso, porque la poesía de Percy ha perdurado, en buena medida, gracias al trabajo que Mary hizo tras su muerte en Italia. Ella editó y publicó sus poemas, ella defendió su reputación, ella lo elevó a la posición de mito. A cambio recibió un trozo de materia orgánica envuelta en un pañuelo que conservó toda la vida. ¿Quién de los dos creéis que recibió más de lo que dio?

Elsa Morante, de quien hablaremos en un momento, dijo una vez que las parejas de escritores son una peste. Tal vez sea cierto. Lo que es innegable es que de esa peste las mujeres siempre se han llevado la peor parte.

Yo te enseñaré, zorra engreída

Cuando estuve en San Petersburgo, visité la última casa de Dostoyevski, en la que escribió *Los hermanos Karamazov* y donde falleció a las pocas semanas de su publicación. Lo que más me sorprendió fue descubrir que trabajaba toda la noche en su estudio y, aunque ya estaba gravemente enfermo del pulmón, solía dormir allí mismo en un sofá que no parecía nada cómodo. Dostoyevski necesitaba silencio absoluto para escribir y por eso trabajaba por las noches; a la mañana siguiente dormía hasta mediodía y sus hijos tenían orden de no molestarlo.

Unos años más tarde, leí que Nora Barnacle, la mujer de Joyce, se quejaba de las costumbres del escritor irlandés: ¿Por qué no me casaría con un granjero o un empleado de banca? ¡O con un quincallero! Míralo ahí, acostado en la cama como una sanguijuela y sin parar de garabatear en sus papeles.

Pensé entonces que quizás la única persona que podría convivir con un escritor sería otro escritor. Lo que no contemplé en ese momento es que, si un escritor es envidioso, ese sentimiento no disminuirá precisamente si *el otro* es su pareja. A menudo sucede todo lo contrario.

Martha Gellhorn había comenzado una relación con Hemingway en España durante la guerra civil y poco después se había convertido en su tercera esposa. Además de novelista, Martha era periodista por vocación, pero esto a Hemingway parecía no hacerle gracia. ¿Eres una mujer en mi cama o una corresponsal de guerra?, le preguntó un día. Estaba claro que para él una cosa se oponía a la otra.

Si se trataba de elegir, Martha lo tenía claro: era corresponsal de guerra. Por eso cuando se preparaba el desembarco de Normandía decidió que debía regresar a Europa e informar desde el terreno. Trató de convencer a Hemingway para que la acompañase, pero él no deseaba abandonar de nuevo América. Solo aceptó porque temía que Martha triunfase mientras él se quedaba bebiendo whisky y pescando en los cayos de Florida. A Hemingway no le gustaba hacer nada que no partiese de su pura voluntad, así que preparó una venganza cruel. Uno de sus hijos escuchó que Ernest le gritaba a Martha: Yo te enseñaré, zorra engreída, a mí seguirán leyéndome mucho después de que los gusanos hayan acabado contigo.

Lo primero que hizo Hemingway fue firmar un acuerdo con *Colliers*, la misma revista para la que Gellhorn trabajaba. Martha le consiguió a Ernest un asiento en un vuelo de la RAF a Londres dando por hecho que ella también volaría en ese avión. Hemingway le dijo que era imposible, ya que la RAF no aceptaba mujeres entre sus pasajeros —en realidad junto a él volaron dos actrices británicas—. Martha tuvo que hacer el trayecto por mar en un carguero noruego. Cuando llegó a Londres, muchos días después, Hemingway ya había conocido a la que sería su cuarta mujer.

El Día D Ernest no desembarcó con las tropas aliadas en Normandía; permaneció con el resto de periodistas en una de las barcazas observando a distancia el fuego que escupían los bunkers alemanes. Martha, en cambio, se las arregló para llegar a la orilla: se encerró en el baño de un barco hospital y saltó a la playa para ayudar a evacuar a los heridos. Gellhorn contó la experiencia en su pieza y la envió antes que su marido. Su testimonio era mucho más valioso, pero cuando salió el número de *Colliers* sobre el desembarco el único nombre en portada era el de Ernest Hemingway.

No escribí el día de tu muerte

Regresemos ahora a Elsa Morante, una de las autoras más notables de las letras italianas, que aún hoy arrastra el sambenito de haber sido *la-mujer-de-Alberto-Moravia*. Toda su vida tuvo que luchar contra eso. Muchos años después de su separación, antes de una entrevista, Elsa miró directamente a los ojos del periodista y le advirtió: no hablamos de Moravia. Alguien le preguntó un día en qué había mejorado su literatura gracias a su exmarido, ella le respondió: ¿Y por qué no te haces la pregunta al revés? En otro momento, dijo que Moravia había publicado un cuento que era un plagio mediocre de uno de los de ella. Una millonaria en ideas como yo bien puede regalar una, dijo, pero lo aviso por si a los amantes de Moravia y racistas antifeministas se les ocurre decir que he sido yo quien lo ha plagiado a él.

En un viaje a El Cairo, Moravia partió antes que Elsa, que debía unírsele unos días después. Cuando Alberto llegó a Egipto le sorprendió el frío que hacía y decidió enviar un telegrama con el destinatario *Elsa Moravia* pidiéndole que le llevase ropa de abrigo. Nada más bajar Elsa del avión en El Cairo, antes de saludar a Alberto, lo primero que le dijo fue: *¿Elsa Moravia?*, ¿en serio?, ¿cómo te atreves? Estuvo tres días sin hablarle.

Todos conocían la competitividad entre ambos; a Elsa la minusvaloraron tantas veces por su relación con Moravia que siempre necesitó refrendarse delante de él. Cuando cenaban con otros autores en Roma, lo normal era que terminasen discutiendo. El escritor Carlo Emilio Gadda, después de faltar a una de esas cenas, preguntó a otro comensal, ¿*Elsina* ha gritado? Sí, le respondió el otro. Pues entonces, dijo Gadda, me alegro de no haber ido. En realidad, esas cenas eran el momento que tenían para estar juntos, porque Elsa escribía todas las tardes y Alberto escribía todas las mañanas. Escribirás incluso el día que me muera, le dijo Elsa. ¡Como si ella no estuviera obsesionada con escribir! Al final de su vida, en casa solo tenía material de escritura y latas de comida para gatos.

El día del funeral de Elsa, Alberto llegó el último y se sentó discretamente en la fila del fondo, luego salió el primero para coger su coche. Aunque la visitaba casi a diario durante su enfermedad, llevaban muchos años separados y Alberto sabía que aquel día no le correspondía el protagonismo. Pero dio la casualidad de que una maniobra del coche fúnebre lo colocó delante del automóvil de Moravia. Con la marcha hacia el cementerio, las flores se fueron desprendiendo de las coronas y una por una cayeron sobre el coche de Alberto.

No, Elsa, pensó Moravia, no he escrito el día de tu muerte.

Tercera visita a mi padre

Durante mi infancia temí la muerte de mi padre casi a diario. Nací en zona de naufragios, en una costa de rocas afiladas y frecuentes temporales. He visto el crudo de los barcos convertirse en nubes negras y olas azabache. Uno de los mejores amigos de mi padre falleció en el incendio de un enorme petrolero; otro, como he mencionado anteriormente, se salvó de las llamas huyendo por el hueco del ascensor. Durante mi infancia temí la muerte de mi padre cada día que no lo tuve delante para palpar su cuerpo y constatar que estaba vivo.

La mayoría de las cosas que importan en nuestras vidas ocurren en nuestra ausencia, escribió Salman Rushdie en *Hijos de la medianoche*. En aquella habitación de hospital yo ya no albergaba dudas de que mis miedos infantiles se cumplirían y mi padre moriría sin estar yo presente. Solo podía visitarlo una o dos veces por semana; vivíamos en ciudades distintas y yo estaba inmerso en la promoción de mi segunda novela, por lo que viajaba por todo el país. Tampoco voy a mentir, qué sentido tendría eso ahora: rechacé pasar las noches en el hospital junto a mi padre; me parecía excesivo, como si una pareja que volviera tras una crisis decidiese meterse en una hipoteca. Creía que para sentirnos cómodos, para curar las heridas imaginarias

81

que ambos nos habíamos infligido, necesitábamos tiempo, justo lo que no teníamos.

Así que sabía que en cualquier momento recibiría una llamada de mi madre diciéndome que en mi ausencia había sucedido una de las cosas más importantes de mi vida: la muerte de mi padre. No había lugar para la sorpresa, recordá a aquel joven doctor dándonos el pésame ya el primer día. En mi familia vivíamos esperando la noticia, nuestra vida se había detenido al mismo tiempo que seguía adelante. Es una sensación extraña, pero algo así nos sucederá a todos tarde o temprano. En la cola del supermercado o en el metro o en las cafeterías o en la oficina hay cada día gente que parece vivir su vida aunque realmente solo espera una llamada con las peores noticias.

Conozco una historia que me recuerda a aquellos días. Un discípulo del rey Chanakya le preguntó al monarca qué significaba estar y no estar en el mundo al mismo tiempo; Chanakya le respondió que al día siguiente se celebrarían unos festejos en la ciudad y le ordenó transportar un cántaro lleno de agua entre la muchedumbre. Debía llevarlo sobre la cabeza y si se derramaba una sola gota, lo decapitarían. Al día siguiente, cuando el discípulo se presentó ante el rey, este le preguntó cómo habían sido los festejos y el discípulo no pudo describirle nada porque solo había podido centrarse en el agua y el cántaro. Pues eso, le dijo Chanakya, es estar y no estar en el mundo. Aquellas semanas mis hermanos, mi madre y yo caminábamos con un cántaro en la cabeza.

Mi padre, en cambio, no se resignaba y cada día que lo visitaba me decía que a ver si mejoraba un poco y podían mandarlo para casa; luego cambiaba de tema y me preguntaba si había leído algún libro interesante. Si se quedaba callado, yo le hablaba de alguna película que sabía que él había visto, le hacía preguntas cuya respuesta sabía que él conocía. Yo también conocía las respuestas, pero eso daba igual, escuchaba a mi padre, con su voz entrecortada y la respiración agitada. Lo escuchaba contarme historias que me había contado mil veces como quien escucha una y otra vez la misma canción o lee una y otra vez las mismas páginas del mismo libro. Esas historias que conocemos tan bien son nuestro hogar. Y yo le hacía trampas a mi padre y le miraba a los ojos como si me sorprendiese lo que me contaba y él miraba a los míos como si me dijese sé lo que estás haciendo, pero gracias. O qué sé yo.

Ese día le conté que estaba leyendo *Hijos de la medianoche*, no por la famosa frase de la ausencia, sino por un episodio que protagoniza un doctor con una enorme nariz. Mi padre era la persona con la nariz más grande que yo he conocido jamás. Era una nariz particular, con forma de un perfecto triángulo escaleno. Otras tienen curvaturas o jorobas, la suya no, la suya era rectilínea. Mi padre la consideraba una nariz *distinguida*; yo no sé si lo era tanto, pero distinta vaya si lo era. En casa era objeto permanente de bromas y él siempre se las tomaba bien. Por eso creí que era buena idea contarle lo que había leído en *Hijos de la medianoche*.

En la novela de Rushdie, al doctor de la gran napia le encargan atender a una joven, pero para tratar sus dolencias solo puede ver su cuerpo a través de una sábana con un agujero de unos veinte centímetros de diámetro. Durante años la mujer enferma continuamente, pero cada vez lo hace de una parte distinta de su cuerpo. El dedo gordo del pie izquierdo, el tobillo derecho, la pantorrilla, la rodilla, el muslo... Uno a uno va enseñándoselos al doctor a través del agujero de la sábana. Los dolores van ascendiendo y alcanzan la mitad superior del cuerpo de la chica saltándose las partes pudendas. ¿Cómo es que siempre sufre de zonas distintas?, pregunta el doctor. Eso demuestra que es usted muy buen médico, le responde el padre de la joven. A los tres años de convertirse en su paciente, el doctor tiene que atenderla de un pecho. A esas alturas,

83

ya está enamorado del collage que en su cerebro se ha hecho de la mujer; y en el pueblo están convencidos de que el padre trata de emparejarla con el doctor. Finalmente llega un dolor de cabeza: el doctor de la gran nariz puede contemplar la cara de la chica y le parece hermosa. Pero ¿y la mujer? Hasta ese momento no ha visto más que las manos del doctor a través del agujero en la sábana. Cuando por fin ve la cara de quien se convertirá en su marido, lo primero que dice es: Dios santo, doctor, ¡qué nariz!

Mi padre sonrió, tenía los dientes pequeñitos y asomaron con la sonrisa. Siempre habían sido pequeños, pero me dio la impresión de que habían menguado. Pensaba que al adelgazarle la cara su nariz afloraría, pero parecía haber disminuido también. Todo él había encogido, estaba desapareciendo. Al menos conseguí que sonriera con la historia del doctor y la sábana. Tal vez aquella fue la última sonrisa que le extraje a mi padre, no recuerdo otra posterior.

Mi madre me había dicho que después de mis visitas él se quedaba contento pero exhausto, porque conmigo hablaba demasiado. Yo creía que hablaba lo mismo con todo el que lo visitaba, pero al parecer solo conversaba tan animado cuando iba yo. Me pregunté si era especial para él, si mi padre quería hablar conmigo porque yo era yo, porque él era mi Virginia Woolf y yo su Katherine Mansfield. ¿O quizás la razón de su locuacidad era disimular que nos habíamos distanciado antes de que cayera enfermo? Si tuviera que apostar, diría que a mi padre simplemente le gustaba hablar conmigo. Pero quién sabe ya y qué importa ahora.

En lo que los dos estábamos de acuerdo es en que la vida está compuesta de historias, y ellas eran nuestro juego preferido. Eran ellas las que le hacían reír y asomar sus dientes diminutos. Cuando alguien se está muriendo, no hablas con él de dios ni de la muerte ni de la ciencia ni del más allá, le cuentas historias para que sonría. Más tarde, en el tanatorio, compartes esas mismas historias con la familia y todos os reís como jugando para ocultar el dolor. ¿Acaso no es esta la mejor prueba de que no existe un juego más trascendente que una narración?

6

Juego

El babuino de Thomas Bernhard

El escritor austriaco Thomas Bernhard se enteró de la muerte de su madre leyendo el periódico en el sanatorio en que estaba ingresado. Aún no había alcanzado la veintena, pero Bernhard era ya un hombre enfermo. Con 17 años se había resfriado al descargar un camión de patatas y luego había recaído por acelerar su vuelta al trabajo. En adelante sería un enfermo crónico de los pulmones y sus idas y venidas a los hospitales durarían hasta su muerte en 1989. La química, según el doctor Peter Fabjan, hermanastro de Thomas, fue lo que lo mantuvo vivo hasta los 58 años, mucho más allá de lo que ninguno de sus médicos habría imaginado.

La cuestión es que Berhnard leyó sobre la muerte de su madre en el sanatorio. No lo cogió por sorpresa, sabía que ella tenía cáncer de útero y estaba muy grave. La última vez que le habían dado permiso para abandonar un par de días la clínica se había acercado a visitarla, pero apenas habían podido intercambiar unas pocas frases, la cercanía de la muerte aplastaba las palabras antes de que salieran de su boca. Como ya he mencionado, mi padre y yo esquivamos ese callejón sin salida contándonos historias, pero Bernhard y su madre no lo hicieron. ¿Qué otro tema de conversación puedes proponerle a alguien en esa situación? El pasado es doloroso; el presente, terrible; el futuro, una broma de mal gusto.

La madre de Bernhard se llamaba Herta Fabjan. Thomas leyó en la esquela del periódico que había muerto una tal Herta Pavian, pero no le cupo duda de que se referían a su madre. Eso no quiere decir que el error no le resultase ofensivo: *pavian* en alemán quiere decir *babuino*.

Pero entonces el dolor empequeñecía cualquier ofensa. A pesar de la difícil relación que había mantenido con su madre, Thomas la amaba irracionalmente. Su padre no había querido saber nada de él; es posible incluso que hubiese violado a Herta. Dicen que Thomas era la viva imagen de aquel hombre, así que, desde niño, cuando Herta lo miraba veía a su hijo, pero también al abusador. Y respondía insultándolo: lo llamaba inútil y manzana de la discordia, lo acusaba de tener la culpa de todo. Herta no perdía la ocasión de hacerle saber a Thomas que su nacimiento le había arruinado la vida, pero él la quería, era una de las pocas personas a las que tenía en el mundo.

A Thomas le dieron permiso para asistir al entierro de su madre. El futuro escritor se vistió de luto y con el corazón encogido acompañó el féretro de Herta. Pero, en mitad del cortejo fúnebre, la cabeza de Thomas regresó a la esquela del periódico. Regresó a Herta Pavian. *Herta Babuino*. La imagen de un mono narigudo de culo rosa se superpuso con el recuerdo de la cara de su madre, una mujer con una nariz prominente como un babuino. No lo pudo evitar: al principio fue una simple sonrisa, luego una carcajada, pronto se convirtió en un ataque de risa en mitad del entierro. Thomas abandonó el cementerio a toda prisa y se refugió en casa, avergonzado, pensando en cómo podría volver a mirar a la cara a su familia cuando regresasen de despedirse por última vez de Herta Babuino.

Unos hombres que dicen bar-bar-bar

Este episodio nos recuerda una realidad del lenguaje que a veces olvidamos: cada palabra, en sí misma, es un juego; y, por tanto, la expresión juego de palabras no es más que una tautología. Una circunstancia que nos expone a que el lenguaje nos recuerde su carácter lúdico en el momento más inadecuado, como le sucedió al pobre Thomas Bernhard en aquel cementerio.

El historiador neerlandés Johan Huizinga escribió que toda la cultura humana brota del juego. En *Homo ludens*, el estudio clásico de referencia sobre el tema, Huizinga considera más acertado denominar a nuestra especie *homo ludens* que *homo sapiens*. Pero un momento, ¿no habíamos asegurado que lo adecuado era llamarnos *homo narrans*? ¿Es que me estoy contradiciendo? Veréis que si seguimos la explicación de Huizinga, no existe tal contradicción.

Huizinga asegura que el juego está presente ya en el lenguaje: tras cada expresión que utilizamos hay una metáfora, dice, y tras ella un juego de palabras.

Tomemos un ejemplo entre miles: la palabra *bárbaro*. Esa era una de las palabras que usaban los griegos para referirse a sus enemigos persas, pero ¿era una elección aleatoria o tiene un sentido? ¿Llamaron a los persas *bárbaros* como podían haberlos llamado, digamos, *asesinos*? Para los griegos el idioma de los persas sonaba como una repetición de la sílaba *bar*, algo así como *bar-bar-bar*, y de ahí el nombre que les otorgaron. La palabra *asesino*, en cambio, deriva de la secta chiita de los hassasin, cuyos miembros, además de una enorme destreza para el homicidio, tenían, según sus adversarios, cierto apego por el hachís; la palabra hassasin significaría *consumidores de hachís*. Como veis, el uso del lenguaje rara vez es azaroso o intercambiable. Aunque con el tiempo hayamos perdido la conciencia de su origen, las palabras suelen nacer de una metáfora y, por tanto, como dice Huizinga, de un juego.

Pero sigamos con los bárbaros. Los griegos extendieron la acepción a otros pueblos extranjeros no persas, en especial a aquellos con estructuras políticas y sociales que consideraban primitivas. Los romanos tomaron prestado ese significado y usaron el vocablo para designar a los bárbaros del norte. Cuando Alarico y sus visigodos saquearon Roma en el 410, los romanos afirmaron en latín que aquellos bárbaros los habían sometido a un expolio o *exspolium*. La palabra *exspolium* deriva de la raíz indoeuropea *spel*, que quiere decir desprender. El *exspolium* era en sí mismo arrancar la piel de los animales para quedarse con la carne y tirar los despojos —la palabra *despojo* también tiene su origen en *spoliare*—. Es decir, que cuando los visigodos estaban pasando Roma a hierro y fuego, lo que decían los romanos era algo como que 'una gente que dice *bar-bar-bar* nos arranca la piel a tiras como animales, se llevan la carne y se deshacen del resto'. ¿Os dais cuenta de cómo el lenguaje es un juego? Y este juego a veces se produce en situaciones más dramáticas incluso que la de Thomas Bernhard y su madre babuino. No podríamos culpar a un romano si se hubiese echado a reír al pensar en los giros cómicos del idioma mientras los visigodos saqueaban su ciudad.

Las historias, los mitos, ritos, leyendas y fábulas constituyen un paso más en el juego del lenguaje. De nuevo debo referirme aquí a los escritores como niños grandes que nunca han dejado de jugar. Que han decidido seguir contemplando el mundo con ojos de niño y hacer del juego su oficio. Italo Calvino decía de Mark Twain que podías ponerle en la mano cualquier texto, cualquier cúmulo de palabras, por ejemplo, el albarán de la carne enlatada suministrada al General Sherman, y con ese material él era capaz de construir un cuento. Calvino llamaba por eso a Twain *juglar de la escritura*. Juglar deriva de *iocularis* y, por tanto, de *ioculo*, pequeño juego o placer. Las historias son, en esencia, pequeños placeres que hacen que la vida valga la pena. Pero veremos que son también mucho más que eso.

El rey egeo arrojándose al mar

Thomas Bernhard escribió toda su obra estando gravemente enfermo de los pulmones. Es extraño cómo se agolpan las dolencias respiratorias en este pequeño libro.

Escribió Bernhard que, en el sanatorio, al ver a los pacientes arrastrando sus goteros, no podía evitar pensar que estaba rodeado de marionetas cuyos hilos manejaba algún dios burlón. Una de las pocas funciones prácticas que yo tenía cuando visitaba a mi padre era evitar que se enroscase el tubo que unía la bombona de aire a su máscara de oxígeno. Llevaba ya muchos días ingresado y no sabía cómo colocarse, se movía con dificultad de aquí para allá, y el tubo siempre se las arreglaba para retorcerse. Aquel tubo era el último hilo de marioneta que lo ataba a la vida. Cuando se desprendiera, mi padre ya no sería nada más que un trozo de madera que convertiríamos en cenizas y arrojaríamos al mar.

Poco antes de morir, mi padre nos dijo que su deseo era descansar en el mar que bañaba la ciudad de sus hijos. Cuando nos reunimos para cumplir su deseo, junto a las rocas en las que treinta años antes había encallado un barco llamado Mar Egeo, sabíamos que estaba prohibido arrojar las cenizas al mar. Debe ser la única norma que me he saltado a sabiendas. Pero, en las novelas, hasta a los presos les conceden una última voluntad antes de fusilarlos. Creo que mi padre, que nunca pidió otra cosa en la vida, se merecía acabar donde deseaba. Si existe una ocasión justificada para transgredir las normas, sin duda debe ser esa. En el lugar donde en su día estuvieron los restos del Mar

Egeo, mi hermano mayor arrojó las cenizas de nuestro padre. Mientras las tragaban las olas, recordé que el rey Egeo de Atenas se había lanzado al mar que desde entonces lleva su nombre al creer que el Minotauro había matado a su hijo Teseo.

Que el mar se llevase a mi padre una última vez era, para mí, el final más lógico. El océano había sido mi gran enemigo a la hora de reclamarlo. El recuerdo de mi padre en la niñez es más el de la ausencia que el de la presencia; ocho meses al año el mar se lo llevaba como si se tratase de un tributo al Minotauro. El recuerdo de mi padre en la infancia es mi madre comprándome regalices antes de despedirlo en la estación de tren y diciéndome: muérdelos fuerte, así no llorarás.

Si echo la vista atrás, mi primera conciencia de la ausencia de mi padre data de cuando yo tenía unos seis años y mi madre viajó a visitarlo en una escala que su barco hizo en un puerto del sur. Nos dejó a los tres hermanos con mis abuelos y para que nos entretuviésemos nos compró un juego de mesa que representaba la Segunda Guerra Mundial. Era un juego demasiado complicado para un niño de seis años, pero no para mis hermanos, bastante mayores; a cambio, ellos debían pagar el peaje de dejar que yo también jugase. Yo estaba fascinado con aquel tablero; aprendí más de geografía ante aquel mapa de lo que nunca me enseñarían en el colegio, con seis años pensaba que Prusia Oriental era un territorio que seguía existiendo entre Polonia y la Unión Soviética. Lo más importante de aquel juego de mesa no era quien ganase o perdiese. Lo más importante era que en cada partida yo podía montarme mi propia historia en la cabeza.

Unos años más tarde, inicié una pequeña carrera de ajedrecista infantil, que abandoné al cumplir 14 años. Solo a partir de esa edad, ya en el instituto, empecé a tener claro que quería ser escritor. Siempre había pensado que la mía había sido una vocación tardía. Hasta aquel momento en el hospital en el que me di cuenta de que estaba hecho de historias. Aquel juego de mesa de la guerra mundial me proporcionó el tablero ante el que yo, a los seis años, desarrollé mis primeros cuentos.

Los *wargames* de Bolaño

Lo que me convenció de esa idea fue descubrir que Roberto Bolaño, siendo adulto, estaba tan fascinado por los juegos de guerra como yo lo estaba de niño. Bolaño trasladó a la ficción su amor por los *wargames* en una novela titulada *El Tercer Reich*, que cuenta la historia de una pareja alemana de viaje en la Costa Brava. El hombre, Udo, es el campeón de juegos de guerra de su país; a él no le interesan la playa ni las vacaciones, su único interés es el mapa del juego que despliega sobre una mesa nada más llegar al hotel.

Udo se asoma continuamente al balcón para observar la playa, pero no como un turista que ansía ver el mar, sino como quien contempla un tablero hecho de fragmentos de la realidad. «Antes de meterme en cama he hecho dos cosas», nos cuenta Udo en *El tercer Reich*, «a saber: 1. He dispuesto los cuerpos blindados para el ataque relámpago sobre Francia. 2. He salido al balcón y he buscado alguna luz en la playa que indicara la presencia del Quemado, pero todo estaba oscuro».

Las acciones de Udo son parecidas en la vida y en el juego. Busca a ese extraño personaje llamado el Quemado en la playa como quien busca una ficha perdida en los hexágonos del tablero. Es un *homo ludens* a tiempo completo, dominado enteramente por las historias. No creo que os sorprenda si os digo que Udo, aparte de jugador profesional, es también... escritor.

Pero la fascinación de Bolaño por los juegos de mesa no es, ni mucho menos, única entre autores. Cuando estalló la Gran Guerra, Fernando Pessoa parecía no tener demasiado claro a quién debía apoyar. Oficialmente, estaba a favor de los Aliados, ya que ese era el bando al que se adhirió Portugal; sin embargo, algunos de sus heterónimos escribían manifiestos entusiastas de apoyo a Alemania. Tal vez pensó que la mejor forma de decidirse sería dirimirlo en un juego de mesa. Pero, setenta años antes que Bolaño, Pessoa no podía ir a una tienda en Blanes y adquirir el tablero y las fichas. Así que lo que hizo fue confeccionar él mismo su propio juego de guerra. Más tarde, intentó vender su invención a una firma inglesa, que declinó su propuesta.

«Si muero muy joven, oigan esto: nunca fui más que un niño que jugaba», escribió el heterónimo más grande de Pessoa, Alberto Caeiro.

Los biógrafos consideran verosímil que Pessoa asistiese, cuando vivía en Sudáfrica, a una de las charlas de la gira mundial de Mark Twain. El portugués no tenía entonces más de ocho años, pero Twain fue siempre uno de sus escritores predilectos. El autor de *Huckleberry Finn* guarda no pocas similitudes con el genio portugués. Una de ellas es su querencia por los juegos: como Pessoa, él también creó su propio juego de mesa, destinado a que los niños pudieran memorizar los reyes de Inglaterra, desde Guillermo el Conquistador hasta su época.

Uno de los mayores placeres en la vida de Twain era el billar, aunque en ocasiones sufriera derrotas humillantes. Contaba que un día en una sala un desconocido lo retó a una partida, pero antes le pidió que realizase unos tiros para calibrar su nivel. Twain golpeó las bolas lo mejor que pudo, mientras el desconocido lo observaba en silencio. Luego el hombre le dijo: Seré justo contigo, jugaré con la mano izquierda. A Twain le pareció humillante, pero cuando comenzó la partida su rival empezó a introducir las bolas en las troneras a tal velocidad que Twain solo podía observar y untar su taco de tiza. Al terminar, Twain le pagó lo acordado y le dijo: Si eres capaz de hacer eso con la izquierda, me encantaría ver lo que haces con la derecha. El otro cogió el dinero, dejó el taco sobre el tapete y marchándose le contestó: Imposible, soy zurdo.

A Twain nunca se le acababan las historias de este tipo, quizás nunca habían sucedido, pero, recordad, era un juglar: amaba *ioculare*, los pequeños placeres. No parece que fuera un as del billar, pero tenía una capacidad inhumana para inventar cada día un juego con nuevas reglas para el taco y las bolas. Fascinaba a sus conocidos con su ingenio para los juegos y las historias. ¿Cómo es posible que cada día idees un juego? ¿Cómo es posible que cada día idees una historia? ¿Pero no creéis que es prácticamente lo mismo? Escribir, creo, no es más que inventar un juego en el que tú pones las reglas.

Un tablero de ajedrez y una lamparita

Ya hemos comentado que a su llegada a América Vladimir Nabokov ejerció de profesor universitario. Solía acompañarlo en las clases una mujer con el pelo blanco y lustroso y la ropa oscura. El profesor parecía apoyarse en ella como en un bastón de ciego. La llamaba *mi ayudante*. Decía: Mi ayudante encontrará ahora la página en la que íbamos, y ella la encontraba de inmediato. Mi ayudante dibujará ahora una mujer de cara ovalada, y la ayudante dibujaba la cara de Emma Bovary. La mujer parecía leerle la mente al profesor antes incluso de que él supiera lo que quería hacer. Si se le caía la tiza, se la recogía; cuando sentía que él lo requería, borraba la pizarra. Seguía impertérrita las lecciones y solo abría la boca si el profesor debía ausentarse. Entonces se ponía en pie y decía: Hoy impartiré yo la clase, y la recitaba con las mismas palabras que Nabokov habría pronunciado.

Un día Vladimir Nabokov invitó a uno de sus alumnos a cenar a su casa. El joven se llevó una sorpresa cuando la ayudante le abrió la puerta y el profesor se la presentó como la señora Véra Nabokov.

Durante su trayectoria académica, Vladimir y Véra se mudaron bastante a menudo. En una de esas mudanzas recuerdan haberlos visto recorrer el campus; él delante, Véra un poco rezagada. Llamaba la atención que ella arrastrase dos grandes maletas, mientras Vladimir transportaba únicamente una lamparita de estudio en la mano derecha y un tablero de ajedrez bajo el brazo izquierdo. Quienes conocían de vista a los Nabokov no se sorprendieron demasiado. Era habitual que Véra fuese a hacer la compra, saliese de la tienda cargada hasta los dientes y luego introdujese las bolsas en el maletero del coche, mientras Vladimir esperaba tranquilo en el asiento del copiloto con cara de despiste, meditando dios sabe qué. Lo sorprendente de aquella mudanza no era tanto la diferencia de carga entre los dos cónyuges como los dos objetos que Vladimir había elegido acarrear. La lámpara era comprensible para un escritor, pero ¿y el tablero de ajedrez?

El ajedrez era importante para Nabokov. Como jugador no pasaba de mediocre, pero era brillante en la composición de problemas artísticos; esos problemas que proponen posiciones poco ordinarias con enunciados del tipo 'juegan blancas y ganan' y habitualmente se resuelven a través de una combinación de movimientos geniales. Nabokov consideraba que los problemas de ajedrez se asemejaban a la poesía e incluyó algunos de ellos en una antología bilingüe de sus poemas.

Para Nabokov había algo poético en el ajedrez, pero yo considero que el juego se reflejaba más en las estructuras de su narrativa. El jugador de ajedrez, como el novelista, debe siempre anticiparse a lo que va a suceder, al siguiente movimiento de su adversario, igual que el escritor se anticipa a los movimientos de sus personajes. La mente analítica de Nabokov concibió numerosas novelas con estructuras semejantes a una partida de ajedrez. La más evidente es *La defensa*, cuyo protagonista es Luzhin, un campeón de ajedrez a quien el juego conduce a la locura. La defensa que da el título al libro es la estrategia que utiliza Luzhin para intentar escapar de la demencia. No lo logrará. Como en una posición en la que el rey está en una esquina dispuesto para que le den mate, en la escena final Luzhin se encierra en el baño asolado por los personajes | piezas que lo amenazan desde fuera. Solo hay una ventana abierta. Luzhin tiene dos opciones: recibir el jaque mate o abandonar la partida...

El loco de Alexander von Humboldt

Luzhin contradice la teoría de Huizinga, que afirma que una de las características del juego es que puede abandonarse en cualquier momento; no es la vida corriente, escribe, sino una huida temporal de ella. El juego, dice Huizinga, es lo superfluo. Esta aparente intrascendencia conlleva que a menudo el trabajo de los creadores de historias no se haya tomado del todo en serio e incluso a veces hayan recibido una consideración bufonesca.

Una famosa anécdota cuenta la ocasión en que el naturalista prusiano Alexander von Humboldt le confesó a un doctor en París que deseaba conocer a un paciente diagnosticado como loco. El otro le respondió que haría lo posible por complacerlo y, pocos días más tarde, Humboldt recibió una invitación para cenar en casa del doctor.

Esa noche el anfitrión sentó a Humboldt entre dos comensales: uno, educado y bien vestido, apenas abrió la boca durante toda la velada; el otro, gesticulante y estrafalario, no paró de hablar de cualquier asunto imaginable y acompañó sus palabras con las muecas más desagradables. Al acabar la cena, Humboldt aprovechó que el doctor se hallaba al otro lado del salón para acercarse a conversar con él. Señaló con discreción al hombre estrafalario que seguía hablando sin cesar y cuchicheó al oído del médico: Me gusta tu loco. El doctor miró a Humboldt muy extrañado. Pero si el loco es el otro, le dijo, ¡el hombre que tú me has señalado es el escritor Honoré de Balzac!

Stefan Zweig ahonda en esta idea en su biografía sobre Balzac: «Este individuo, que a sus contemporáneos parecía un loco, en realidad fue dueño de la más disciplinada inteligencia artística de la época y el obrero más grandioso de la literatura moderna».

La mala fama del oficio ha dificultado la trayectoria de algunos autores. Yukio Mishima empezó a escribir cuando apenas contaba 12 años; sus textos se publicaban en la revista del colegio y su madre estaba orgullosísima de su hijo. En esa época, el padre trabajaba en Osaka y vivía apartado de la familia, que permanecía en Tokio.

Azusa, pues así se llamaba el padre, apreciaba muy poco la vocación artística de su primogénito. Cuando regresó de Osaka y se enteró de los avances literarios de Yukio, se puso furioso. Se abalanzó sobre el escritorio en que Mishima trabajaba en un manuscrito e hizo trizas las páginas amontonadas de su hijo, luego esparció los pedazos por la habitación. El adolescente Mishima lloraba mientras veía volar como copos de nieve lo que hacía poco había sido uno de sus cuentos.

A Azusa la escritura le parecía, en efecto, un juego; nada suficientemente serio. Mishima quería cursar estudios de Literatura, pero su padre lo obligó a estudiar Derecho para que pudiera convertirse en funcionario como él. El padre consiguió en parte su objetivo: al licenciarse, Mishima empezó a trabajar para el ministerio. Pero no por eso dejó de escribir. Cuando tenía 23 años ya ganaba lo suficiente con la escritura como para abandonar su puesto de funcionario. Esto provocó una nueva disputa familiar. Azusa finalmente dio su brazo a torcer, pero con una advertencia. De acuerdo, le dijo, si insistes, adelante, deja el ministerio, pero más te vale convertirte en el mejor escritor del país, ¿me oyes?

Decidme, ¿conocéis muchos otros oficios que solo se consideren serios si eres el mejor o uno de los mejores? El resto de disciplinas artísticas, por supuesto, y tal vez los deportes. En definitiva, los *juegos*. O como diría Huizinga, lo superfluo. Nadie diría: ¿quieres ser abogado? De acuerdo, pero asegúrate ser el mejor del país. El escritor siempre arrastra esa sombra de *ligereza* en lo que hace.

No haga caso al cartel y entre lo mismo

Aunque es difícil imaginar a un abogado narrándole leyes y artículos a su padre junto a la cama de un hospital, pienso que incluso quienes nos dedicamos a este oficio a veces dudamos de su seriedad. ¿Cómo compararlo con un trabajo *de verdad*?

Cuando John Cheever escribía sus relatos, se levantaba por la mañana, se vestía como para ir a la oficina y bajaba en el ascensor de su edificio con todos los oficinistas que, al llegar al vestíbulo, salían disparados hacia sus empleos. Si alguien le cedía el paso, él le decía, no, gracias, yo no me bajo aquí. El otro lo miraba extrañado, ¡estaban en la planta baja! Pero era cierto: Cheever seguía descendiendo en el ascensor, bajo el suelo, hasta el sótano, hasta los infiernos. Entraba en un pequeño cubículo, doblaba su traje, se quedaba en ropa interior y se sentaba delante de la máquina de escribir a crear sus relatos. A mediodía volvía a ponerse el traje y subía en el ascensor con los oficinistas que regresaban de trabajar.

Cheever sentía la necesidad de camuflarse entre la gente con vidas *normales* ante la imposibilidad de hacer que entendiesen el día a día de un escritor. En aquel ascensor, Cheever se obligaba a encajar, se ponía una máscara, por eso siempre se vio a sí mismo como un fraude, una ficción. La verdadera ficción para Cheever no eran sus cuentos, la verdadera ficción era él.

Mientras escribo esto, unas conocidas han entrado en la cafetería en la que trabajo, las he saludado con una sonrisa y me he sentido incómodo porque quizás debería acercarme a su mesa a hablar con ellas. ¿Estaré siendo descortés? ¡Pero esta es mi oficina! Nadie comprendería que yo me plantase en su trabajo y me sentara a su lado y lo mirase fijamente sonriendo y luego dijera, dios, menudo maleducado, ¿no va el tío y sigue trabajando?

Esto me recuerda a una anécdota que contaba Pizarnik sobre Jacinto Benavente, el que fuera segundo Premio Nobel de Literatura en lengua española. El dramaturgo estaba ensimismado corrigiendo su obra *La Malquerida* en la butaca del teatro cuando notó unos golpecitos en el hombro. Un hombre le preguntó si sabía dónde estaban los aseos. Benavente no podía creer que interrumpieran su trabajo para eso. ¿Interrumpiría ese hombre a un médico en mitad de una cirugía para preguntarle dónde podía aliviarse? Allí, la puerta de la izquierda, contestó Benavente, mirando la mano con la que el otro había tocado su hombro como si fuese una paloma que hubiese evacuado sobre su chaqueta. Usted la reconocerá, añadió, porque tiene un cartelito que indica *caballeros*. Usted no se preocupe, no le haga caso al cartel y entre lo mismo.

Esta celda se ha convertido en una prisión

La película *César debe morir*, dirigida por los hermanos Taviani, narra la intrahistoria de un montaje teatral del *Julio César* de William Shakespeare. Hasta ahí todo normal. La peculiaridad es que la obra la interpretan los reclusos de la prisión romana de Rebibbia —y los actores de la película son los presos reales—, muchos de ellos condenados a largas penas por crímenes terribles. La película sigue el día a día de los ensayos, mientras la trama de Bruto, Casio, Antonio y César se entremezcla con la vida de la prisión.

El clímax se alcanza con la representación final en un auditorio lleno de público llegado del mundo exterior; la función termina en una atronadora ovación. La cámara sigue entonces a los presos de vuelta a sus celdas. Vemos una puerta maciza cerrarse detrás de uno de los reclusos y escuchamos el amargo sonido del cerrojo. El preso suelta entonces una frase demoledora: «Desde que conozco el arte, esta celda se ha convertido en una prisión».

Cuando vi la película me pregunté si cuando yo salía por la puerta en los últimos días de mi padre en el hospital y dejábamos de compartir historias, él regresaba a la prisión a la que lo condenaba la falta de oxígeno. Reflexioné sobre la idea de Huizinga que califica el juego de superfluo; el juego, argumenta, no es apremiante y trascendente como la vida real. Pero en el caso de las historias, su poder de atracción es tan grande que pueden conseguir que lo que nos parezca accesorio y poco cautivador sea la realidad circundante. Y no necesariamente, como veremos en el siguiente capítulo, hay que estar encerrado en un hospital o una prisión para ello.

A no ser que llamemos prisión a lo que otros llaman *vida*.

7

Significado

En la fábrica de relojes

En su relato autobiográfico *La analfabeta*, Agota Kristof narra cómo, después de que los tanques soviéticos aplastasen la revolución húngara de 1956, decidió cruzar de manera ilegal la frontera con Austria. Una noche atravesó un territorio boscoso, junto a su marido, su hija recién nacida y otras siete personas. Si los guardas rusos los descubrían, los encarcelarían o simplemente les dispararían allí mismo. El marido de Agota cargaba la niña en brazos; ella caminaba detrás transportando dos bolsas: una contenía biberones y pañales; en la otra llevaba diccionarios. Agota sabía que su hija no sobreviviría si le faltaba la leche; sabía también que ella languidecería si perdía las palabras.

A través de Austria llegaron a Suiza; allí los alojaron en un cuartel en Lausanne. Las familias suizas se agolpaban los domingos para contemplarlos desde el otro lado de la valla y les daban chocolate y naranjas como si estuviesen alimentando a los monos enjaulados del zoo.

Agota encontró un empleo en una fábrica de relojes en Neuchâtel. Se levantaba todas las mañanas a las cinco y media, llevaba a su hija a la guardería y se dirigía a la fábrica. A las 5 de la tarde salía de trabajar, recogía a la niña y regresaba a casa. Había prosperado, decía, en vez de vivir en un apartamento con una habitación, vivía en uno con dos. Lo que no había aumentado era su felicidad. Al contrario, si se hubiese quedado en Hungría sería más pobre, menos libre, pero probablemente más feliz.

Trabajar en una fábrica de relojes es muy simbólico. Allí no era posible huir del tiempo, allí el tiempo jamás detenía su martilleo. Agota echaba de menos su país, la comida que les daban en la fábrica era tan diferente que durante un año, a mediodía, solo almorzó un poco de pan y café con leche. Pero lo que más añoraba eran las conversaciones, la lectura, la lengua. Las historias. En la fábrica apenas había espacio para hablar; sus compañeras le enseñaban las frases más socorridas en francés cuando se encerraban en el cuarto de baño a dar cuatro caladas rápidas a un cigarrillo. Agota comenzaba a entender el idioma, pero no sabía leerlo ni escribirlo. Cuando le hablaba en húngaro a su hija, la niña abría mucho los ojos sorprendida por los sonidos que emitía su madre. Los pocos libros que le llegaban en su idioma ya los había leído. Estaba en un limbo. Sin las palabras, sin las historias, la vida era mera supervivencia. Se enteró de que, entre el grupo de refugiados que llegó a Suiza junto a ella, dos habían regresado a Hungría, aunque sabían que allí les esperaba la cárcel. Otros cuatro se habían suicidado.

Se inscribió en un curso de verano de la universidad para aprender a leer en francés. Mientras tanto, escribía poemas en húngaro. Serán las historias las que la salven. Las que la salven del impulso de regresar a su país o de algo peor. Las historias pueden ser parte de nuestra esencia como *homo ludens*, pero en ningún caso son «superfluas» en comparación con la supervivencia, como dice Huizinga de los juegos. El ejemplo de Agota

Kristof nos habla más bien de lo contrario: la supervivencia es superflua si carecemos de historias.

Allí donde el *homo ludens* y el *homo narrans* se cruzan, estoy convencido, es donde residimos como seres humanos.

Os pondré otro ejemplo.

Un idioma con un hablante

En 1911, en las inmediaciones de un matadero de la pequeña localidad californiana de Oroville sorprendieron a un nativo americano merodeando en busca de comida. Exhausto y desnutrido, parecía también desorientado y no respondía a ninguna interpelación en inglés. El sheriff local no sabía qué hacer con él, así que, para evitar problemas de orden público, decidió llevarlo a la cárcel del condado y encerrarlo en la celda destinada a los locos. Después hizo pasar por allí a todos los nativos y mestizos de varias millas a la redonda, pero ninguno fue capaz de comunicarse con aquel hombre surgido de la nada.

Dos antropólogos de la Universidad de Berkeley se enteraron de la noticia y se presentaron en Oroville para investigar el suceso. Uno de ellos ya ha aparecido en este libro: se trata de Alfred Kroeber, el padre de Ursula K. Le Guin. Pronto descubrieron que el hombre era el último miembro vivo de una tribu llamada *yahi*, que se creía desaparecida. Kroeber se las arregló para comunicarse con él utilizando palabras de dialectos vecinos, puesto que no existía en el mundo otra persona que hablase la lengua propia de los *yahi*. Hoy esa lengua está extinta, pero entonces era algo aún menos natural: un idioma con un solo hablante. Algo así como una casa sin puertas ni ventanas.

Al hombre lo expusieron en un museo de San Francisco como si de un animal de feria se tratase. La gente se agolpó para verlo como se agolpaban los suizos los domingos para ver a Agota Kristof y los refugiados húngaros. La muchedumbre ansiaba conocer el nombre del último de los *yahi*, pero él se negaba a revelar cómo se llamaba.

Entre los *yahi* era tabú decir en alto el propio nombre y la única forma de conocer el nombre de otro era que una tercera persona lo mencionase. Pero como ya no quedaba nadie para nombrarlo, nunca se supo cómo se llamaba. Los periodistas, el personal del museo, los visitantes, todos se impacientaron con la obstinación del hombre. De alguna forma tendremos que llamarlo, ¿no?, dijeron.

Nadie hubiese censurado a aquel hombre si rompía el tabú; era el último de su tribu, no quedaba nadie para ofenderse. Pero él seguía a rajatabla las costumbres y mitos que había aprendido, aunque fuese el último ser viviente atado a ellos. Aquellas eran sus historias. Cuando apareció medio muerto de hambre junto al matadero en 1911, llevaba casi tres años sin la compañía de otro ser humano: esas historias eran lo único que le quedaba, lo último que lo ligaba con su esencia, con su verdadero ser.

Asumo que haya quien piense que el oficio de crear historias no es más que un juego, nada parecido a un trabajo serio. Yo, por el contrario, creo que las historias son tan *serias* como *serio* consideremos lo que nos hace humanos.

Ante la insistencia de la prensa, Kroeber decidió que a aquel hombre lo llamarían *Ishi*. En realidad, *ishi* era solo la palabra para designar a un *hombre* en el idioma de los *yahi*. Ishi ha pasado a la historia simplemente como *el hombre*.

Lázaro, sal afuera

Pienso en la historia de Ishi y recuerdo la irritación que me provocaba que en el hospital las enfermeras repitiesen todo el tiempo el nombre de mi padre. Fernando, esto; Fernando, aquello otro; Fernando, lo de más allá. Era rara la frase dirigida a él que no encabezaban con su nombre. Confieso que me enojaba tanta familiaridad, mi padre era un hombre mayor y estaba tan desmejorado a causa de la enfermedad que parecía un anciano. Que se comportasen con él como si fuese un niño me parecía irrespetuoso; a mí su fragilidad me invitaba a tratarlo como alguien venerable y, como ya he dicho, en ninguna ocasión esos días le quité la razón, aunque estuviese convencido de que no la tenía. Cuando escuchaba a las enfermeras llamarlo Fernando bajaba la vista, luego veía a mi padre entrar con una de ellas en el aseo y me mordía los carrillos por dentro. Creo que hubiese preferido que lo llamasen *el hombre*.

Ahora, con la perspectiva que da la distancia, pienso que sucedía lo contrario de lo que yo sentía. Las enfermeras no estaban faltando al respeto a mi padre, sino mostrando un gesto de humanidad hacia él. No lo he comprobado, pero tengo la intuición de que cuanto más citan tu nombre en una planta de enfermos graves, tanto más desahuciado estás. Tampoco creo que sea algo consciente, es simplemente el modo en que, en nuestra cultura, creemos darle vida a algo: nombrándolo. Estamos convencidos de que el lenguaje insufla vida. Lázaro, sal afuera, dice Jesucristo, llamándolo por su nombre para resucitarlo. Y, al revés, si queremos huir de algo malo, evitamos mencionarlo. Dice el refranero popular: Si quieres que el diablo no se presente, no lo mientes.

Pero la tentación es demasiado grande. Por eso, en el inicio de *Cien años de soledad*, cuando García Márquez dice «el mundo era tan reciente, que muchas cosas carecían de nombre, y para mencionarlas había que señalarlas con el dedo», la hipérbole me resulta tan hermosa como inverosímil. Si los habitantes de Macondo eran seres humanos, al señalar algo con el dedo no podrían resistirse a darle un nombre. Y no se quedarían ahí:

luego inventarían también una historia para explicar esa cosa. Y probablemente, como veremos a continuación, esa historia se las arreglaría para acabar convirtiéndose en realidad.

Solo saben crear palabras inútiles

Karel Čapek nació en un pueblecito de montaña de Moravia en los últimos años del siglo XIX. Aunque pronto se mudó a Praga, el recuerdo de la naturaleza lo acompañaría toda la vida: los ríos caudalosos bajo las negras colinas interrumpidas solo por los bosques de abedul, el ulular de las aves nocturnas, el murmullo de los molinos de agua. Para Čapek nada se oponía más a aquel Edén que la sociedad mecánica que había eclosionado con el cambio de siglo. Aunque se libró del frente en la Primera Guerra Mundial por un problema de salud, la escala de la destrucción dejó a Karel desolado. Entonces empezaba a escribir obras de teatro y pensó que debía denunciar el peligro que suponían las máquinas para los seres humanos.

En una obra titulada *R.U.R.* imaginó una fábrica que producía máquinas, pero no de cualquier tipo, sino unas con aspecto humano. Autómatas destinados a realizar todo el trabajo que hasta entonces recaía en las personas. Gracias a ellos, los seres de carne y hueso no tendrían otra cosa que hacer más que disfrutar de una vida ociosa. Karel no tenía claro cómo llamar a esos nuevos seres mecánicos que había creado. Su hermano le dio una idea. ¿Y si los llamas *roboti*? *Roboti* es el plural de la palabra checa *robota*, que define a alguien sometido a trabajos forzados, es decir, un esclavo. A Karel le pareció un buen nombre para su creación. El título, *R.U.R.*, hace referencia a los *Robots Universales de Rossum* —Rossum era el nombre del fabricante de las máquinas—. En pocos años la obra se representó en teatros de todo el mundo y la palabra checa robot se quedó a vivir en los diccionarios de las lenguas más dispares.

Pero el mundo representado en la obra tiene poco de idílico; en un momento dado los robots se rebelan y deciden exterminar a la humanidad. Uno de los autómatas, llamado Radius, afirma que han dejado de necesitar a las personas. «Las personas no saben crear nada más que palabras inútiles», dice. En el fondo, la postura de este Radius no es muy diferente de la del padre de Yukio Mishima cuando hizo trizas el relato de su hijo. Azusa y Radius coinciden en que las palabras y las historias son inservibles comparadas con el trabajo de un funcionario. En su desprecio hacia los humanos, Radius también señala claramente lo que nos diferencia de los autómatas, lo que nos humaniza: nosotros somos capaces de crear palabras *inútiles*, ellos no.

En las primeras representaciones de *R.U.R.*, Čapek situó la acción en un futuro —entonces— muy lejano: el año 2000. Cien años después de su estreno, el debate que inició aquel hombre de un bucólico pueblo moravo está más vivo que nunca. ¿En algún momento las inteligencias artificiales decidirán que los humanos somos prescindibles? Radius nos da la clave: mientras seamos los dueños de las palabras inútiles, de las historias, seremos insustituibles. Si algún día ellos consiguen crear historias como las nuestras, estaremos perdidos.

Las historias son tan serias que son lo que nos diferencia de los autómatas. Tan serias que ellas mismas son las únicas capaces de crear algo que podría destruirnos. Tan serias que, según escribió el famoso crítico estadounidense Harold Bloom, no somos los seres humanos los que las hemos inventado a ellas, sino ellas las que nos han inventado a nosotros.

Un teatro desmontado en la noche

El punto de giro, si hacemos caso a Bloom, podemos situarlo en Londres la noche del 28 de diciembre de 1598. Nieva y el Támesis se ha congelado. Armados con espadas y hachas, lámparas y antorchas, los miembros de una compañía de teatro caminan rumbo a Shoreditch, hacia el norte. Se dirigen a un lugar llamado simplemente *The Theatre*. Están listos para luchar si es necesario, representar peleas sobre las tablas hace que conozcan los rudimentos del manejo de las armas. Pese a que nadie les sale al paso en Shoreditch, por si acaso, unos cuantos se colocan en círculo guardando el perímetro; apenas ven otra cosa que los copos de nieve acumularse en sus ropas; una docena de ellos se abalanza entonces sobre el teatro que se yergue en el lugar y, pieza por pieza, madera por madera, empiezan a desmantelarlo. En una sola noche son capaces de desmontarlo entero, luego suben los maderos en carros y los conducen a la ribera sur del Támesis.

Podemos discutir ahora si lo que hacía esa compañía era robar o no: aquello que robaban era literalmente su teatro. Llevaba meses cerrado, sin acoger actuaciones, desde que el propietario del solar donde lo habían levantado les prohibió abrirlo. El alquiler había expirado y el precio que pedía el dueño de los terrenos para renovarlo era abusivo. Él sabía que si no podían representar sus funciones, la compañía se arruinaría, así que imaginó que se avendrían a negociar, pero ellos tenían una idea muy distinta.

Usando el material recuperado la noche del 28 de diciembre, un habilidoso carpintero construyó en Southwark un anfiteatro de dimensiones prodigiosas. Lo llamaron *The Globe* y se calcula que podía acoger hasta 3.000 espectadores. Según un contrato firmado en 1599, un tal William Shakespeare, uno de los hombres que había desmantelado el teatro de Shoreditch, poseía una décima parte de *The Globe*.

William había llegado a Londres en la década anterior después de abandonar a su mujer embarazada de gemelos en Stratford-upon-Avon. En la capital, William se percató de que aquel lugar bullicioso no se parecía a nada de lo que conocía. Decenas de miles de londinenses ansiaban entretenimiento y la competencia entre las compañías teatrales era feroz. Cada compañía tenía que interpretar cinco o seis obras distintas a la semana. Era el ambiente ideal para que alguien con la creatividad inhumana de Shakespeare floreciese. Pero su talento no explotó definitivamente hasta que hubo que llenar *The Globe* para dar respuesta a la inversión económica de su construcción.

La primera obra que Shakespeare escribió para representar en el nuevo teatro fue *Julio César*, aquella que interpretaban los reclusos de la prisión de Rebibbia en la película de los hermanos Taviani. La siguiente trataría sobre la venganza de un joven príncipe de Dinamarca llamado Hamlet. Después, de forma casi consecutiva, Shakespeare escribiría *Otelo*, *Macbeth* y *El rey Lear*, las tragedias que cambiarían la historia de la literatura para siempre. O quizás esté quedándome corto. Harold Bloom asegura que Shakespeare no solo cambió la literatura, lo que hizo fue reinventar a los seres humanos. En su día, Percy Shelley afirmó que Shakespeare había sido capaz de crear personas más reales que los seres vivos. ¿Pero es esto humanamente posible?

Bloom sostiene que Shakespeare fue el primero en crear personajes tridimensionales. Cuando pienso en esto, imagino algo semejante al avance que supuso Giotto en la pintura: los primeros pasos de la perspectiva. Bloom insinúa que no es que los personajes hubiesen sido planos antes de Shakespeare, los que eran planos eran los seres humanos. No puedo dejar de imaginar el mundo preshakespeariano como un conjunto de iconos bizantinos caminando pegados a la pared. Bloom cree que

Shakespeare fue quien nos separó del muro: él reinventó nuestras pasiones, que luego los humanos imitaríamos. Y así, a partir de él, nuestra envidia sería como la de Yago, nuestro deseo de venganza sería como el de Hamlet, nuestra ambición sería como la de Lady Macbeth.

¿Es posible que las historias hayan formado nuestro carácter? ¿O es una exageración de Bloom? Lo más seguro es que ambas cosas sean ciertas. Pero si nos atenemos a una cuestión puramente etimológica, veremos que su argumento no parece tan descabellado. *Carácter*, en griego, se refería a una marca grabada en algún material. Con la invención del alfabeto, se hizo habitual que tales marcas representasen las letras, es decir, los *caracteres*. No fue hasta mucho más tarde cuando surgieron las acepciones de 'personaje de una obra teatral' y 'conjunto de cualidades que distingue a un ser humano de otro'. Estos significados de *carácter* aparecieron en inglés por primera vez a mediados del siglo XVII. Es decir..., poco después de la muerte de Shakespeare.

En cualquier caso, si admitimos que las historias son capaces de influir directamente en la creación de la realidad, entonces debemos deducir que los escritores también tienen una responsabilidad moral.

¿Cómo puede alguien pasar el tema por alto?

Cuando se estrenó la película *El beso de la mujer araña*, un asesor de la Casa Blanca envió una copia a Camp David, donde el matrimonio Reagan pasaba los fines de semana, y le recomendó encarecidamente a Nancy Reagan que la viera junto a su marido. La película está basada en la novela homónima de Manuel Puig y narra la relación amorosa que nace entre dos presos en una cárcel argentina, un homosexual y un joven revolucionario marxista. El lunes, nada más regresar a la Casa Blanca, lo primero que hizo Nancy fue buscar a aquel asesor: Mike, le dijo, ¿cómo has podido hacerlo?, ¿cómo has podido recomendarnos esa película? ¡Es horrible! Tuvimos que pararla a la mitad. El asesor se defendió: Bueno, una vez que pasas por alto el tema, es una película increíble. Esa es la cuestión, respondió Nancy, dime, Mike, ¿cómo puede alguien pasar *el tema* por alto?

Nancy tenía razón, ¿cómo puede pasarse por alto la homosexualidad? O, mejor dicho, ¿por qué habría de hacerse? El argumento negacionista del asesor resulta casi más pernicioso que el de la homófoba Nancy.

Las historias siempre han estado ahí para hablar de los temas que se quieren pasar por alto. El verdadero artista, dice Kurosawa, es aquel que nunca aparta la mirada. O, dicho de otra forma, el artista no elude hablar de lo que el poder desea acallar. La experiencia se ha empeñado en demostrarnos que querer silenciar una buena historia es como querer detener una fuga de agua con la mano. Como dice la famosa frase del personaje del diablo en *El maestro y Margarita*, la novela de Mijaíl Bulgákov: «Los manuscritos no arden».

Quiero un abogado y un estenógrafo

Un buen ejemplo de la incombustibilidad de la obra literaria tiene que ver con un libro sobre un adulterio en cierto pueblecito francés a mediados del siglo XIX, cuya protagonista se llama Emma Bovary. El problema no era que Emma fuese adúltera, el tema había aparecido ya en muchas novelas anteriores; el problema era que su autor, Gustave Flaubert, no decía en ningún lugar que el personaje fuese culpable y mereciera su castigo.

La señora Bovary de Flaubert era una mujer capaz de pensar y decidir por sí misma y eso a muchos les resultaba difícil de digerir. En el libro, la suegra de Emma le comenta a su hijo Charles que la raíz de sus problemas está en las novelas. ¿Sabes lo que le vendría bien a tu mujer?, dice la suegra, tener alguna actividad. Pero Emma hace cosas, responde Charles. ¡Cosas, cosas!, lee novelas, dice la suegra, eso siempre acarrea consecuencias perniciosas. Al día siguiente, la madre de Charles acude a la librería a prohibir que le sigan vendiendo libros a Emma. Los censores de Napoleón III, convencidos de que debían mantener a raya la moral, se lanzaron a por *Madame Bovary*, ¡una mujer adúltera que lee!

Pero los reaccionarios calcularon mal su movimiento. Aquella obra, la primera del joven Flaubert, se había publicado por entregas en las páginas de un periódico y había tenido una modesta acogida. Flaubert vio en el juicio la oportunidad de dar la campanada. Lo primero que hizo fue conseguir los servicios de un prestigioso abogado. Lo segundo, contratar a un estenógrafo. Quería tener la transcripción completa de las sesiones; más adelante la incluiría en el prefacio de las nuevas ediciones de *Madame Bovary*.

Ganó la causa y, aunque recibió una reprimenda por parte del juez, que creía que la literatura debía embellecer y purificar la moral, el juicio cimentó la universalidad de la novela. Flaubert dijo: Todo el mundo ha leído mi Bovary, o la está leyendo, o quiere leerla; si el libro es malo, el juicio contribuirá a hacerlo mejor; si el libro está llamado a perdurar, este juicio será mi pedestal.

Cuando Vincente Minnelli adaptó la novela al cine, casi cien años más tarde, empezó, precisamente, por el juicio. El primer personaje que aparece es el fiscal; el segundo, el propio Flaubert, interpretado por James Mason. Lo cierto es que Flaubert nunca testificó en el tribunal, pero en la película declara, ante el alboroto de los asistentes, que la mayoría de las mujeres desearían ser adúlteras como su Bovary. Si no lo son, dice, no es por virtud, sino por falta de determinación. De alguna forma, lo que está diciendo el Flaubert de Mason es que la literatura habla de lo que no se puede hablar. Las historias van por delante de la sociedad.

Lo proveeré de un niño y ácido prúsico

Cuando Margaret Radclyffe Hall publicó *El pozo de la soledad*, un crítico aseguró que preferiría darle a un joven saludable un vial de ácido prúsico antes que la novela. El veneno mata el cuerpo, dijo, pero el veneno moral mata el alma.

Aldous Huxley respondió al comentario con ingenio: Me he ofrecido a proveer a este crítico de un niño, una botella de ácido prúsico y una copia de *El pozo de la soledad*. Y si mantiene su promesa, de una hermosa placa de mármol para después de su ejecución. Lamento decir, añadió Huxley, que ha declinado mi oferta.

¿Por qué pensaba ese crítico que era mejor dar veneno a un niño antes que un ejemplar de *El pozo de la soledad*? Porque era una novela sobre el lesbianismo. O, más en concreto, sobre la transexualidad. Una novela sobre la transexualidad en 1928, Radclyffe Hall había anticipado un siglo el debate.

La novela tenía una gran carga autobiográfica. La sociedad británica asumía que su autora era una lesbiana de familia rica. Pero, en realidad, era otra cosa diferente: ella misma reconocía ser un hombre atrapado en el cuerpo de una mujer. Radclyffe vestía como un hombre, usaba corbata y monóculo y se cortaba el pelo cada quince días. Cuando se publicó *El pozo de la soledad*, Radclyffe tenía 48 años y llevaba una década viviendo con otra mujer. Recogió sus experiencias en la novela, pero desechó incluir pasajes con contenido sexual. Lo más excitante que se encuentra en ella es *la besó de lleno en los labios.*

Lo que la sociedad británica no podía soportar era la temática y el libro terminó en los tribunales. De nuevo, como en *Madame Bovary*, el problema no era el lesbianismo o la transexualidad, sino el insuficiente castigo a la desviación de la norma. Pero, al contrario que Bovary, el valor literario de *El pozo de la soledad* es escaso. Virginia Woolf aseguró que Radclyffe Hall podía haber alegado la defensa del aburrimiento. Habría podido meter cualquier indecencia en el libro, dijo, y nadie se enteraría porque es imposible leerlo.

Radclyffe Hall perdió el juicio, aunque en realidad estaba perdido de antemano. El juez anunció en la primera sesión que todo el proceso estribaba en si existían prácticas antinaturales en el libro o no; inmediatamente después, fijó las prácticas lésbicas como antinaturales, así que darle la vuelta a su razonamiento era imposible. El único testigo que admitió el tribunal fue el inspector que incautó el libro, que declaró que a él le parecía una obra obscena.

El pozo de la soledad fue quemado en el horno del rey y durante veinte años estuvo prohibido en Inglaterra. Hoy es un referente histórico de la literatura lésbica, pero paradójicamente, la novela, más allá de la temática, es misógina y conservadora en extremo. Las mujeres tienen un papel de comparsas de unos hombres magníficos. Radclyffe Hall no abanderaba ningún movimiento ni le preocupaban los derechos de los homosexuales, en el fondo solo estaba abogando por su caso particular.

Su novela podría considerarse lo contrario al *Manifiesto* que el chileno Pedro Lemebel incluyó en su libro *Loco afán*. En sus emocionantes versos finales Lemebel afirma que su lucha no es por sí mismo, sino por las personas que vendrán: Y no es por mí | Yo estoy viejo | Y su utopía es para las generaciones futuras | Hay tantos niños que van a nacer | Con una alita rota | Y yo quiero que vuelen compañero | Que su revolución | Les dé un pedazo de cielo rojo | Para que puedan volar.

Las historias nos conforman, nos salvan y, si son valientes y honestas, gracias a ellas, otros podrán volar.

Cuarta visita a mi padre

En mi casa no tengo fotografías de mi familia; en mi móvil no guardo una sola de mi padre. De él solo conservo una foto de cuando vino a visitarme a Santiago en mi primer año en la universidad. En la imagen se le ve tan joven; tenía 52 años, dentro de no mucho yo tendré esa edad. Lo observo —tiene un cigarrillo en la mano y la mirada de quien está conforme consigo mismo— y me pregunto quién era mi padre. Qué poco he sabido de él más allá de sus cualidades paternas. Me pregunto si alguna vez me he planteado la vida de mi padre cuando no era mi padre.

El cuarto día que lo visité en el hospital me dijo que le daba la impresión de que le habían quedado demasiados libros por leer. Traté de pasar por alto el tiempo verbal y le respondí que conocía pocas personas que hubiesen leído tanto como él, que lo recordaba siempre con un libro en la mano, sentado en el sofá, con la televisión encendida. No le importaba el ruido, tenía una capacidad admirable para abstraerse. Se metía tanto en sus historias que podrías taladrar la pared a su espalda y él seguiría leyendo sin levantar la cabeza, continuaría repitiendo frases en voz *semialta*, interrumpiéndose a sí mismo con una risita sardónica, como si se riera de los personajes, soltaría algún que otro *hum* incrédulo, pero seguiría leyendo, siempre leyendo. Me pregunto si alguna vez me he planteado la vida de mi padre cuando no era mi padre y no estaba leyendo.

El cuarto día que lo visité en el hospital me dijo que tal vez sea cierto que cuanto más lees más cuenta te das de lo poco que has leído. La frase no es más que un lugar común y los lugares comunes tienden a ser flojos e insulsos, como abrazos desganados, pero cuando quien pronuncia la frase es alguien que está a punto de morir, alguien que sabe que no leerá ningún otro libro, entonces el abrazo te deja sin respiración. En los talleres de escritura aconsejo que no se usen expresiones tópicas del tipo *ardo en deseos* salvo que el personaje sea Juana de Arco en la hoguera. Nunca pensé que mi estúpida broma pudiera tener una aplicación en la vida real.

Nos quedamos un momento callados. En la habitación había silencio desde que al hombre al otro lado de la cortina le habían dado el alta. Cualquier cambio de estatus de un compañero de hospital es negativo para el paciente que permanece ingresado. Hay dos opciones: que lo manden para casa, lo cual puede incidir en el desánimo de quien se queda; o que fallezca, algo que de ninguna manera puede considerarse un refuerzo moral. Por otra parte, cuando te has acostumbrado a un compañero, a sus ronquidos, a sus quejidos, a sus acompañantes, empezar de nuevo se hace cuesta arriba.

Yo le dije a mi padre que cuanto más vivía más cuenta me daba de lo poco que había vivido; era una respuesta estúpida para darle a un moribundo, pero me salió del alma. Cuando era más joven, pensaba que todo acabaría sucediendo, que no había prisa, pero ahora ya me he dado cuenta de que muchas de las cosas que ansiaba nunca pasarán. No creo que llegue nunca a tener la mirada de alguien conforme consigo mismo como la de mi padre en aquella fotografía.

Él se quedó un segundo pensativo y después me preguntó si estaba viendo alguna serie. Me alegré de que cambiase de tema. No recuerdo bien de qué hablamos después, pero sé que en un momento dado, sin tener mucho que ver con la conversación, mi padre soltó una frase:

¿Qué sabe de Inglaterra quien solo conoce Inglaterra?

Y yo hice como que no lo oía. Mi padre solía decir frases que no venían a cuento. Recuerdo un día, cuando yo era niño, que fuimos juntos al videoclub y él quiso alquilar una película documental de los años 60 que se llamaba *Mondo cane* y estaba compuesta de pequeñas escenas en las que mostraban cosas terribles que sucedían a lo largo del mundo. Imagino que los directores pretendían demostrar que los seres humanos somos una mierda sin fronteras. Solo me acuerdo de lo mucho que me había aburrido la película y que los días siguientes mi padre introducía en cada conversación una frase del tipo: «¡Oh, este mondo cane!» o «¡Qué perro mundo!». Cuando hacía eso yo nunca le preguntaba nada, ni tiraba del hilo, porque era obvio que tenía ganas de meterte una paliza acerca del tema que le rondaba la cabeza. Por eso, en el hospital, con la frase de Inglaterra seguí aquel instinto que había perfeccionado desde niño de no picar el anzuelo que él lanzaba y dirigí la conversación por otro lado.

Pero la frase se quedó a vivir en mi cabeza. Y cuando llegué a casa, la busqué y descubrí que pertenecía a un poema de Kipling titulado *La bandera inglesa*. Kipling les había explicado a sus padres una idea sobre cierta soberbia de los británicos que piensan que su país es el mejor sin conocer ningún otro. Fue su madre quien le respondió: Creo que lo que quieres decir es *Qué sabe de Inglaterra quien solo conoce Inglaterra*. Curioso: uno de los grandes versos de Kipling pertenecía, en realidad, a su madre. Ahora era mi padre quien lo utilizaba para decirme algo a mí. Pero yo no le había permitido expresarse, le había cortado y había dejado el verso colgando. Suspendido para siempre en mi cabeza. ¿Quería decirme que estaba demasiado centrado en mí mismo? ¿Era eso? ¿Criticaba mi egocentrismo? ¿Qué sabe de sí mismo quien solo se conoce a sí mismo? ¿Me reprochaba pensar en los demás solo en función del papel que juegan en mi vida?

No conservo más que una fotografía de mi padre. En *Una pena en observación*, el librito en que C. S. Lewis, el escritor de la vidriera en Ohio, habla de su sufrimiento tras la muerte de su mujer. Lewis se maldice por no tener ninguna buena foto de ella, pero más adelante piensa que es una bendición. Yo quería a mi mujer, dice, no a un objeto que se le pareciese.

Sospecho que escribo este libro para tener una fotografía de mi padre que poner al lado de aquella con el cigarrillo en la mano; una imagen que se acerque más a quien él era en realidad. Creo que intento conocer a mi padre conociendo a los autores que ambos admiramos. Creo que ahora, en su muerte, trato de paliar mi falta de curiosidad durante su vida. Pero de nuevo temo volver a caer en el egocentrismo. Cuando Caravaggio pintó *David con la testa de Goliat* se dibujó a sí mismo de joven como David y a sí mismo maduro como la cabeza cercenada del gigante. Creo que los escritores somos como Caravaggio. Escriba de lo que escriba, un escritor se escribe siempre a sí mismo.

8

Experiencia

Los jarrones y cucharillas de Dostoyevski

El 1 de octubre de 1866 un amigo encontró abatido a Dostoyevski. Había firmado un acuerdo leonino con un editor y debía entregarle una novela el 1 de noviembre o era posible que acabase en la cárcel. ¿Qué podía hacer? Aunque escribiera un borrador en un mes, lo cual era casi una hazaña, no tendría tiempo para transcribirlo correctamente. El amigo le dijo que no se preocupase por eso, conocía al hombre que había puesto en marcha la primera escuela de estenografía de Rusia y le pediría ayuda. Tres días más tarde, la mejor alumna de esa escuela, Anna Grigorievna Snitkina, llamó a la puerta del apartamento de Dostoyevski; llevaba una carpeta y lápices afilados que había comprado para la tarea.

Cuando Dostoyevski abrió la puerta, la primera impresión de Anna fue que aparentaba muchos más años de los 45 que estaba a punto de cumplir. Se había caído durante un ataque epiléptico y se había hecho daño en el ojo derecho; sus ojos, distintos entre sí, le daban un aspecto extraño.

Diecisiete años atrás, lo habían condenado a muerte por su relación con los círculos revolucionarios. No lo ejecutaron, pero el castigo al que lo sometieron habría quebrado a cualquiera. Lo hicieron formar ante el pelotón junto con otros dos presos y lo ataron a un poste de madera. Cuando el oficial gritó *fuego*, las armas no dispararon. Durante varios minutos Dostoyevski estuvo convencido de que iba a morir. Uno de sus acompañantes en aquella macabra ceremonia perdió ese día las facultades mentales y nunca las recuperó. Fiódor cumplió cinco años de trabajos forzados en Siberia, allí comenzaron sus ataques epilépticos.

Dostoyevski dictó las primeras páginas de *El jugador* a Anna Snitkina y ella notó que la literatura lo revivía: ahora parecía más joven de lo que decía su edad. Establecieron una rutina, trabajarían todos los días de doce a cuatro; Dostoyevski le dictaría en tres sesiones de algo más de media hora; el resto del tiempo tomarían té y hablarían. Se produjo un curioso paralelismo: mientras el escritor desarrollaba su obra, desarrollaba también el cortejo de Anna.

Anna había observado el primer día que en la austera vivienda de Fiódor destacaban unos jarrones chinos y unas cucharillas de plata que colocaba junto al té. Un día desaparecieron tanto los jarrones como las cucharillas. Dostoyevski le explicó a Anna que había tenido que empeñarlos ante la presión de los acreedores.

El día 29 Fiódor acabó de dictar *El jugador* y el 30 Anna terminó de transcribirla en su casa. Habían llegado justo a tiempo. Habían escrito una novela en solo 26 días. Una semana más tarde se prometieron.

Pero que la novela se llamase *El jugador* no podía ser una casualidad, Anna debió haber unido aquella circunstancia con la desaparición de los jarrones y las cucharillas. Fiódor y ella viajaron a Alemania después de casarse y allí la ludopatía del escritor se agravó. Desaparecía a diario y se jugaba todo cuanto tenían. Cuando empeñó el reloj, Anna dejó de saber a qué hora volvía Fiódor a casa. Lo siguiente que empeñó fue el anillo de bodas de Anna. Cuando tuvieron suficiente dinero para recuperar la alianza, Fiódor salió del hotel hacia la casa de empeños, pero desvió su camino y lo perdió todo en la ruleta. Regresó en un estado lamentable, llamándose a sí mismo sabandija, diciendo que era una persona que no valía para nada.

Supongo que Anna pensó que todo eso podía habérselo anticipado mientras la cortejaba. ¿Pero acaso no lo estaba haciendo? ¿No lo hacía mientras le dictaba *El jugador*? ¿De dónde, más que de su propia experiencia, pensaba Anna que podía extraer Fiódor las ideas para escribir una novela en el plazo de un mes?

José de los pechos amarillos

¿De dónde salen las ideas? Esa, creo, es la pregunta a la que más veces ha contestado cualquier escritor. Neil Gaiman confesaba que siempre sentía que su respuesta decepcionaba a los lectores. Lo que quieren que les diga, afirmaba Gaiman, es que un par de minutos antes de medianoche bajo a la bodega, lanzo unos huesos de cabra y entonces la puerta se abre sola, algo entra volando, luego explota, se convierte en una pastilla parecida al chocolate, me la como y tengo una idea.

Pero esa pastilla no existe. Cuando a Dostoyevski le urgió escribir una novela en treinta días, tiró de su experiencia personal. No pretendo insinuar que sea necesario tomar esa decisión de forma consciente. De hecho, es habitual que surja de manera automática. Nuestra vida, nuestras vivencias y las personas que nos rodean son lo más parecido a los huesos de cabra de Neil Gaiman.

Os contaré otra historia.

Cuando el padre de José Saramago acudió a registrar el nacimiento de su hijo, el funcionario le preguntó cómo quería llamarlo. Como yo, respondió, se llamará José de Sousa como yo. El funcionario asintió y luego anotó: *José Saramago*.

Puede que fuese una broma o puede que el funcionario ni siquiera reparase en el nombre que el otro le había dicho. Todos en el pueblo de Azinhaga, en el Alentejo, conocían a la familia como los Saramago, aunque aquel era un apodo y no su apellido. Significaba *jaramago*, una planta cuyas flores amarillas brotan cuando acaba la primavera, y nadie sabía muy bien por qué los llamaban así. En los pueblos es habitual que a las familias se las conozca por un apodo. El propio Saramago consideraba el suyo afortunado; es indudable que podía haber sido mucho peor. En el pueblo de mi mujer, a los miembros de una familia, por algún motivo, se los conoce como 'los de los pechos amarillos' y cada uno recibe el apelativo tras su nombre de pila. Es decir, que si esa hubiese sido la familia alentejana de Saramago, hoy tendríamos un Premio Nobel llamado José de los Pechos Amarillos.

Durante tres años nadie reparó en el nombre que figuraba en el registro de nacimiento del niño. Por esas fechas la familia se mudó a Lisboa; José de Sousa había encontrado allí un empleo. El padre del escritor se las arregló para que en la capital nadie conociese el apodo de Saramago, le parecía pueblerino, un resquicio de la vida que había dejado atrás, ahora él era un lisboeta más. Pero cuando matricularon al niño en el colegio y les solicitaron el registro, descubrieron la jugarreta del funcionario. Las normas eran las normas, así que el alumno fue inscrito como José Saramago. El padre hizo como que no pasaba nada, nadie tenía por qué enterarse. Pero en la escuela algo no les encajaba, ¿acaso aquel Sousa no era el padre del niño? ¡Aquello era un escándalo! El pobre Sousa se vio obligado a presentarse ante el director y explicar todo el asunto del apodo, el pueblo, el funcionario, etcétera. En aquella época la burocracia tenía rango de ley y en el colegio le dijeron que los papeles dejaban claro que aquel niño era Saramago y, por tanto, él también debía ser Saramago. Fue la primera y única vez, decía el escritor, que un hijo le dio el apellido al padre.

La historia podría haber quedado en una mera anécdota, de esas que se cuentan entre carcajadas en las comidas familiares después del tercer vino, y seguro que muchas veces se contó así. Podría haber quedado en alguna mirada de rencor del padre al hijo por no haberle permitido librarse de su apodo, y poco más. Pero resultó que el niño se hizo escritor. Y a medida que iba publicando sus novelas, se fue dando cuenta de que, sin quererlo, uno de sus temas recurrentes eran los nombres y la identidad. En la que quizá sea su novela más conocida, *Ensayo sobre la ceguera*, los protagonistas carecen de nombre; y uno de esos personajes anónimos, una mujer a la que conocemos como la chica de gafas oscuras, dice: «Dentro de nosotros hay algo que no tiene nombre, esa cosa es lo que somos».

¿Recordáis a aquel nativo americano, Ishi, el último de los *yahi*? *Él* no era su nombre; al contrario, su esencia consistía precisamente en no revelarlo nunca. En el caso del portugués, ¿era José Saramago el autor de *Ensayo sobre la ceguera* o era José de Sousa? ¿O se trataba acaso de una tercera realidad completamente distinta? Para Saramago reducir la humanidad de alguien a un nombre, a un conjunto de letras, no se diferenciaba demasiado de lo que hacían los nazis con los prisioneros en los campos de exterminio: reducirlos a un número tatuado en el antebrazo. Añadía el escritor que hoy no nos identifica un nombre, sino otro número: el de la tarjeta de crédito —y veinte años después de su muerte, otro número: el de los seguidores en redes sociales—. Este análisis de la identidad y de la necesidad de nombrarlo todo es una de las marcas de Saramago como autor. ¿Hubiese sido la misma si aquel día el funcionario hubiera apuntado bien lo que le habían dicho? Quizás, pero puede que no fuese tan vívida y lúcida. Era así porque nacía de dentro de él.

Una casa de ladrillos mal cocidos

Kundera escribió que el novelista derriba la casa de su vida para, con sus ladrillos, construir la casa de su novela. Si hacemos caso al autor checo, habrá que concluir que es esencial que la casa de la vida del escritor esté hecha de buenos ladrillos.

Howard Phillips Lovecraft ha cautivado a varias generaciones con su capacidad para crear criaturas y universos extraños. Pero por apasionantes que resulten sus historias, los críticos insisten en señalar ciertas carencias en ellas. Su estilo, dicen, es anticuado, incluso para su época; sus personajes se comportan a veces de manera poco convincente; los diálogos escasean y son poco fluidos. Yo me pregunto: ¿tiene esto algo que ver con los ladrillos que cimentaban los relatos de Lovecraft?

Howard pertenecía a una familia burguesa de Providence venida a menos. Fue un pequeño prodigio que ya leía con tres años, pero su madre lo apartó del resto de niños con la excusa de que no eran lo suficientemente buenos para él. Lovecraft se convirtió en un joven ocioso y solitario que tenía poco más que hacer que imaginar sus mundos de pesadilla. Vivió de sus padres hasta que fallecieron y cuando eso sucedió, se casó y se mudó a Nueva York, decidido a vivir de su esposa. En el momento en que cerró la sombrerería en que ella trabajaba, Howard tuvo que buscar un empleo por primera vez en su vida.

Las entrevistas de trabajo le parecían una tortura, pero, como su actitud pedante espantaba a cada empleador, se vio obligado a presentarse a una tras otra. Los entrevistadores se preguntaban cómo era posible que un hombre de 34 años fuese incapaz de acreditar experiencia laboral; pensaban que tal vez se había escapado de algún psiquiátrico. La sospecha crecía cuando les hacía ver la conveniencia de contratarlo a él, un perfecto caballero anglosajón, en lugar de a un inmigrante.

Lovecraft siempre había sido un racista, pero durante su búsqueda de empleo en Nueva York su intolerancia se disparó hasta el delirio. Odiaba la gran ciudad, espacio de «hibridación maloliente y amorfa» al que llegaban millares de inmigrantes cada día. Inmigrantes que apenas hablaban inglés, pero solían encontrar empleo y prosperar donde él fracasaba. Cansado de tantos reveses, Lovecraft se divorció, regresó a Providence y vivió en casa de una de sus tías hasta su muerte.

En esos años escribió la mayoría de historias del ciclo de Chtulhu, en las que monstruosos seres llegados de fuera amenazan a protagonistas de aspecto anglosajón. A decir verdad, si pensamos en la concepción del género de terror fantástico, del que Lovecraft es uno de los pioneros, existe siempre un rastro innegable de racismo y supremacismo, o llamémosle especismo. No creo que sea fruto de la casualidad que en inglés se use la misma palabra para llamar a los extranjeros y a los extraterrestres: *alien*.

Pero de ese racismo de Lovecraft no solo nacen la temática y la originalidad de su obra, también los defectos que le achacan sus críticos. El estilo anticuado provendría de la altivez de su familia, cuyos orígenes casi se podían remontar, decían, al Mayflower. Las dificultades para desarrollar personajes y diálogos tendrían que ver con que Lovecraft mantuviera tan pocas relaciones personales y su mayor contacto en sus últimos años fuese con sus tías ancianas. ¿Cómo puede dibujar personajes alguien que no conoce a los seres humanos? ¿Cómo va a escribir diálogos alguien que apenas ha mantenido conversaciones?

Si hacemos caso a lo que dice Kundera, no puedo evitar pensar que el gran obstáculo al que se enfrentó Lovecraft para construir su literatura fue que su vida estaba hecha de ladrillos pésimamente cocidos.

Las galletas de Thoreau

En ocasiones, los escritores más jóvenes se encuentran con un muro a la hora de escribir. Escriben y escriben, pero sienten que sus textos no cobran vida, son una colección de palabras y frases a las que les falta alma. La mayor parte de las veces sucede así porque los escritores jóvenes aún no han tenido suficientes experiencias —de pérdida, por ejemplo— como para insuflar vida a sus escritos.

Algo semejante quería decir Henry David Thoreau cuando anotó en su diario: Qué soberbia sentarse a escribir cuando aún no te has levantado a vivir. Thoreau sabía de lo que hablaba; en ese momento lo estaba experimentando en sus carnes. Días antes de cumplir los 28 años, decidió retirarse a escribir a la laguna de Walden y vivir como un ermitaño en una modesta cabaña, reduciendo al máximo sus necesidades. Fui a los bosques porque quería vivir deliberadamente, escribió. Con aquella experiencia Thoreau deseaba descubrir de qué se compone la existencia.

Tenía la intención de terminar en la laguna de Walden un pequeño libro sobre una excursión que había realizado con su hermano, fallecido de tétanos hacía poco. Lo logró, pero eso fue lo de menos; la experiencia de apartarse para escribir resultó ser mucho más interesante. Thoreau dijo que los dos años que habitó en Walden supusieron una transformación en su forma de ver la vida. Yo diría, no obstante, que la verdadera transformación sucedió durante los casi diez años que pasó escribiendo *Walden*.

Una de las frases más famosas que acuñó Thoreau dice así: «Si habéis construido castillos en el aire, vuestra obra no tiene por qué perderse: están donde deben estar. Ahora hay que poner los cimientos debajo». Cuando la escribió parecía hablar sobre sí mismo. Los castillos en el aire serían su vida en Walden;

los fundamentos, la obra que surgió de aquella experiencia. Uno debe vivir para escribir, cierto; pero con frecuencia solo comprende lo vivido cuando se sienta a plasmarlo sobre la página.

Los críticos de Thoreau, no obstante, consideran falso su alegato sobre la sencillez de la vida. Su cabaña estaba en mitad de la naturaleza, sí, pero a solo un paseo de veinte minutos de su casa familiar. El hombre recluido, el ermitaño, hacía frecuentes visitas a su madre, que cocinaba, al parecer, unas galletas deliciosas.

Esta historia de las galletas tal vez espante a los naturalistas, sin embargo, a mí, como escritor, me fascina. Creo que es necesario haber vivido las grandes pasiones de la vida para escribir buenas novelas sobre ellas: el amor, el dolor, la pérdida. Pero no hace falta haberse suicidado para escribir sobre un suicidio. El escritor, por suerte, siempre puede tener a mano unas galletas para hacer sus pasiones más llevaderas.

Thomas Mann y las radiografías

Thoreau decía que es necesario subirse a una montaña para ver una imagen amplia de la realidad. Tal vez Thomas Mann pensase en esto cuando visitó a su mujer en el sanatorio para tuberculosos de los Alpes en el que ella llevaba unas semanas recuperándose. Entonces aún existía la creencia de que el aire alpino era beneficioso para superar las enfermedades respiratorias. Supongo que si mi padre hubiese vivido en esa época, habría acabado en una clínica como aquella.

Allí Mann no dormía con su mujer, sino que lo alojaban en una habitación individual y solo podía verla durante unas cuantas horas al día. En sus encuentros, ella se mostraba muy habladora e interesada en los pequeños detalles de la vida de los otros pacientes. Thomas, en cambio, percibió con sorpresa que si le hablaba de lo que sucedía fuera, de lo que ocurría en el llano, incluso de sus hijos, perdía interés.

Al cabo de unos días en el sanatorio, el propio Mann comenzó a sentir que él mismo le concedía más valor a la vida y las anécdotas del lugar. Lo de fuera empezaba a parecerle lejano, como si la clínica fuese la única realidad, al menos la única imperiosa y tangible. ¿Qué le estaba sucediendo?

En algún momento de aquellos días Mann tuvo ante sus ojos una radiografía de los pulmones de su mujer. Nunca había visto nada parecido. La imagen le resultó asombrosa, era como si hubiesen arrancado la piel de su esposa, como si estuviese viendo sus restos mucho después de que estuviera muerta. ¿Alguien ha escrito alguna vez una novela sobre radiografías?, se preguntó.

Fue entonces cuando uno de los médicos se cruzó con Thomas, se detuvo ante él y miró fijamente el blanco de sus ojos. A Mann le extrañó su comportamiento. ¿Le ha examinado algún doctor?, le preguntó el médico. Él respondió que no era un paciente, pero el otro llamó enseguida a un compañero y este apretó un estetoscopio contra la espalda de Mann. Le pidieron que inspirara y los dos médicos escucharon, luego se miraron. El primero de ellos le dijo que, oyendo su respiración, quizás ya no pudiese considerarse únicamente un visitante.

Mann huyó; aquello le parecía demasiado. Tenía la impresión de estar atrapado en una novela, donde la única realidad existente es el sanatorio y el resto del mundo no es más que un decorado. Huyó de allí, pero mientras lo hacía, una historia surgió en su cabeza. La protagonizaría un hombre llamado Hans Castorp, que acude a un sanatorio alpino a visitar a su primo y se queda siete años allí ingresado.

En la clínica Hans se enamora de una mujer llamada Clawdia. Una de las cosas más hermosas de *La montaña mágica* es que, cuando Clawdia abandona el sanatorio, en vez de intercambiar sus retratos con Hans, intercambia con él sus radiografías.

Durante años, Hans mira y besa una y otra vez la imagen fantasmal y sin rostro de su amada; no está su cara, pero sí su osamenta delicada y los órganos huecos de su pecho.

Thomas había convertido en literatura la tuberculosis de su mujer.

Bajo la mirada de María Montessori

No es que yo pensara, mientras veía a mi padre apagarse, que alguna vez aparecería en uno de mis libros y estuviese tomando notas en un cuadernito. De hecho, he olvidado buena parte de lo que sucedió esas semanas. Curiosamente, recuerdo poco más que nuestras conversaciones sobre libros y películas; del resto conservo solo pequeños fogonazos, como cuando me avisaron de que estaba en urgencias y yo me desplacé desde Santiago a Coruña; al llegar al hospital mis dos hermanos me esperaban cariacontecidos en la puerta; traté de abrazarlos con fuerza, pero ellos estaban tan tiesos y fríos que sentí que estrechaba entre mis brazos la señal de final de la autopista.

Recuerdo el color verdoso que tenía mi padre cuando abrieron la caja antes de incinerarlo, parecía ya más un cirio que un ser humano; recuerdo pensar lo absurdo que era tener que comprobar que se trataba de él, ¿qué temían, que al abrir la caja estuviese dentro mi madre dando golpes al cristal y gritando: no soy yo, no soy yo?

Recuerdo la revista de historia que mi madre le había comprado para que se entretuviese y que él apenas había ojeado por encima. Esos detalles siempre me desencajan de las pérdidas: las cosas que ya no se van a usar. Una vez una amiga le montó un despacho a su pareja en el ático como regalo de Reyes y a los pocos días él se marchó de casa. Tenían un hijo en común, pero a mí lo que más me apenaba de su separación era ese despacho. No sé si soy un sociópata o es que mi cabeza funciona solo como narradora de historias. Como si tuviese insertada en ella la famosa teoría de la escopeta de Chéjov: si en el primer acto aparece una escopeta, alguien tiene que pegar un tiro con ella en el último. Eso hacía que mi cerebro cuadriculado no le encontrase significado a la existencia de aquel despacho y aquella revista. Si yo hubiese sido mi amiga, habría cogido un martillo y destrozado el despacho a martillazos; en el hospital quería despedazar de rabia la revista. Entonces tendría un sentido narrativo. Si en un ataque de furia hubiese hecho añicos la revista, todo cobraría un significado. Pero no lo hice, dejé que desde su portada María Montessori me mirase fijamente cada día que visitaba a mi padre.

Leonard Cohen y el pecho de mi madre

Se considera al poeta Simónides de Ceos el creador de la mnemotecnia. Cuentan que una noche compartía una fiesta con un buen número de personas, pero tuvo que ausentarse y, poco después, el techo de la casa en que se celebraba la fiesta se desplomó. Pudieron identificar los restos de los muertos gracias a que Simónides recordaba exactamente dónde se ubicaba cada uno de ellos. El poeta descubrió de este modo lo que llamó *el palacio de la memoria*. Podía distinguir los cadáveres porque en su cabeza era capaz de dibujar una copia de la casa parte por parte. Pienso en la historia de Simónides y considero que un factor que no podemos omitir es que él ignoraba que el techo se fuese a desplomar. Yo, en cambio, sabía que más temprano que tarde el cielo iba a caer sobre nosotros; mi cabeza estaba demasiado ocupada doliéndose como para generar ningún palacio. Quizá sea esa la razón de que cada vez que trate de devolver a mi mente una imagen de mi padre en sus últimos días mi memoria se empeñe en imaginarlo sano. Quizás por eso el proceso de reconstrucción de los fragmentos que he ido narrando sobre él haya sido más difícil que el pasaje más complicado de una de mis novelas. He tenido que vencer la inclinación natural de mi cerebro a borrar las partes más dolorosas.

Si le doy permiso a mi memoria para que ella sola imagine a mi padre, se dirigirá siempre a un episodio de 2009. Yo entonces vivía en Vigo y mi madre y él se habían acercado hasta allí porque Leonard Cohen iba a dar un concierto. Yo crecí escuchando a Leonard Cohen; para mí oír su voz es como regresar a la infancia. Él es mi palacio de la memoria, no el de Simónides; en mi casa lo escuchaban desde mucho antes de que yo naciese. En su día decidí que, a modo de hilo que me uniese con mi padre, incluiría a Leonard Cohen en todos mis libros, y aquí está por tercera vez. Si Berlanga incluyó en todas sus películas la expresión 'imperio austrohúngaro', ¿por qué no iba a poder hacerlo yo con Leonard Cohen?

Aquel día mis padres estaban nerviosos. ¿Y si nos cruzamos con él? ¿Cómo nos vamos a cruzar con él?, decía yo, no va a estar paseando por la calle. Al pasar por delante de un hotel junto al mar, mi madre dijo, yo creo que está aquí, tengo esa intuición. Entonces apareció un coche de policía y vimos salir del hotel la figura enjuta de un hombre con traje negro y sombrero de ala corta. No me lo podía creer, a pocos metros de nosotros estaba Leonard Cohen. Mi padre se acercó a hablar con él, no dudó ni un segundo. Yo observé la escena a cierta distancia. Len, dijo mi padre. Le llamó Len, como si se conociesen de toda la vida. Quise que la vergüenza me matase allí mismo. Mi padre hablaba inglés con soltura. Len, repitió, he venido a verte con toda mi familia, llevo escuchándote desde los 70. Cohen se sacó el sombrero y lo apretó contra el pecho: muy agradecido, dijo. Había algo conmovedor en la mirada de aquel anciano. Esa imagen de mi padre y Leonard Cohen con el *trilby* de ala corta apretado contra su chaqueta es la que recuerdo si cierro los ojos y pienso en él.

Mi madre se acercó a Cohen con el libreto de un cedé para que se lo firmase. Revolvió su bolso en busca de un bolígrafo, pero no lo encontró. Lo más parecido que tenía era un lápiz de ojos, así que eso fue lo que le tendió a Leonard. Él sonrió al ver el lápiz y luego estampó su firma. Mi madre emocionada cogió el libreto del cedé y lo acercó a su blusa blanca. No es difícil imaginar lo que sucedió tras el contacto del pigmento fresco del lápiz de ojos con la blusa. Esta historia la conté hace algunos años en una revista, en ella escribí: «El *Leonard Cohen* se corrió en el pecho de mi madre». Me parecía que el juego de palabras tenía una gracia insoportable. No la tiene; y dudo que a mi madre se la hubiese hecho de haberlo leído. Creo que nunca se enteró de la existencia de aquel artículo. Pero, ya veis, por si acaso ahora lo vuelvo a repetir en un libro que estoy seguro que sí leerá. No puedo evitarlo, soy escritor, tengo que contarlo, esa es la cara oscura de nutrirse de la realidad. Un escritor contará las historias que le suceden y no podrá evitar contarlas por mucho daño que pueda causar a los demás. Las historias nos conforman, pero también pueden destruirnos.

Trascender en el banco de una iglesia

Cuando Karl Ove Knausgård comenzó a escribir, se dio cuenta de que al leer sus textos no sentía la emoción que le dejaban las novelas que amaba. A sus obras les faltaba alma debido a su juventud, tal como hemos comentado ya en este capítulo.

En esa época, Karl Ove viajó a Praga con otro escritor de su edad, un poeta que, al contrario que él, sí había conseguido publicar. Esto lo elevaba ante los ojos de Knausgård de tal manera que, cuando miraba a su amigo, le parecía que levitaba.

Caminaban por el Staré Město, la ciudad vieja de Praga, cuando el amigo poeta quiso visitar una iglesia. Karl Ove estuvo de acuerdo, dio una vuelta rápida por la nave principal y después se dirigió a la puerta, pero notó que el poeta permanecía sentado en un banco, serio y meditabundo. Knausgård contempló detenidamente a su amigo. Eso es, se dijo, eso es lo que te falta, trascendencia. Fíjate, se dijo, ahora mismo él está percibiendo cosas que tú has sido incapaz de percibir en el mismo lugar, hasta que consigas eso no escribirás una buena novela. Cuando salieron de la iglesia, anduvieron unos pasos en silencio, luego Karl Ove se atrevió a preguntar: ¿Eso que hacías en la iglesia tan concentrado era meditar? ¿Cómo?, dijo el otro. En el banco de la iglesia, estabas con los ojos cerrados. ¡Ah, eso!, creo que me quedé un poco traspuesto.

Las novelas no necesitan trascendencia, necesitan estar vivas. Esto me recuerda a una anécdota que leí del pintor Oskar Kokoschka. Un día impartía una clase de pintura en la que los alumnos tenían que reproducir el posado de un modelo; Kokoschka se dio cuenta de que los cuadros que estaban pintando eran mecánicos y sin alma. Entonces se acercó al modelo y le dijo algo al oído: este se desplomó en el acto. El pintor acercó la mano a la carótida del joven y tras un par de segundos anunció: está muerto. Todos los estudiantes lanzaron gritos de asombro y se arremolinaron alrededor del cuerpo. En ese momento el modelo se puso de pie. Ahora, les dijo Kokoschka, pintadlo como si estuviese vivo.

Eso le diría yo a un aspirante a escritor: escribe tu novela como si estuviera viva, no como si fuera a ser trascendente. La mayor parte de las veces lo que nos hacen pasar por trascendencia se parece demasiado a quedarse dormido en el banco de una iglesia.

¿Sabéis cuándo lo descubrió Knausgård? Cuando murió su padre. Karl Ove intentó escribir una novela sobre la relación entre un padre y un hijo; la empezó una y otra vez, pero nada de lo que escribía le convencía. Pasaron los meses y un día recordó una anécdota suya con su padre y escribió un pequeño relato. No tenía demasiado valor literario ni estaba muy bien escrito, pero tenía *algo*. Karl Ove se dio cuenta de que no quería escribir una historia de *un* padre, quería escribir la historia de *su* padre. Por eso sus primeros borradores carecían de vida.

Tarde o temprano todos los escritores acabamos escribiendo de una forma u otra sobre el fallecimiento de nuestros padres. Si reflexionamos un poco, estaremos de acuerdo en que es algo afortunado. Los escritores que no hablan de la muerte de sus padres no lo hacen porque ellos se han muerto antes; y eso, se mire como se mire, no puede ser positivo.

Knausgård escribió entonces *La muerte del padre* y de ella surgió la monumental serie de libros autobiográficos que llamó *Mi lucha*, que lo convirtieron en un escritor reconocido a nivel mundial.

Hasta aquí parece una historia con final feliz, ¿verdad? El problema es que *Mi lucha* provocó un seísmo en su familia. En *La muerte del padre* narraba detalladamente el alcoholismo de su progenitor. Poco antes de que el libro se publicase, Knausgård cambió todos los nombres propios a petición de la familia, ¿pero cómo podía cambiar el de su padre? ¿Cómo podía disimular que su padre era su padre?

El resultado fue que la familia paterna de Knausgård le retiró la palabra. Pero eso no parecía suficiente para él y decidió que en el segundo *round* hablaría de su matrimonio. Su mujer, Linda Boström —también novelista—, sabía que ahora le tocaba el turno a ella y solo le hizo una petición a su marido: por favor, Karl Ove, asegúrate de no hacerme aburrida.

Cuando Knausgård terminó el manuscrito, se lo envió a Linda, que lo leyó en un largo viaje en tren. Él estaba seguro de no haberla hecho *aburrida*. En la novela hablaba a tumba abierta de

138

la bipolaridad de Linda y sus graves problemas de pareja. Al terminar de leerlo, Linda cogió el teléfono, llamó a Karl Ove y le dijo simplemente que el libro estaba *bien,* luego colgó. Tras unos minutos volvió a llamarlo y le dijo que después de lo que había escrito ya no podían continuar con su relación. Poco más tarde, Karl Ove recibió una tercera llamada, esta vez Linda se limitó a llorar por el teléfono.

No es que sea el fin del mundo, dijo Knausgård, pero hubo gente herida con mis libros y lo pasaron mal en su momento.

Si uno construye su literatura con los ladrillos de la casa de su vida, corre el riesgo —casi la certeza— de hacer daño a aquellos que han levantado la vivienda con él.

9

Personajes

¿Sabes cuál es la condición para suicidarse?

Puede que el protagonista de *Niebla*, Augusto Pérez, tenga el nombre más insulso que uno pueda imaginar para un personaje, pero eso no impide que sea uno de los protagonistas más atractivos de la literatura española. Unamuno eligió ese nombre por ser Augusto una persona anodina, sin grandes pasiones, también sin grandes ilusiones. Y por eso Augusto decide suicidarse. Pero antes cree conveniente consultarle a un escritor cuyo ensayo sobre el suicidio acaba de leer, un tal Miguel de Unamuno. El capítulo que narra su encuentro convierte a *Niebla* en una novela inolvidable.

Augusto Pérez acude sin saberlo al domicilio de su creador, allí Unamuno le dice a su personaje que no se puede suicidar. ¿Tú sabes cuál es la primera condición para que alguien se quite la vida?, pregunta el escritor. Tener coraje, responde Augusto. No, dice Unamuno, estar vivo, y tú no lo estás. Le hace saber entonces que es un producto de su imaginación. Incrédulo al principio, Augusto se rebela y le pregunta a Unamuno si no será al revés, si no será él más real, si no será el escritor solo un pretexto para que la historia de Augusto Pérez llegue al mundo.

Unamuno se enfurece. No quiero oír más impertinencias, brama, y menos de una criatura mía. Se enfurece sobre todo porque sabe que en no pocas ocasiones él ha afirmado que personajes como Hamlet o Don Quijote son tan reales como Shakespeare y Cervantes. El escritor decide vengarse de su protagonista: no te suicidarás porque no me da la real gana, te mataré yo.

Al final de la escena, liberado ya Augusto de sus instintos suicidas, le lanza una súplica atroz a su creador: Quiero vivir, vivir... y ser yo, yo, yo...

Es el grito de los personajes desesperados por ser ellos mismos, por apropiarse de la vida que les ha sido negada.

Hemos establecido a nuestra especie como *homo narrans* y las historias como esencia de nuestro ser. ¿Pero cuál es la esencia de las historias? Podríamos caer en la trampa de pensar que una historia es el *qué*, un suceso o una combinación de sucesos. Pero no es cierto, una historia es el *quién*, a alguien le sucede algo: esa es la historia.

Al ser humano le ha costado milenios aceptar que la tierra simplemente exista. Todas las culturas, en todas las latitudes, a lo largo de los años, han dicho, bueno, perfecto, la tierra existe, pero alguien ha tenido que crearla, ¿no? El ser humano da por sentado el qué, lo que nunca deja de preguntarse es el quién.

Pensemos en la primera gran historia de la cultura occidental, la *Ilíada*. ¿De qué trata? Muchos estaréis tentados a responder: de la guerra de Troya. Pero la guerra de Troya duró diez años y la *Ilíada* solo cuenta 51 días. ¿No creéis que trata de algo distinto? El propio Homero es tan generoso que nos despeja las dudas en los primeros versos: *Canta, oh, diosa, la cólera de Aquiles, cólera funesta que causó infinitos males a los aqueos.* La *Ilíada* es la historia de Aquiles, pero ni siquiera de todo Aquiles, sino de su cólera. De un enfado en concreto. El enfado de un personaje es suficiente para cambiar nuestra cultura para siempre.

Harold Bloom aseguró que Shakespeare había reinventado a los seres humanos, pero, teniendo en cuenta la primacía de los personajes, ¿no es posible darle otra vuelta a esa idea? ¿No es posible pensar que en realidad somos la invención de Otelo, de Ofelia, del rey Lear? ¿No es posible, como le dice Augusto a Unamuno, que seamos nosotros los que estamos en manos de nuestros personajes y no a la inversa?

Tal vez, de nuevo, os parezca que estoy siendo demasiado hiperbólico. Es hora de que veamos algunos ejemplos tomados de la vida real.

Las voces de campo de Alice Walker

En 1978 Alice Walker se marcó un plazo de cinco años para escribir su tercera novela, la que debía permitirle afianzarse como autora. Sabía que luchaba contra la doble discriminación de ser mujer y afroamericana, pero Alice, como Ursula K. Le Guin, confiaba plenamente en su talento. La única duda era sobre qué escribir. Un día en su apartamento de Nueva York empezó a oír unas voces en su cabeza; Alice comprendió enseguida que eran las voces de los personajes de su nueva novela.

Lo primero que le hicieron saber aquellas voces era que odiaban vivir en Nueva York, decían que los rascacielos no les dejaban ver a Dios; Alice supo así que eran personas creyentes, probablemente de un tiempo pasado. La escritora les hizo caso y se mudó a San Francisco. A pesar de cierto temor a los temblores de tierra, las voces en la cabeza de Alice se sintieron más a gusto en California. A una de ellas, Nettie, le gustaban las librerías del área de la bahía; a su hermana Celie, en cambio, lo que más le gustaba era el olor del pan de masa madre.

El piso en que vivía Alice en San Francisco estaba en el centro de la ciudad y por la ventana solo se veían asfalto y autobuses y entraban los ruidos y el bullicio. A las voces no las podía engañar, les había dicho que se iba de Nueva York por ellas, pero sabían que Alice se había ido a San Francisco porque su pareja vivía allí. No era suficiente, no estaban cómodas, mientras siguieran en San Francisco no le iban a contar su historia.

Alice intuyó que sus voces se sentirían en paz en el campo, así que un día cogió el coche y condujo hacia el norte. Se detuvo tres horas más tarde en un apacible pueblo de leñadores, pero decidió seguir buscando algún lugar que dispusiese de más servicios. Solo encontró construcciones artificiales, demasiado orientadas al turismo; Alice, decepcionada, dio media vuelta. Al pasar por el mismo pueblo de leñadores, observó a un niñito negro que caminaba solo junto a la carretera, despreocupado y contento. Tiene que ser aquí, se dijo, un lugar donde un niño camina con esa alegría no puede ser un mal lugar. Se acercó a un quiosco, compró un periódico y fue directa a la página de anuncios clasificados; luego alquiló una casa.

Cuando se mudó se dedicó a la jardinería y a la costura, quería tomarse la vida con calma mientras las voces de los personajes iban contándole su historia. Deseaba escuchar sobre todo a Celie, que en aquella casa del pueblecito de leñadores comenzaba a abrirse más y más. Alice supo que era una chica de Georgia de la que habían abusado toda la vida. Transmitir la voz de Celie era la clave para contar la historia. Decidió que Celie se expresaría mediante cartas dirigidas a Dios: las dos palabras con las que empieza el libro son *Querido Dios*. Alice fue consciente de que estaba ante algo hermoso y que si lo dejaba escapar el universo la castigaría. Como escribió en la novela: Dios se mosquearía si, al pasar por un campo, no vieras el color púrpura.

Cuando Alice escribió la última página de *El color púrpura*, rompió a llorar, lloró enfebrecida, lloró de gratitud hacia los personajes por haberle contado su historia. Aunque a su editor no le convencía el carácter epistolar de la novela, Alice fue inflexible. La voz de Celie tenía que estar ahí, el lenguaje era la clave del personaje, no podía despojarla de su personalidad y hacerla hablar como una neoyorkina de 1982 solo para satisfacer a una mayoría de los lectores. Al fin y al cabo, ¿quién era ella para eso? Ella, repitió Alice en las entrevistas, solo había sido una especie de médium.

En 1983, *El color púrpura* convirtió a Alice Walker en la primera mujer afroamericana en ganar el premio Pulitzer de ficción. Ella siguió insistiendo en que el único éxito que ansiaba era que las voces se sintieran a gusto; solo esperaba haber sido capaz de contar la historia del modo que ellas querían y darles el lugar que deseaban.

Walker tenía claro que la cualidad más importante que debe tener un escritor es el oído para escuchar a sus personajes. O, por decirlo de otro modo, la vista suficiente para pasar por un campo y ver el color púrpura, no solo para buscar su reflejo en un estanque.

Traiga aquí esa pierna de cordero

Cuando, en *Niebla*, Unamuno le anuncia a Augusto que ha decidido matarlo, el personaje se envalentona: ¿Y si te mato yo antes a ti? Unamuno se ríe de él y Augusto le replica: ¿Acaso crees que sería la primera vez que un personaje de ficción mata a su creador?

En mi primera lectura de *Niebla* descarté que esto fuera posible más allá de lo filosófico y lo metaliterario. Pero la amenaza de Augusto volvió a mi cabeza años después cuando me topé con una biografía de Alfred Jarry.

Jarry es conocido principalmente por haber creado la ciencia de la patafísica, definida como *la ciencia de las soluciones ima-*

ginarias, una disciplina medio paródica medio seria que se ocupa de estudios tan estrafalarios como el cálculo de la superficie de Dios.

La patafísica nació cuando Jarry iba al colegio y asistía a clases de física con un hombre torpe entrado en carnes y un conocimiento limitado de la materia. Ese profesor se llamaba Hébert. Lo que Hébert nos enseña, dijo Jarry a sus compañeros, no es física, sino patafísica.

Más adelante, recogería los principios de la patafísica en una delirante novela titulada *Gestas y opiniones del doctor Faustroll, patafísico*. Las aventuras del doctor son una locura de principio a fin: Faustroll es un hombre nacido a los 63 años cuyo reto es viajar de París a París por mar, acompañado de un babuino —de nuevo un babuino— que tiene las nalgas injertadas en la cara y solo dice estas palabras durante toda la obra: ja, ja.

Será, no obstante, un personaje teatral el que le dé fama a Jarry: Ubú, un hombre con un enorme estómago que siempre hace gestos grotescos y comienza la obra *Ubú rey* gritando *¡Merdre, merdre, merdre!* —es decir, la palabra mierda con una enfática erre añadida al final, que se convirtió en una marca del propio Jarry—. Ubú había nacido directamente de aquel profesor de física, Hébert. La obra es precursora de lo que serían después el dadaísmo y el surrealismo. La intención de Jarry era escandalizar a la sociedad burguesa de la época, algo que consiguió de pleno.

Una noche una mujer invitó a Jarry a compartir una cena en su casa con varios invitados. El escritor pasó una velada agradable charlando amigablemente con quienes se sentaron a su lado. Cuando ya estaban con el café, la anfitriona se le acercó y le dijo: Pero señor Jarry, usted no es como me habían dicho, ¡usted es como todos los demás! ¿Cuántos autores habrán escuchado las palabras *eres como los demás* unidas a un tono de decepción?

Jarry no estaba dispuesto a que lo tomasen por lo peor que lo podían tomar: un hombre común. Miró resignado a la mujer, se remangó e hizo lo que se esperaba de él. *¡Merdre, merdre, merdre!*, gritó a voz en cuello asustando a los comensales del otro lado de la mesa. Traiga aquí de nuevo esa pierna de cordero o le juro que la desmembraré con mis propias manos, gritó. La mujer le acercó el asado y Jarry empezó a devorarlo ayudándose con los dedos de la forma más salvaje que fue capaz ante la sonrisa satisfecha de su anfitriona. Cuando Alfred acabó con la pierna de cordero, ya solo quedaban los huesos.

Esa noche Jarry tuvo tal indigestión que pensó que no llegaría a ver la mañana.

Aquel me pareció un ejemplo práctico de morir a manos de tu personaje, pero sé que Augusto Pérez no se refería a eso. Creo que él señalaba más bien el hecho de que Jarry no pudiese comportarse de manera distinta a Ubú si no quería convertirse en una decepción. Al hecho de que uno de tus personajes te encasille para siempre. ¿Acaso no es ese un gran triunfo del personaje sobre el autor?

Mandar a los personajes a galeras

Me pregunto qué habría pensado de esto Vladimir Nabokov, que decía que sus personajes obraban a su voluntad como *esclavos condenados a galeras* —jugaba con el doble sentido de la palabra inglesa para galeras, *galleys*, que es la misma que para galeradas—. Sus propios protagonistas se encargaron de castigar la vehemencia del escritor ruso.

El hombre que escribió *Lolita* tenía poco aspecto de depredador sexual. Había ganado tanto peso en los últimos años que ya no era consciente de su volumen y Véra, su mujer, se quejaba de que se chocaba contra todos los muebles. Vladimir era tan despistado como Marcus Brody, el personaje de Indiana Jones que se extraviaba en su propio museo: Nabokov se perdió alguna vez en las instalaciones de Cornell, la universidad en la que impartía sus cursos.

Sus alumnos recordaban cómo un día una mariposa se había colado en clase y Nabokov la había capturado con suavidad entre sus dedos, había murmurado su nombre científico en latín y luego había vuelto a dejarla en libertad. Las mariposas lo fascinaban. En su día, había aceptado encargarse de la colección de lepidópteros del Museo de Zoología de Harvard, aunque el sueldo era un tercio del que recibía como profesor de literatura. Cuando conoció a uno de sus primeros editores en América lo convenció para hacer un ascenso de ocho horas a pie para cazar una rara mariposa. Durante el descenso, el editor resbaló en la nieve y estuvo a punto de despeñarse.

Pero aquel hombre no solo amaba a las mariposas. Al iniciar su relación con Véra, Vladimir le hizo una larga lista de las amantes con las que se había acostado. Después de casarse, para evitar los celos de su esposa, siempre que conocía a una mujer se la describía como alguien con mucho menos atractivo del que tenía en realidad. Entre sus conquistas, se contaba alguna de sus alumnas. Mientras daba clases en Wellesley a finales de los 40, mantuvo una relación con una joven estudiante. Todos los habían visto besuqueándose en el campus y una mañana Nabokov escribió *te quiero* en ruso en la pizarra antes de borrarlo a toda velocidad.

En la época en que *Doctor Zhivago* desbancó a *Lolita* en la lista de ventas y Borís Pasternak se llevó un Nobel que Nabokov nunca conseguiría, la comunidad rusa en Nueva York comenzó a llamarlos «el santo y el pornógrafo». Yo no diría que Nabokov fuese un pornógrafo, pero está claro que tampoco era un santo. Desde luego, no merecía una vidriera en ninguna iglesia de Ohio.

Él sabía, al escribir *Lolita*, que la novela iba a traer problemas, no era tan insensato. ¿Cómo no iba a ser polémica una novela sobre un pedófilo obsesionado con una niña de 12 años? Peor, si es que puede ser peor: un pedófilo obsesionado con su hijastra de 12 años. Un personaje tan enfermo como Humbert Humbert, que se casa con Charlotte, la madre de Lolita, solo para estar cerca de la niña e incluso se plantea un embarazo para que a Charlotte la ingresen en la maternidad y poder quedarse a solas con su hijastra.

Sus amigos le recomendaron a Vladimir que no publicase aquella novela, algunos pensaron que se le había ido la cabeza. Solo el hecho de hacer llegar el manuscrito a los editores era una operación compleja; Nabokov debía entregarlo en mano, si lo enviaba por correo podían procesarlo de acuerdo con la Ley Comstock, una ley de 1873 que prohíbe el envío postal de *literatura obscena* y *artículos de uso inmoral*. Una ley que, por cierto, ha vuelto a ponerse de moda con el renacer del antiabortismo en Estados Unidos, ya que impide el transporte de equipos que se puedan utilizar para realizar abortos.

Una tras otra, las editoriales americanas rechazaron el texto, pero cuando parecía que *Lolita* no iba a encontrar editor, apareció en escena el francés Maurice Girodias, conocido por publicar historias de gran contenido sexual en el sello Olympia Press. *Lolita* se publicó en París en dos volúmenes verdes con el lomo amarillo, que hoy son pieza de coleccionista. Girodias se mostró encantado de sumar la novela a su catálogo, debido a su calidad, pero también, dijo, por la sinceridad con la que estaba narrada. Girodias creía que podía contribuir a normalizar el modo en que la sociedad juzgaba a la gente como Humbert Humbert.

¿Cómo?, debió preguntarse Nabokov. ¿De qué sinceridad hablaba? Imagino su perplejidad al enterarse del razonamiento de Girodias. ¿Así que el editor de *Lolita* esperaba que la novela normalizase socialmente a los pederastas? ¿A los pederastas sinceros como... *él*? Puede que entonces Nabokov comprendiese que ya nunca se sacudiría las sospechas de pedofilia. La escritora rusa Nadezhda Mandelshtam dijo que nadie podía escribir *Lolita* sin albergar los desgraciados sentimientos por las niñas que tiene Humbert Humbert. Y Morris Bishop, decano en Cornell y buen amigo de Nabokov, puso el grito en el cielo. Vladimir, le dijo, ¿tú realmente crees que los padres van a querer mandar a sus hijas a estudiar con el autor de *Lolita*?

Todos esperaban encontrar en Nabokov a un sátiro abusador. La gente solía decepcionarse cuando veían aparecer a un hombre rechoncho con camisa rosa junto a una mujer de pelo blanco. ¡Su acompañante no se parece en nada a Lolita!, decían sorprendidos. Lo sé, contestaba Véra, por eso estoy aquí. Nabokov dijo una vez: Debería haber pagado a una niña para que me acompañase.

En una reunión sus editores preguntaron a Nabokov cuánto sabía de niñas; Véra se apresuró a responder por él. Explicó que Vladimir había ido en los autobuses recogiendo cómo hablaban las niñas y que se acercaba sigilosamente a los columpios hasta que empezó a parecer raro. Eso era todo lo que su marido sabía sobre niñas, dijo Véra. Los editores carraspearon.

¿Pero no era que mandabas a tus personajes a remar a galeras, Vladimir? ¿No era que no permitías que se te fuesen de las manos? Quizás Augusto Pérez tenía más razón de la que al principio querríamos creer.

Una tarde de Halloween, Nabokov escuchó que alguien llamaba a la puerta de su casa. Cuando abrió vio a una niña vestida como Lolita, con el pelo recogido en una coleta y una raqueta en la mano, como en la novela. Por si acaso alguien no distinguía su disfraz, llevaba un cartel en el que se podía leer *l-o-l-i-t-a*. Nabokov calculaba la edad de la niña en unos ocho años. Al cerrar la puerta, Vladimir debió preguntarse, como el coronel Bogey al final de *El puente sobre el río Kwai*: ¿Qué he hecho?

Holmes me enferma como el fuagrás

Antes de que Unamuno lo empuje fuera de su casa de malas formas, Augusto le hace una advertencia al escritor. Tú morirás, le dice, todos tus lectores morirán, en cambio, yo... seguiré vivo.

Es cierto. Las malas historias se desvanecen como un chiste inapropiado en una cena; los invitados fingen no haberlo oído mientras continúan comiendo. Las buenas historias, sin embargo, están destinadas a perdurar durante generaciones. Debemos, por tanto, darle la razón a Augusto Pérez: el personaje puede sobrevivir y subyugar al escritor. Hemos visto a Nabokov, condenado a permanecer para siempre a la sombra de Lolita y Humbert Humbert. Hablemos ahora de otro autor que, temiendo algo así, se anticipó y mató a su personaje antes de que el personaje lo asesinase a él. ¿Sabéis qué? No sirvió para nada.

Arthur Conan Doyle se sentía aliviado tras arrojar a Sherlock Holmes por las cataratas de Reichenbach en el relato *El problema final*. Por fin se había deshecho de un personaje cuyo valor literario, en su opinión, era menor que el de sus novelas históricas. Al principio pensó que la popularidad de Holmes impulsaría las ventas de sus otras obras, pero, tras comprobar que eso no sucedía, la irritación de Doyle hacia el detective fue en aumento.

Holmes se le había hecho repetitivo a su creador. El propio Sherlock se quejaba de esa monotonía en sus historias: Mi pequeño consultorio se ha convertido en una agencia de buscar lápices, protestaba. Pero las intenciones homicidas de Conan Doyle se habían topado con un obstáculo inesperado en su madre, que adoraba a Sherlock y se dedicaba a mandarle a Arthur posibles tramas para nuevos relatos.

Cuando en un viaje a Suiza le enseñaron las cataratas de Reichenbach, Doyle se convenció de que aquel sería un lugar ideal para despeñar a su detective. No lo soportaba más. Escribió: Un día comí tanto fuagrás que hoy me pongo enfermo con el mero hecho de oír esa palabra, pues eso mismo es lo que siento hacia Sherlock Holmes.

Pero asesinar a Holmes no fue sencillo, el escritor recibió amenazas e insultos; veinte mil suscriptores se dieron de baja del *Strand Magazine*, la revista que publicaba las aventuras; y se cuenta que hubo londinenses que lucieron brazaletes negros en señal de duelo por el detective. Doyle decidió poner tierra de por medio y se marchó de gira por Estados Unidos.

Al llegar a la estación de tren de Boston, el autor pidió un carruaje para que lo llevase a descansar unas horas en su hotel. Arthur sacó la cartera para pagar al cochero, pero este lo detuvo. Señor Conan Doyle, le dijo, preferiría que me regalase una entrada para su charla de mañana a que me pagase la carrera. Doyle se quedó atónito, ¿cómo diablos lo había reconocido? Se lo preguntó al cochero. Ah, es solo que sabía que venía usted a la estación, respondió este. ¿Pero ha visto alguna foto mía, cómo es posible que me haya distinguido entre todos los pasajeros? El hombre sonrió levemente. Verá, le dijo, sé que ha estado de gira por Estados Unidos y he observado que su afeitado tiene el estilo cuáquero de Filadelfia —oh, debió pensar Conan Doyle, he aquí otro admirador de Sherlock Holmes que me va a reprochar haberlo matado—; en la suela de sus botas, prosiguió el cochero, hay restos de barro seco de Buffalo y el olor del tabaco de Utica persiste sobre su ropa, además, sobre su equipaje hay migas de una rosquilla de Springfield. A esas alturas el asombro de Conan Doyle era absoluto, ¡estaba ante la personificación de Holmes! Ah, añadió el cochero, y otro pequeño detalle: en su maleta, escrito con letras mayúsculas, pone *propiedad de Arthur Conan Doyle.*

El escritor había sido abducido por su personaje más famoso y ni arrojándolo cataratas abajo podía librarse de él. Como le ocurriría a Nabokov, habían acabado por convertirlo a él, la persona real, en el personaje de ficción. La primera pista la recibió al publicar *El signo de los cuatro,* la segunda aventura del detective de Baker Street. Un comerciante de tabaco de Filadelfia le escribió entonces al señor Holmes pidiéndole que le prestase el estudio en el que describía las diferencias entre las distintas cenizas de los cigarros. Un estudio que, por supuesto, no existía. A Doyle al principio le hizo gracia, pero pronto empezaron a agolparse las cartas dirigidas a Sherlock y las peticiones de autógrafos del detective. Parecían no entender que Holmes carecía de manos para empuñar la pluma.

Ante la presión del público y una buena oferta económica, Conan Doyle se vio obligado a resucitar a Holmes de un modo bastante antinatural. Era el gran triunfo de su personaje: él resucitaría, Doyle moriría. Imagino a Augusto Pérez feliz al pensarlo. Doyle explicó que Holmes practicaba un arte marcial llamado *baritsu,* y eso le había permitido deshacerse de Moriarty durante la caída. Los tres años siguientes los había pasado vagando por el mundo fingiendo estar muerto para que los secuaces de Moriarty no lo buscasen. A nadie le convenció la explicación, pero qué más daba: ¡Sherlock estaba vivo!

Los tres años de ausencia de Sherlock dieron lugar al período conocido como *gran hiato,* una etapa oscura del personaje que muchos amantes de Holmes rellenaron con textos e historias apócrifas. Mi padre había leído todas esas historias al margen del canon *holmesiano.* El otro día en su casa vi la enorme cantidad de libros raros sobre Sherlock que había ido coleccionando durante décadas, los tuve en mis manos, imaginé a mi padre pasando sus ojos por ellos.

Desde que murió, procuro no ir demasiado a casa de mis padres, pero siempre que voy me llevo algún libro. Me entristecen especialmente los que están más nuevos, los que él ya no tuvo tiempo de leer.

Un libro que amarillea, que tiene decenas de años, no me provoca tanto pesar: tuvo su tiempo, cumplió con su función. Pero aquellos comprados con la ilusión de tener vida por delante para leerlos y que, a la postre, no haya sido así..., esos son los que duelen. Siempre abro los libros más nuevos y busco alguna pista que me recuerde a él. A veces mi padre usaba el ticket de compra para marcar la página, entonces examino el papelito para ver si encuentro la hora y la fecha exacta en que adquirió aquel ejemplar. Calculo cuántos días de vida le quedaban cuando lo compró. ¿Cuántos momentos felices tenía aún por delante?

Pienso que la muerte, para mí, será la última vez que hable con mi mujer y el último libro que compre y no tenga tiempo de leer. Eso es lo que soy, algo insignificante comparado con las historias. Ellas seguirán allí como los libros de mi padre esperando a que alguien las vuelva a abrir. A mi padre ya no podré abrirlo jamás. Quizás mi intención al escribir estas líneas y convertirlo en un personaje no sea otra que darle unos minutos más de vida.

Quinta visita a mi padre

El último día que vi a mi padre en el hospital un director de cine español acababa de morir y él conocía la noticia. Imagino que le había informado mi madre, llega una edad en la que comentar las muertes de los demás se convierte en pasatiempo. Cuando me quedé a solas con él, mi padre seguía rumiando la muerte de aquel hombre: no lo movía la lástima, sino la envidia. El director de cine había fallecido a los 86 años. Ochenta y seis, decía él. Eran diez más que los que tenía mi padre. Ochenta y seis, repetía, qué cabrón. Yo no pude evitar sonreír por debajo de la mascarilla. La escena me recordaba a uno de mis momentos favoritos de *La vida de Brian*, aquel en el que se llevan a Brian para crucificarlo y su compañero de celda, un admirador de la crucifixión, grita desde la ventana de la prisión a los condenados: ¡Qué suerte tenéis, cabronazos, qué suerte tenéis!

Mis padres me habían llevado al cine a ver la película de los Monty Python en uno de sus reestrenos, no creo que yo llegase a los diez años. A ellos lo de las recomendaciones por edades no les decía demasiado. Me llevaron a ver *La chaqueta metálica* cuando tenía nueve años; fueron a buscarme por la tarde a la puerta del colegio, nos bebimos unas coca-colas en una cafetería y nos metimos en el cine. Días como ese eran los mejores de mi infancia. Vi la película de Kubrick con los ojos como platos y las semanas siguientes mi frase más repetida fue: *¿Eres tú John Wayne o lo soy yo?* Mis compañeros de colegio no tenían ni idea de lo que les hablaba, a ellos no les dejaban ver *La chaqueta metálica*. Entonces pensaba que mis padres me llevaban a aquellas películas porque me consideraban muy maduro, ahora entiendo que era simplemente que no tenían con quién dejarme. Agradezco que nadie quisiese quedarse conmigo. Este libro no existiría y toda mi vida sería diferente si no hubiese estado expuesto a historias por encima de mi edad: desde entonces he sentido que las historias exigían algo de mí, como si me llamasen y me arrastrasen.

Qué cabrón, repitió mi padre, ochenta y seis, lo que haría yo con diez años más. Dejó la frase en el aire, pero yo no le pregunté qué haría él si tuviese otra década por delante. Sabía que su queja no tenía que ver con un lamento por las cosas que has dejado de hacer. Dios, dices entonces, si me das otros diez años prometo... No, mi padre no pensaba eso, él no quería hacer ninguna promesa. Él quería diez años más para seguir haciendo exactamente lo mismo que hacía antes de enfermar: leer libros, ver películas, beber vino y pasar tiempo con mi madre.

Me reconfortó pensar que mi padre tuvo una vida feliz y me alegré de estar a su lado, de haber prescindido del orgullo y retomado el contacto. Sé que lo contrario habría ensombrecido su tránsito; ahora ya nada podía ensombrecerlo. Mi padre ya no tenía cuentas pendientes con la vida, solo alguna botella de vino por beber y algún que otro libro por leer.

Las últimas navidades que pasamos juntos antes del cisma que nos separó cuatro años, decidimos que, para ahorrar, solo haríamos un regalo a una persona, nuestro amigo invisible; a mí me tocó mi padre. Ese diciembre viajé a Saint-Emilion, donde están algunos de los viñedos más importantes de la región de Burdeos, y le compré una botella de vino que me costó cien euros, aunque el límite para el regalo eran sesenta. Mi padre nunca abrió la botella y la reservó para un momento especial. Recuerdo que me ofendió un poco que la amontonase junto a otros vinos en la despensa, pero ahora pienso que le resultaba difícil encontrar un momento especial, porque cualquier ocasión era buena para él.

Abrimos la botella en la primera Navidad tras su muerte. Al descorcharla uno de mis hermanos, medio corcho se desprendió, cayó en el vino y flotó soltando virutas; lo servimos y bebimos de inmediato sin decantarlo lo suficiente; cuando ya habíamos consumido la mitad de la botella empezó a sabernos mejor y nos dimos cuenta de que teníamos que haberlo dejado respirar. Estábamos haciendo una escabechina con el vino. Yo dije: Si papá nos está viendo, tiene que estar cagándose en todo. Nos reímos un poco. Solo por eso valió la pena la botella. Quizás ese fue el motivo de que la dejase para un momento especial, quizás ese era el momento que él esperaba, un día en que él ya no estuviese y nosotros dijéramos: cómo echamos de menos que nos expliques cómo se bebe un buen vino, papá.

Cada vez se movía con más dificultad en la cama del hospital, yo sé que seguía pensando en los ochenta y seis años de aquel director de cine, pero no volvió a mencionarlo. Lo que me dijo fue que iban a publicar la última novela de John Le Carré; había sido uno de sus escritores favoritos desde que leyó *El espía que surgió del frío* en una edición de Bruguera a principios de los 70. Me preguntó si sabía la fecha en la que lo publicaban. Me dolió que pareciese pasar por alto mi novela, que languidecía en la mesilla de noche debajo de bolsas de plástico y cajas de medicamentos. Busqué la información sobre el libro de Le Carré en el móvil y se la dije. Negó con la cabeza: no, mierda, creo que no me va a dar tiempo.

Me quedé petrificado. Aquella fue la única vez que lo oí dar su muerte por hecha. O al menos la más rotunda. Y la razón era que no le daba tiempo a leer la última novela de John Le Carré.

Recuerdo haber oído que la noche en que un crítico de cine esperaba la muerte en la cama pidió que le pusieran *Centauros del desierto*. Aquella anécdota me había impresionado, menudo loco de las historias, pensé entonces. Ahora ya no había duda: mi padre y yo éramos igual de locos. Lo nuestro con las historias era una verdadera obsesión.

10

Obsesión

La precaución de ser ciego

Cuando se supo que el ejército boliviano había ejecutado al Che Guevara, Borges impartía una clase en la Universidad de Buenos Aires. El escritor argentino, bien conocido por su talante conservador, detestaba al revolucionario. Aquel día un alumno entró en el aula gritando que se suspendían las clases para homenajear al Che. Borges le dijo que a él le faltaba media hora para terminar y que ya lo homenajearían después. El alumno le respondió que tenía que ser de inmediato, que no había discusión posible y, por si quedaba alguna duda, iban a cortar la luz. Borges lo invitó a que la cortase. Cuentan que dijo: He tenido la precaución de ser ciego esperando este momento.

Cuentan también que a principios de los 50 un Borges ya muy corto de vista viajaba en tren leyendo una novela policiaca. Un doctor le había recomendado que limitase sus lecturas y, desde luego, que nunca leyera cuando la luz era escasa. Pero Borges tenía claro cómo actuar cuando un oftalmólogo le decía que dejase de leer: invariablemente, cambiaba de oftalmólogo.

En aquella ocasión, a Borges se le hizo de noche en el tren, pero no detuvo su lectura. Los libros lo atrapaban, en especial las novelas policiacas. Dice la leyenda que una vez reservó una habitación de hotel para suicidarse y se llevó consigo una novela policiaca para entretenerse mientras no llegaba la hora. Pero se aseguró de que fuera una novela que ya hubiese leído, de lo contrario, sabía que se engancharía, se la leería entera, se le pasaría el momento y acabaría por no suicidarse. Así de intensamente le gustaban las novelas policiacas a Borges.

En el tren leyó y leyó, la noche se cerró sobre él, pero él prosiguió hasta terminar el libro, entonces golpeó las tapas con ambas manos y apretó los ojos. Al volver a abrirlos, observó unas chiribitas que estallaban y luego se dispersaban; cuando desaparecieron, Borges ya solo veía por una ventanita minúscula en uno de sus ojos.

Perder la vista es uno de los grandes miedos de cualquier escritor. La lista de aquellos a los que les ha sucedido es considerable: Borges, Homero, Joyce, Huxley, Milton, Lindgren, Galdós, Sartre, Fante.

Es lógico que la ceguera aterrorice a los escritores, ya que cuesta entender el hecho de ser escritor sin antes ser un gran lector. A menudo los autores tienen una auténtica obsesión con los libros. El motivo: no existe mejor contenedor posible para las historias.

La biblioteca de Umberto Eco, por ejemplo, albergaba más de 30 mil volúmenes. El semiólogo italiano contaba que cuando llegaba un visitante y veía aquella extraordinaria cantidad de libros solía reaccionar con una exclamación de asombro acompañada de la pregunta: ¿Pero tú te has leído todos estos? Solo una pequeña minoría comprendía que el valor de la biblioteca residía precisamente en los libros que no había leído.

Él argumentaba que una biblioteca personal conformada por 30 mil libros que ya has leído tiene mucho menos interés que una conformada por 30 mil cuyo contenido aún no has descubierto. La obsesión, quiere decirnos Eco, es con la lectura, no con el objeto. Y si no, recordad a Somerset Maugham y la guía telefónica en la India.

Emily Dickinson en Siberia

La peor angustia en la vida de Emily Dickinson la produjo una inflamación en el iris de uno de sus ojos. Emily era reacia a abandonar la casa de Amherst, Massachusetts, en la que había nacido, pero su problema en la vista la hizo viajar hasta la consulta de un oftalmólogo de Boston. El doctor le prohibió tajantemente la lectura y la obligó a permanecer ocho meses en la ciudad para controlar su evolución. No solo la estaba separando de su hogar, sino también de los libros, a quienes ella consideraba «los mejores amigos de su alma». Emily llamó a aquellos ocho meses *Siberia*.

Quizás podamos juzgar exagerado el amor por los libros de Dickinson, pero no creo que a ningún lector de este ensayo le parezca inverosímil. Quienes amamos las historias sentimos por ellas un apetito tan desmedido que, en cuanto tenemos ocasión, las devoramos. Contaba el autor de literatura infantil Maurice Sendak que una vez le había llegado una carta preciosa de un niño que decía admirar mucho su libro *Donde viven los monstruos*. Sendak decidió enviarle un dibujo de agradecimiento. Días después recibió en su buzón una nueva carta, en esta ocasión era la madre del niño quien le escribía. Le decía que a su hijo le había gustado tanto el dibujo que se lo había comido. Tras la sorpresa inicial, Sendak pensó que era imposible recibir un cumplido mejor.

A mediados de la década de 1860, cuando el oftalmólogo le prohibió a Dickinson la lectura, las novelas estaban cambiando la forma de pensar de los jóvenes. ¿Recordáis que la suegra de Emma Bovary pensaba que la lectura de novelas resultaba perniciosa? Dicen los estudiosos que fue aquella generación la que empezó a soñar despierta con una intensidad muy superior a la de sus padres y abuelos. Inspirados por las novelas románticas, los jóvenes no solo se quedaban atrapados en la página, su mente seguía cautiva mucho después de terminar la lectura.

Pensemos en una mujer de veinte años en una pequeña localidad como la Amherst de la época, ¿cuáles podían ser sus entretenimientos? No es que ocurriesen grandes cosas, una de las noticias más comentadas aquella década fue la construcción de la iglesia congregacional. Emily ya había decidido recluirse voluntariamente cuando la edificaron y no llegó a poner el pie en ella, pero parece que un atardecer trepó a un árbol que había en los terrenos de sus padres para verla de lejos. Apasionante, ¿verdad?

Y, sin embargo, al padre de Emily le parecía aberrante que sus hijos pasasen el día entre lecturas y ensoñaciones. Un día la poeta y su hermano Austin escondieron una novela de Longfellow bajo la tapa del piano. Cuando el señor Dickinson la encontró, se montó un buen revuelo en la casa.

Durante la reclusión de Emily su padre aceptó comprarle libros. Eso sí, luego le suplicaba que no los leyese, porque temía el efecto que provocaban en su mente. Digamos que el señor Dickinson era solo un poco mejor que la suegra de madame Bovary.

En el caso de Emily, es comprensible que su padre estuviese preocupado por ella. Paso a paso, la poeta se había ido encerrando en casa. Primero, dejó de hacer visitas a sus amigos, luego dejó de ir a la iglesia, más tarde dejó de visitar a su hermano Austin en la vivienda de al lado y, por último, cuando alguien aparecía en su casa, se retiraba a su habitación en el piso de arriba.

Los niños de Amherst la conocían como *El mito* y acechaban para captar en su ventana cualquier señal de su existencia.

Con el tiempo, para muchos habitantes de Amherst esa mujer se convirtió ciertamente en un mito, porque nunca la habían visto en persona. Emily no abandonó la casa de sus padres en los últimos veinte años de su vida. ¿Pero creéis que podría haberse pasado veinte años encerrada si no hubiese tenido sus libros y sus poemas para hacerle compañía?

En su familia sabían que escribía versos, Emily no se los guardaba para ella, era habitual que se los enviase a sus conocidos, a menudo acompañados de flores, incluso acompañados de grillos muertos, pero la juzgaban solo como otra de sus rarezas. Ignoraban la magnitud de la poeta que se escondía en su casa.

Cuando Emily murió, su hermana Lavinia encontró entre sus pertenencias una caja de madera que nunca había visto. Al abrirla descubrió cuarenta fascículos, formados por folios unidos con hilo rojo y blanco. Cada fascículo contenía veinte poemas escritos a mano con una letra parecida a pisadas fósiles de pájaros, como felizmente expresó un biógrafo.

Los fascículos agrupaban en total 800 poemas, pero en la caja había muchos más; escritos en hojas sueltas o en la parte de atrás del resguardo de un seguro o en envoltorios de chocolate o en un pequeño sello de tres céntimos. Emily escribía donde podía, escribía porque necesitaba hacerlo.

Hoy sabemos que la poesía que dejó Dickinson es una de las grandes obras de la literatura en inglés. Su forma de escribir, casi epigramática, es revolucionaria.

Durante muchos años escribió una media de un poema al día, luego entró en un letargo, y después reanudó la producción. No es difícil vincular su mayor producción con los momentos más tristes de su vida; la redujo cuando alcanzó un estado de bienestar consigo misma; y la retomó cuando sus allegados empezaron a morir. Aunque nos pese, hay pocos motores creativos más grandes que la infelicidad.

Emily pudo vivir veinte años encerrada entre libros y poemas, pero le costó resistir ocho meses sin ellos en la *Siberia* de Boston. Un escritor sin libros es un pez fuera del agua, boquea, aletea y convulsiona hasta la muerte.

¿Le importa a usted si me acuesto?

Juan Carlos Onetti creía que las funciones esenciales de un escritor son dos: leer y escribir; hablar, en cambio, no entra en la ecuación. Para el uruguayo, leer y escribir hacen literatura; hablar hace *literatosis*, que suena a enfermedad respiratoria. Se refería a la verbosidad de los escritores en congresos, charlas o presentaciones. Por suerte para él, no conoció las redes sociales.

No se puede negar que el autor de *Juntacadáveres* llevaba sus convicciones a la práctica. A principios de los 60, Onetti recibió el Premio Nacional de Uruguay; ese año también se lo entregaron a Francisco Espínola. Espínola pronunció un largo discurso de agradecimiento. Cuando le tocó el turno a Onetti, se levantó, se acercó al micrófono y dijo: Yo escribo, no hablo. Después se sentó. Fin del discurso.

Sus encuentros con Rulfo eran extraordinarios, ambos se apreciaban por sus silencios. Un día se encontraron en un evento en las islas Canarias. Hola, Juan, dijo Rulfo al verlo. Hola, Juan, contestó Onetti. Luego se hizo el silencio. Rulfo, sin mirar a Onetti, a quien tenía delante, le dijo a la mujer del uruguayo: Por favor, dile a Juan que Juan lo quiere mucho.

La *literatosis* exige por lo regular estar de pie para arengar con grandilocuencia a un auditorio; a Onetti, en cambio, la literatura le pedía estar tumbado. Era su posición natural. Él fue un paso más allá que Dickinson; así como ella se encerró, él directamente se acostó. En decúbito supino, Onetti consumía todo tipo de literatura y, como Borges, adoraba las novelas policiacas.

En sus últimos años, dejó de salir de casa y era su mujer, la violinista Dolly Muhr, quien le compraba los libros; a menudo las ediciones en rústica de los policiacos eran tan malas que se deshacían mientras las leía y, a medida que terminaba las páginas, las iba tirando a la papelera al lado de su cama.

Un día de 1970 un periodista golpeó con los nudillos su puerta en Montevideo. Dolly se encontraba de viaje en Buenos Aires y el escritor había aprovechado la ocasión para desconectar el timbre de su casa. Como no tenía teléfono, podía dedicarse a lo que más le gustaba en el mundo: leer en posición horizontal.

Cuando aquel periodista llamó a la puerta de Onetti, el escritor dirigía las bibliotecas municipales de Montevideo. Hacía trece años que ostentaba el cargo, pero evitaba acudir a su puesto de trabajo tanto como le era posible. Un día Eduardo Galeano fue a buscarlo a la oficina. No está, dijo la secretaria, hace mucho que no viene, pobrecito, ¿sabe?, ese hombre no es de este mundo, añadió la mujer encogiendo los hombros misteriosamente.

El periodista que llamaba a su puerta consiguió que Onetti se la abriese. Lo que no logró fue que el escritor lo recibiera sin desgana. Tras un breve intercambio de palabras, le dijo: ¿No le importa a usted si me acuesto? Antes de que su interlocutor pudiera responder cualquier cosa, se dirigió a la habitación y se tumbó sobre el codo a la manera de un Buda reclinado. El periodista se quedó perplejo; supongo que Onetti se preguntó de qué se asombraba. ¿Acaso no era él un escritor?

El sillón negro de Scheherezade

El día después de la muerte de mi padre, mi madre le pidió a mi hermano que se llevase cuanto antes el sillón que habían dispuesto en el salón de casa para que pasase sus últimos días con mayor comodidad. Era un sillón negro diseñado especialmente para personas enfermas, no sé muy bien cuáles eran sus beneficios, solo que mi madre no quería volver a tenerlo delante. Un sillón vacío es demasiado doloroso; un sillón vacío es algo que lleva incorporada la ausencia física de la persona; la omisión es tan palpable como cuando en las películas de hombres invisibles les ponen por encima una chaqueta y unas gafas para que nos demos cuenta de que algo debería ocupar ese vacío.

Mi padre se pasaba en aquel sillón de la mañana a la noche, hasta que mi madre lo ayudaba a acostarse. He insistido tantas veces en que no podía leer que no me queda duda de que mi insistencia es un reflejo del dolor por que no leyese mi segunda novela. Intentó escuchar audiolibros, pero estaba demasiado acostumbrado a la letra impresa como para adaptarse al formato en sus circunstancias. Supongo que el cerebro se niega a hacer esfuerzos tan poco rentables. Fernando, le diría su cerebro —lo llamaría por su nombre como las enfermeras—, ¿para qué vamos a esforzarnos en esto *ahora*?

Sentado en aquel sillón negro, mi padre se había quedado sin historias. Como un organismo desnutrido que no sabe de dónde sacar energía y ataca a sus propios órganos vitales, su cerebro se dedicaba a consumirse a sí mismo. Durante las semanas que mi padre estuvo en aquel sillón, su único pensamiento versaba sobre su muerte.

La historia de Scheherezade me parece una de las más fascinantes de cualquier literatura. En ella, un sultán, engañado por su esposa, decide que se casará con una mujer distinta cada día y luego las matará para asegurarse de que no lo vuelvan a traicionar. Cuando desposa a Scheherezade, ella le cuenta una historia que lo atrapa y así aplaza su ejecución hasta el día siguiente. Noche tras noche, en mil y una ocasiones, Scheherezade logra con sus relatos que el sultán olvide matarla, hasta que al final se enamora de ella. Los seres humanos somos como Scheherezade, nos contamos historias porque mientras lo hacemos olvidamos que vamos a morir. Mi padre se había quedado sin esa protección y en su cabeza había solo muerte. No hacía falta que él lo dijese, lo sabíamos solo con mirarlo.

Yo estoy aquí para estar loco

Escribimos y leemos para olvidar que vamos a morir, para escapar del absurdo de la existencia. Creo que ese es el motivo por el que nos obsesionamos con las historias. Como Borges, Dickinson u Onetti. Inventamos historias para olvidar que nada tiene sentido. Para evitar la locura.

El escritor suizo Robert Walser terminó sus días ingresado en una institución psiquiátrica. No está claro cuál era su patología, pero parece que, en cierto modo, para Walser suponía un alivio vivir allí. En los años anteriores las cosas no le habían ido bien, sentía que no encajaba en el mundo de los *cuerdos*. Había sufrido para conseguir un techo y algo que llevarse a la boca. En la clínica eso lo tenía garantizado. Walser pasó allí los últimos 27 años de su vida.

Un editor llamado Carl Seelig, que admiraba el trabajo del escritor, se acercó al sanatorio en 1942 para proponerle un nuevo libro con textos ya publicados y otros que permanecían inéditos. Walser mostró poco entusiasmo con la idea, consideraba que su fracaso editorial estaba justificado y que su tiempo como escritor había pasado. Accedió, eso sí, a dar paseos con Seelig.

Era un gran caminante; el primer paseo que dio con el editor se prolongó durante varios kilómetros. Walser se mantuvo en silencio gran parte del camino, pero su lengua acabó soltándose cuando su acompañante le habló de sus autores favoritos. Seelig le preguntó entonces por qué estaba ingresado en aquel sanatorio. Porque soy un mal escritor, contestó Walser. En otro momento, cuando Seelig le insistió en por qué no escribía algo allí dentro, Walser le dijo su frase más famosa: «Yo no estoy aquí para escribir, estoy aquí para estar loco».

Pero Walser mentía. Aunque afirmaba ante los doctores que las voces que escuchaba en su cabeza no lo dejaban escribir, la escritura era una de las pocas cosas que atesoraba ya en su vida.

En una oficina de correos cercana todos conocían a un hombre alto que a veces se pasaba una o dos horas de pie en el área reservada para que los clientes redactasen sus cartas. A veces veían a aquel hombre alto escribir en la parte de atrás de los sobres. Un día decidieron recoger uno de esos sobres de la papelera y encontraron en él una serie de garabatos semejantes a jeroglíficos. Parecía como si el hombre fuese un agente secreto.

En el sanatorio, Walser también escribía, pero no lo hacía en el lugar dispuesto para ello. Mientras los otros internos comían, a veces él se levantaba y, dándoles la espalda, sacaba un lápiz minúsculo y empezaba a garabatear sus jeroglíficos. Walser solía romper los lápices en tres partes diminutas y afilar cada una de ellas; procuraba que el papel también fuese muy pequeño; si alguien se acercaba, escondía lo que estaba haciendo. Como Dickinson, escribía sobre cualquier superficie. Lo hacía en esa especie de código privado que durante muchos años se consideró indescifrable. Solo en los años 70 los investigadores consiguieron interpretar y publicar sus jeroglíficos.

El día de Navidad de 1956, después de un largo paseo, un par de niños encontraron a Walser tumbado en la nieve en un sendero del monte Wachtenegg, con su sombrero a un lado. Dieron el aviso de que había un hombre borracho en la nieve, en realidad lo que había era un escritor muerto. Ese fue el día que Walser dejó de escribir. Aunque sea solo para sí mismo, aunque sea solo en su cabeza, un escritor únicamente abandona sus historias cuando muere.

Stephen King afirmó en una entrevista que escribía todos los días del año, salvo en Navidad, el 4 de julio y el día de su cumpleaños. Luego confesó que en realidad había mentido: también escribía en Navidad, el 4 de julio y el día de su cumpleaños, pero no quería que lo tomasen por un chiflado. Él, al contrario de lo que había dicho Walser, no estaba en el mundo para estar loco, él estaba en el mundo para escribir.

Un visitante de Porlock

Si la obsesión con la lectura puede llevar a extremos como los que hemos visto, la escritura, creo, es aún más obsesiva. No hay otro enemigo del escritor como aquel que lo interrumpe en mitad de su faena. Existe hasta una denominación para estas personas: son los visitantes de Porlock.

El nombre procede de una historia que le sucedió al poeta romántico inglés Samuel Taylor Coleridge cuando se fue a vivir a una granja aislada cerca de una localidad llamada Porlock, en el condado de Somerset. En uno de sus días en el campo un doctor suministró a Coleridge una buena dosis de analgésicos a causa de una dolencia que sufría y el poeta pasó un buen rato adormecido. Al despertar de la siesta, halló que en su cabeza había nacido un poema entero sobre Kublai Kan, el último gran emperador mongol. Coleridge se sentó y escribió del tirón treinta versos de los trescientos que se le habían ocurrido. Entonces llamó a la puerta un visitante llegado de Porlock, que entretuvo a Coleridge durante cerca de una hora con un asunto mundano que la historia ha olvidado. Cuando al fin el intruso se marchó, Coleridge, feliz, cogió su pluma y se dispuso a reanudar su poema sobre Kublai Kan, pero se dio cuenta de que... se le había olvidado. Recordaba solo los veinticuatro versos del final. Por el camino se habían quedado cuatro quintas partes del poema y, con todo, se lo considera uno de los más grandes ejemplos del romanticismo británico. Pero ¿qué podría haber sido aquel poema sin el inoportuno visitante de Porlock?

Un escritor puede envidiar a otro, rivalizar con él, incluso llegar a odiarlo, pero creo que ninguno es tan ruin como para desearle un visitante de Porlock.

Aunque en realidad no guardan semejanza, esta historia siempre me recuerda a uno de los cuentos más conocidos de Antón Chéjov. Se titula *Enemigos* y su trama es, más o menos, la que sigue. Una noche un hombre golpea con fuerza la puerta del doctor Kirilov. El hombre ha viajado veinte kilómetros en calesa al anochecer por un motivo: su mujer está enferma del corazón y, si nadie la atiende pronto, morirá. Pero ha llegado en el peor momento posible, el único hijo del médico acaba de fallecer de difteria con solo seis años. El doctor Kirilov le pide al hombre que se vaya a casa y le deje velar en paz a su hijo. El otro insiste: si no atiende a su mujer, morirá, ¿acaso no tiene él un deber como médico? A regañadientes, Kirilov accede a subirse a la calesa junto al hombre y abandonar el cadáver de su hijo. Pero al llegar a la casa, ambos se encuentran con que la mujer ha huido. No estaba enferma del corazón, solo lo había fingido para fugarse con su amante. Durante el camino de vuelta, el doctor Kirilov ya no piensa en su hijo muerto, sino en su odio visceral hacia aquel hombre que le ha importunado en el peor momento de su vida.

Cuentan que a Chéjov, como a Onetti, no le gustaba discutir sobre sus cuentos y si le preguntabas algo acerca de ellos, solía responder hablando de arenques; el mejor sitio para comprar un buen arenque, dónde vendían los ejemplares de mayor peso... Chéjov era reacio también a reconocer que sus cuentos se basaban, mayoritariamente, en su propia experiencia. *Enemigos* no podía estar inspirado en una pérdida personal semejante, porque Chéjov nunca tuvo hijos. Pero había algo en el

relato que ni siquiera la mejor conversación sobre arenques podía ocultar: Antón era médico y sabía lo que era que interrumpiesen su vida personal para ejercer su profesión.

Chéjov estaba convencido de que la medicina le había hecho ver la realidad de una manera que se reflejaba en su forma
de escribir. Creía que si hubiese sido, digamos, carpintero, sus
cuentos habrían sido completamente distintos. ¿Cómo rebatir
este razonamiento? Si hasta hemos dicho que la afición por el
ajedrez condicionó la narrativa de Nabokov. Pero se me ocurre
un argumento para, al menos, cuestionar la lógica de Chéjov:
¿no es posible que sucediese al contrario, que la forma de ver
y analizar la realidad como escritor lo llevase a estudiar medicina?

La madre de Chéjov recordaba que antes de ir a la universidad, cuando aún era adolescente, Antón podía quedarse un
buen rato en silencio, con la mirada perdida, mientras tomaba
el té por las mañanas. De repente despertaba y tomaba notas al
vuelo en un pequeño cuaderno y luego volvía a perder la mirada. ¿No sería Chéjov un escritor que ejercía la medicina y no
un médico que escribía relatos, como él creía?

Chéjov acababa de regresar de un congreso de médicos cuando escribió *Enemigos* y es posible que hubiese escuchado una
historia como la de Kirilov de boca de algún colega. O puede
simplemente que la idea viniese de la furia que le causaba que
lo interrumpiesen mientras escribía.

Cuando J. D. Salinger se escondió en Cornish tras el éxito
de *El guardián entre el centeno*, se refugiaba para escribir en un
búnker a 500 metros de su casa. No solo estaba ocultándose de
la gente, sino también de su mujer e hijos. Con el tiempo fue a
peor, a veces se encerraba una semana allí sin aparecer por casa.
Claire, su mujer, podía verlo a través de la ventana del búnker, pero tenía orden de no interrumpirlo salvo asunto de vida o
muerte. Supongo que Robinson Crusoe se habría sentido más

solo si en vez de haber naufragado en solitario lo hubiese hecho junto a un escritor con una novela por terminar.

Después de escribir uno de sus relatos, Chéjov le envió una carta a su editor poco convencido con el resultado. Cuando estaba escribiendo el cuento, le decía, llegó la mujer de un cliente para pedirme un certificado médico, luego me llamaron para atender a un paciente que se encontraba mal y luego ya me dio la hora de la comida, etcétera. Pero lo más curioso es que mientras redacta la carta para el editor, Chéjov también es interrumpido. Llaman al timbre, escribe. Equivocado, añade, esta vez no era para mí. En otra ocasión, Chéjov se negó a aceptar un plazo de entrega para un relato con la misma justificación: ¿Cómo voy a garantizar un plazo si me pueden llamar para atender a un enfermo en cualquier momento?

Cuando escribió *Enemigos*, estoy convencido, lo hizo con rabia contra los visitantes de Porlock. Utilizó para ello la imagen del mayor daño psicológico que puede padecer un ser humano: la muerte de un hijo. ¿Acaso quería insinuar Chéjov que la escritura en ocasiones provoca sufrimiento?

II

Sufrimiento

El artista del hambre

Mi padre siempre había tenido buen apetito. Pero en sus últimos días estaba cada vez más delgado y comía cada vez un poco menos y yo no podía evitar recordar el cuento de Kafka *Un artista del hambre*. El protagonista del relato es un ayunador, una figura de moda en los espectáculos circenses a finales del siglo XIX. Una persona se metía en una jaula y ayunaba un día tras otro hasta quedarse en los huesos. Lo creáis o no, a la gente le encantaba aquel espectáculo. Pero la moda de los ayunadores pasó pronto y al de Kafka lo colocaron con su jaula en la parte más recóndita del circo y luego se olvidaron de él. Hasta un día que lo encontraron muerto de hambre entre la paja detrás de los barrotes; entonces lo enterraron y metieron una pantera en la jaula.

Reconozco que a veces las historias te juegan malas pasadas, porque ese no era el cuento que yo deseaba rememorar en aquel momento, cuando el cuello de mi padre se estaba volviendo algo semejante al pescuezo de una gallina, pero trataba de sonreír y hacer como si estuviese pensando en cosas alegres.

Algo que siempre me ha abrumado del cuento del ayunador es que Kafka corrigió las galeradas en el mes de mayo de 1924, solo unos días antes de su muerte. La tuberculosis había dañado tanto su laringe que a Kafka le costaba hablar y se comunicaba con sus allegados mediante pequeñas notas escritas. Apenas podía comer ni beber y eso le provocaba un gran sufrimiento. Qué crueldad corregir en esos momentos *Un artista del hambre*, un relato que había escrito dos años antes sin imaginar que afrontaría un final así. Cuentan que al terminar con las galeradas las lágrimas inundaron el rostro famélico de Kafka. Pocas veces habían visto al escritor mostrar sus sentimientos; más allá del dolor, Franz debió pensar que aquella era la última burla a la que lo sometía la escritura.

Kafka siempre había sentido una llamada casi inhumana hacia la literatura. La escritura, dijo, drenó todas mis otras capacidades relacionadas con el sexo, la comida, la bebida, la meditación filosófica y la música.

Escribir era la única vocación verdadera de Kafka, pero al mismo tiempo su obsesión perfeccionista le hacía desdeñar prácticamente todo lo que escribía. A menudo se encerraba por las noches y escribía hasta las cinco de la mañana, aunque eso le provocase terribles dolores de cabeza. Era como si se castigase a sí mismo. Dios no quiere que escriba, dijo, y aun así tengo que escribir.

De día trabajaba para una compañía de seguros, un empleo que detestaba. Allí se empapó del absurdo de la burocracia, que convertiría en el símbolo del absurdo de la existencia. En la oficina estimaban a Kafka, no creo que lo amasen ni lo llamasen amigo, pero tampoco nadie lo consideraba su enemigo. Era un hombre introvertido pero afable; sus demonios estaban dentro de él. Cuando Max Brod abrazó el sionismo e intentó que Kafka lo apoyase, él le respondió: ¿Qué tengo yo en común con los judíos si casi no tengo nada en común conmigo mismo?

Sus textos pasaron desapercibidos y no entusiasmaron a la crítica. Pero qué más daba lo que dijesen los críticos. Nadie podía ver tantos errores en su obra, tanta insignificancia, como veía el pobre Kafka. Por eso solo enseñaba una pequeña parte de su producción y realizaba purgas periódicas quemando páginas en los braseros de su casa. Su amigo Max Brod debía arrebatarle los textos para publicarlos. Los dos se enzarzaron en una carrera que continuaría hasta después de la muerte de Kafka: el uno se apresuraba a destruir lo que escribía, el otro se apresuraba a salvarlo.

Como hemos señalado, pocos días después de acabar la corrección de *Un artista del hambre*, Kafka falleció con solo 40 años. Sus padres llamaron entonces a Brod para que ordenase sus papeles y examinase si podía haber algo de interés entre ellos. Escudriñando en los cajones, entre lápices con punta rota y botones de camisa, Brod descubrió una voluminosa carpeta con las obras inéditas del autor. Lanzó un grito de alegría. Entonces encontró dos notas, una de ellas decía: «Mi última petición es que todo lo que dejo tras de mí, en forma de cuaderno, manuscritos, cartas, esquemas, etcétera, sea quemado sin leer hasta la última página».

Brod traicionó la petición de su amigo y gracias a esa traición sobrevivieron algunas de las grandes obras de Kafka. La traición de Brod ha transformado el mundo. Pocas obras han sido tan importantes para entender el siglo xx como la de Kafka. Pero esa es otra historia. De lo que ahora hablamos es del sufrimiento de escribir.

La sombra grotesca de la obra soñada

Uno de los motivos que conduce a ese sufrimiento es la inevitable disociación entre la idea que surge en el cerebro y lo que se consigue trasladar a la página. Fernando Pessoa lo expresó atinadamente en *El libro del desasosiego*: La obra concluida es siempre la sombra grotesca de la obra soñada.

Qué gran verdad esconde esa frase. Cualquiera que haya intentado escribir ha descubierto con estupor cómo la mayor parte de lo que está en su cabeza se pierde durante el proceso. Cómo lo que brilla cuando es idea se vuelve mate sobre el papel. El escritor sigue adelante, sin embargo, con la esperanza de que el próximo fragmento sea mejor, como en una estafa piramidal, como en un esquema de Ponzi en el que se boicotea a sí mismo.

Escribir se asemeja a intentar llenar un barreño transportando con las manos el agua que brota de un grifo en otro cuarto. Después de varias horas, el barreño sigue vacío, tú estás agotado, el agua se ha escapado por el desagüe bajo el grifo y lo único que está mojado es el pasillo.

En su pequeño ensayo *Por qué escribo*, George Orwell asegura que el escritor arrastra cada día una penitencia semejante a la de Sísifo. Todas las mañanas empuja inútilmente una roca que al día siguiente tendrá que volver a empujar. Escribir un libro, dice Orwell, es una lucha horrible y agotadora, como el brote prolongado de una enfermedad dolorosa, uno nunca llevaría a cabo una cosa así si no hubiera un demonio que no podemos resistir ni entender.

Ese demonio había poseído a Kafka. Ese demonio ha poseído a tantos otros y nos ha regalado las obras más maravillosas de la historia de la literatura. En plena creación de *Madame Bovary*, Flaubert afirmó que escribir le parecía tocar el piano con unas bolas de plomo atadas a cada falange. De no haber sido por ese demonio, la mayor parte de los escritores habrían tirado la toalla. Ningún agricultor trabajaría un campo enorme que solo le diese, con suerte, tres o cuatro cebollas al año. Ese es el trabajo que hace un escritor.

Regresemos a Pessoa, quien tenía muchas cosas en común con Kafka: retraído y melancólico como el checo, brillante e ingenioso, también se sentía paralizado por la búsqueda imposible de la perfección. Por eso nunca acababa nada. En *El libro del desasosiego*, Pessoa escribe una paradoja que relaciona escritura y sufrimiento: «Lloro sobre mis páginas imperfectas, pero quienes vengan mañana, si las leen, sentirán más con mi llanto de lo que sentirían con la perfección, si yo pudiera conseguirla, porque me privaría de llorar y por ello incluso de escribir».

Pessoa nos deja aquí dos claves. La primera es que escribimos porque somos imperfectos. Decía Joan Didion que escribía porque era la única forma en que podía acceder a su propia mente para que esta le proporcionase las respuestas que le faltaban. El premio Nobel Jon Fosse, en una entrevista reciente, aseguraba que si fuese una persona feliz, no escribiría o, como mucho, habría escrito un libro. Es la insatisfacción conmigo mismo, dice Fosse, la que me ha hecho estar una vida entera escribiendo.

La segunda clave que nos deja Pessoa es que buscamos resarcirnos de nuestra imperfección alcanzando la perfección en la escritura. Buscamos algo inexistente. Y, por tanto, escribir no nos hace más felices, sino todo lo contrario, porque nunca seremos capaces de producir algo que nos colme. Porque si fuéramos capaces de escribirlo, simplemente no escribiríamos. He ahí la paradoja.

¿Cuántos zapatos desgastó Dante?

No es difícil suponer que enfrentarse a una paradoja como esa puede conducir al bloqueo. Ese es uno de los miedos que, en un momento u otro, sobrevolará a cualquier escritor. Norman Mailer, quien no por casualidad ha aparecido primero cuando hablamos de la vanidad, decía que el bloqueo del escritor era un fracaso del ego. De repente has perdido la confianza en lo que escribes. Sin un mínimo de confianza, ya lo hemos dicho, es imposible producir nada.

Francis Scott Fitzgerald nos regala otra idea acerca del bloqueo. Partamos de la premisa de que un escritor nunca se bloquea con su primera novela, eso sería absurdo. Alguien que escribe, pongamos, sus primeras cuatro páginas y no sabe por dónde continuar no tiene bloqueo de escritor, simplemente no es escritor. Sería como un tenista que asegura que se le da muy bien el tenis salvo por el momento en que hay que golpear la pelota de vuelta con la raqueta.

El bloqueo del escritor se produce más adelante. Scott Fitzgerald descubrió a principios de los años 30 que era incapaz de escribir nada. Hemingway creía que era porque lo habían adulado demasiado, pero Scott lo veía de otra manera. Decía que a lo largo de la vida uno tiene dos o tres experiencias clave que nos distinguen del resto del mundo e implican una emoción real. Una vez que conoces el oficio, eres capaz de convertir esas experiencias en historias —aquí me remito al capítulo previo en el que hablamos de la experiencia—, y eres capaz de ponerles distintos disfraces y hacer de esas tres historias cinco, diez o cien relatos. Scott pensaba que a esas alturas ya había exprimido todas sus emociones y por tanto no tenía más de lo que escribir. Estaba seco.

A los 30 años Paul Auster atravesó la más absoluta de las parálisis creativas, que le hizo pensar en abandonar la literatura. No tenía dinero, acababa de divorciarse y llevaba un año sin escribir una mísera línea. Un amigo, que sabía de su estado de pesadumbre, lo invitó a un ensayo de un espectáculo de baile moderno. Cuando Auster llegó al teatro, le sorprendió que no hubiera música, solo ocho bailarines que giraban, se contorsionaban, se deslizaban, volaban. Mientras los veía moverse con ligereza, saltando y luego dejándose caer como si no existiese la gravedad, Auster, hipnotizado, sintió que el peso que lo doblegaba se desvanecía y él se llenaba de una sensación de libertad y alegría. Al terminar el ensayo había salido de su bloqueo. Los bailarines te salvaron, se dice a sí mismo en *Diario de invierno*.

A la mañana siguiente, Auster volvió a escribir, aquello que le era imposible se había convertido de nuevo en su oficio. Igual que los bailarines conquistaban el espacio, pensó que escribir era un poco como caminar, poner un pie delante del otro. Te sientas en tu despacho, dice Auster, pero sigues caminando en tu mente. Es un buen consejo si estás bloqueado: un pie delante del otro. Sal a caminar, no pares y luego vuelve ante la página y sigue caminando sentado. Auster recordaba una frase de Ósip Mandelstam: Me pregunto cuántos zapatos desgastó Dante mientras escribía *La divina comedia*. Durante tres semanas seguidas Auster escribió un nuevo texto que le sirvió de puente hasta su segunda etapa como autor, la que le daría el éxito.

Escribir es dar un paso tras otro. Se escribe porque somos imperfectos e infelices, pero escribir nos hace más infelices. Es todo muy absurdo, pero igual de absurdo es vivir cuando el final ya está escrito.

Auster no podía dejar de pensar que cuando finalizó la obra nacida tras el espectáculo de los bailarines, recibió la llamada en la que le comunicaron que su padre acababa de morir. El renacimiento vino con una pérdida. Cuando yo estaba delante de mi padre y no dejaba de pensar en *El artista del hambre*, sabía que de alguna forma estaba renaciendo. No necesariamente a una vida mejor, pero sí a una vida distinta. A una vida que tiene la muerte muy presente. Para olvidarla, necesito más y más historias. No puedo permitirme pensar en lo imperfecto que soy y bloquearme.

El mejor error de cálculo

Isaac Asimov decía que él jamás había experimentado un bloqueo, porque trabajaba en varias obras al mismo tiempo y, por tanto, si veía que una no avanzaba a buen ritmo, se dedicaba a otra y al regresar a la primera descubría que se había desatascado. Supongo que Tolstói pensó algo parecido cuando inició una pequeña novelita con el objetivo de desbloquearse y terminó escribiendo una de las grandes obras de la literatura universal.

Tolstói intentaba crear una novela mayestática sobre Pedro el Grande, al estilo de *Guerra y paz*, pero, así como le había resultado sencillo trasladarse a la batalla de Borodino, estaba encontrando más dificultades para viajar a principios del xviii. Empezó treinta y tres veces el libro sobre Pedro el Grande, pero fracasó en todos sus intentos.

Eligió entonces el método de Asimov y decidió escribir una novela corta para huir del bloqueo en el que estaba sumido. En esa época se enteró de que uno de sus vecinos había iniciado una relación sexual con un ama de llaves y, después de una pelea de enamorados, la mujer se había arrojado a las vías del tren. Tolstói era una persona impresionable, pero también era lo bastante curioso como para acercarse al lugar donde practicaron la autopsia a la pobre mujer y ver su cadáver mutilado.

Decidió que la novela que debía sacarle del bloqueo trataría sobre una mujer envuelta en una historia de amor ilícito, que termina suicidándose en las vías del tren. Tolstói pensaba que sería una novelita que tardaría un par de semanas en completar; un buen descanso para tomar aire; un pie después del otro, ya sabéis. Pero cometió un *pequeño* error de cálculo, uno de los más afortunados de la historia de la literatura. *Anna Karenina* acabaría alcanzando 800 páginas y cuatro años de escritura.

A pesar de esa insospechada acromegalia de Karenina, Tolstói nunca dejó de verla como *novelita* e hizo saber en no pocas ocasiones su desprecio por ella. Dijo de Karenina: No es que sea simple, ya que la simpleza es una virtud difícil de alcanzar, diría más bien que es de baja calidad, en particular los primeros capítulos. Del personaje principal afirmó: Mi Anna tiene menos sabor que un rábano insípido.

Pronto la Anna que había concebido de una pieza se convertirá en una mujer compleja, en absoluto insípida como un rábano, y le complicará la *novelita*. A Tolstói le irritó atascarse con un texto que había iniciado para olvidar su atasco con Pedro el Grande y la única salida que encontró fue la procrastinación.

Se marchó a su casa de la estepa a cazar y beber *kumis*, una bebida alcohólica a base de leche de yegua fermentada. Se marchó a dar paseos desnudo al sol de la estepa; no es que fuera un lugar muy poblado, pero encontrarse a Tolstói vagando en cueros debía ser inolvidable. En ese momento tenía claro que haría cualquier cosa excepto escribir *Anna Karenina*. Dios mío, exclamó Tolstói, si alguien pudiera acabarla por mí, ¡es repulsiva!

Tolstói conseguirá terminarla y se convertirá en uno de sus grandes éxitos. Pero la *novelita* que pensaba dejar lista en quince días abarcará cuatro años, la muerte de dos de sus hijos, una depresión, deseos suicidas y una crisis con su esposa. Todo ello envuelto en una novela que aseguraba detestar. Por lo que respecta a Karenina, dijo al completar su escritura, para mí esa abominación no existe y me irrita que haya gente que le otorgue cualquier valor.

Corrigiendo ejemplares con un bolígrafo

Entonces, ¿por qué acabó Tolstói *Anna Karenina*? Hubo dos motivos principales. El primero de ellos fue la adulación a la que lo sometieron su amigo Strakhov y su mujer Sofía, quienes no paraban de asegurarle que la novela era maravillosa y amenazaban con enfadarse con él si no la finalizaba. Ya hemos hablado en otro capítulo de la inseguridad de Tolstói. Una buena muestra era lo mucho que odiaba releer su trabajo. Cuando tuvo que volver a leer *Guerra y paz* para incluirla en sus obras completas solo fue capaz de ver sus fallos.

Comentamos también que el placer que sentía Asimov al releer sus novelas es atípico: suele ocurrir más bien lo contrario. El escritor argentino César Aira contaba que, cuando alguien quiso publicar en otro idioma *Ema la cautiva*, una pequeña novela que había escrito años atrás, el traductor empezó a hacerle consultas acerca del libro. Nada podía darle más pereza a Aira que reabrir su propia obra, ¡sabe Dios la de estupideces que habría incluido allí dentro!, así que decidió que mucho mejor que releerlo era inventarse las respuestas a las consultas del traductor.

Dicen que otro argentino, Manuel Puig, cuando se publicó *La traición de Rita Hayworth* no podía soportar todas las erratas que había en el libro. Cada vez que alguien le acercaba un ejemplar de su novela, ya fuera un amigo o lo cogiera él del estante de una librería, Puig se dedicaba a corregirlo con un bolígrafo por encima de la letra impresa.

El israelí Amos Oz, al que regresaremos muy pronto, aseguraba que leer una página suya le causaba una de estas dos sensaciones, o bien le frustraba pensar que ahora podría escribirlo mejor, o bien le frustraba pensar que nunca escribiría tan bien. Seguramente esos sentimientos se alternaban e incluso se solapaban en un mismo momento. El resultado, en todo caso, siempre era la frustración.

Un genio de la procrastinación

La segunda razón de que Tolstói terminase *Anna Karenina* era económica. Necesitaba dinero para comprar caballos, pues esa era la fórmula con la que trataba de salir de la depresión que sufría. Para ello, aceptó que *Anna Karenina* se publicase por entregas en la revista *Russkiy Vestnik* y, por tanto, debía hacer frente a unas fechas límite que acostumbraba a saltarse.

Pocas motivaciones para la escritura existen como las fechas límite, en especial para los grandes procrastinadores. Y pocos procrastinadores ha habido en la historia de la literatura de la talla de Victor Hugo. El autor francés debía entregar *Nuestra Señora de París* en abril de 1829, pero se había plantado en mayo de 1830 sin la novela. En lugar de terminarla, su pasatiempo favorito era escuchar el piar de los pájaros; hasta se había aficionado a la papiroflexia para evitar escribir. Por no coger la pluma, ni siquiera contestaba al correo; un amigo le dijo a alguien que había recibido una carta manuscrita de Hugo que debía sentirse muy honrado: Victor no es un *escribidor* natural, añadió. ¡El hombre que escribió *Los Miserables* era reacio a redactar una simple carta! Para reparar la falta de respuesta postal, dejaba la puerta de su despacho abierta, con el propósito de que entrase a conversar con él quien quisiese. Puede parecer un gesto de generosidad, pero la realidad era otra: siendo Hugo tan popular como era, resultaba una excusa excelente para no trabajar.

Mientras aquel mayo Hugo atendía a todos los que lo visitaban, un amigo negociaba en su nombre una nueva fecha límite para la entrega de *Nuestra Señora de París*. Esta vez los editores dejaron claro que el amor del escritor por la procrastinación no le saldría gratis. Debía entregar la novela en diciembre de 1830 y por cada semana de retraso tendría que pagar 1.000 francos.

Hugo se compró una bata de lana gris, una botella de tinta y encerró sus ropas en el armario. Así estaba seguro de que no sucumbiría a la tentación de salir o recibir en casa.

Él podía calcular con bastante precisión cuánto le llevaría cada texto, porque apenas reescribía los borradores, no por una cuestión de fe en la inspiración, sino porque su vagancia le protegía de revisar demasiado lo escrito. *Nuestra Señora de París* era una obra monumental y ya en verano Hugo sabía que no llegaría en plazo.

En vez de centrarse en la novela, se devanaba los sesos en busca de una excusa que le ahorrase la multa de los editores. El 27 de julio un gran número de parisinos se reunieron alrededor de la rue Rivoli y la plaza del Palais Royal para protestar contra los últimos decretos de Carlos X. Al atardecer comenzaron a lanzar tejas y piedras sobre los soldados que se habían acuartelado en la zona. Cuando Hugo oyó los disparos de vuelta de los soldados, supo que tenía la coartada perfecta. Las luchas de la Revolución de 1830 estallaron alrededor de las Tullerías, explicó Hugo a sus editores, así que él se había visto obligado a llevar los manuscritos a la orilla izquierda del Sena para ponerlos a salvo. Pero, en su huida, dijo, había perdido un cuaderno con dos meses de investigación. Los editores aceptaron otorgarle una prórroga, a pesar de que tenían sospechas más que fundadas de que Hugo les estaba mintiendo.

Entonces, ¿quién ordeñará las vacas?

Escribir por obligación es un escenario temible para cualquiera. Un escritor no puede vivir sin escribir... salvo cuando le dicen que debe hacerlo. Hace años que tengo acúfenos en mi oído derecho y cuando me obsesiono con ese sonido puede llegar a desquiciarme, no escucho otra cosa y mi vida se convierte en puro pitido. Por ejemplo, me está sucediendo ahora que escribo esto y he vuelto a pensar en ellos. Sin embargo, cuando soy capaz de olvidarlos, hago una vida perfectamente normal. Supongo que escribir es parecido: hacerlo por obligación, por motivos económicos, editoriales o de autoexigencia puede ser como un extraño y desquiciante pitido.

Amos Oz es el protagonista de una de las historias más curiosas que conozco al respecto. Oz vivió buena parte de su vida en un kibutz cerca de Tel Aviv; es decir, en una comunidad de trabajo colectivo. Fue allí donde empezó a escribir, pero descubrió que la faena en el kibutz no le dejaba tiempo para desarrollar su narrativa. Pidió entonces que lo dispensasen un día a la semana para poder escribir. Su solicitud causó revuelo, ya que creían que establecía un peligroso precedente. La idea más repetida en la asamblea en la que se discutió la petición era que si otros miembros del kibutz se autoproclamaban artistas y reclamaban que se los eximiese del trabajo, entonces ¿quién ordeñaría las vacas? Amos era muy joven y eso también provocaba recelos. Uno de los ancianos señaló que Oz podía ser el nuevo Tolstói, ¿por qué no?, pero se preguntaba qué sabía de la vida con su edad. Que trabaje con nosotros veinte años más en el campo, dijo el anciano, y luego que escriba su *Guerra y paz*. Finalmente le concedieron ese día libre a Amos y pudo escribir su primera novela.

Con ese libro, titulado *Mi querido Mijael*, empezaron a llegar ingresos por royalties al kibutz, magros, pero ingresos al fin y al cabo. Los royalties eran, por supuesto, de propiedad colectiva, así que Amos se sintió con derecho a pedir un segundo día libre. De nuevo se armó revuelo, pero se lo concedieron. A lo largo de su vida allí, pese a convertirse en un escritor consolidado, lo máximo que consiguió fueron tres días por semana de dispensa.

Pero durante mucho tiempo Amos sintió remordimientos al unirse a la hora de la comida al resto de miembros del kibutz. Almorzaba al lado de gente que llegaba sudada de trabajar; uno había ordeñado treinta vacas, otro había arado dos hectáreas, y Oz rezaba a dios para que nadie descubriera que él, en toda una mañana encerrado, había escrito solo seis líneas. Y, de esas seis líneas, había tachado tres.

Amos solo consiguió superar el malestar que le provocaba esa situación cuando pensó que su trabajo se asemejaba al de un tendero. Podía haber una mañana que atendiese a muchísima gente y otra, en cambio, en que no entrase ningún cliente en la tienda y él permaneciese sentado. Pero nadie diría que un tendero que está sentado esperando a que entren clientes no esté trabajando, ¿verdad? Pues para un escritor era lo mismo. Podía haber algún momento en el que las ideas bulleran y rellenase varias páginas y otro en el que las ideas simplemente no se presentasen en la tienda. Una vez que asumió esto, pudo ser feliz. Nunca escribiremos nada perfecto, ni escribiremos algo bueno todos los días. Un escritor solo puede dejar atrás el sufrimiento si acepta esto.

Sexta visita a mi padre

A mi padre le dieron el alta y lo mandaron para casa, tal como él deseaba y yo nunca pensé que sucedería, pero sentado en el sillón negro de Scheherezade parecía más triste a cada rato. El regreso al hogar había sido decepcionante para él; supongo que creía que volver a casa sería un retorno a lo que había antes, pero aquel *antes,* como el esplendor en la hierba de Wordsworth, ya solo subsistía en el recuerdo. Estaba rodeado de libros que no podía leer, como el protagonista hambriento de un cuento que se encuentra un jardín lleno de frutas apetitosas, pero cada vez que le da un mordisco a una descubre que todas saben a muerte.

La primera vez que lo visité en su casa fue la primera vez que ponía el pie en aquel lugar en cuatro años. Entonces me había ido de allí dando un portazo por una discusión que no sabría explicar. Cuatro años antes había dejado tras de mí el hogar de mis padres; aquel día, cuando llamé al timbre, me abrieron la puerta de un mausoleo.

Un largo cable se retorcía en el pasillo como una culebra transparente de ocho o diez metros de longitud. Era el cable que conectaba la máscara de oxígeno de mi padre a una enorme bombona que descansaba sobre una silla en mitad de la habitación en la que yo dormía cuando viví en esa casa. La culebra incolora unía los dos macabros tronos del mausoleo: la silla que ocupaba la bombona y el sillón negro en que mi padre pasaba el día entero. Había que hacer un gran esfuerzo para mover su cuerpo maltrecho desde la cama hasta allí por las mañanas y otro tanto de vuelta por las noches, pero yo esto solo lo sabía de oídas. A mí no me pedían que participase en las tareas dolorosas porque después de nuestro gran hiato, tan difícil de justificar como el de Sherlock Holmes, yo era como un recién llegado a sus vidas.

El día que estuve en el mausoleo, mi madre me dio algo de comer tal vez para que tuviese las manos ocupadas, tal vez para que no llorase, como aquellos regalices que me compraba cuando mi padre se marchaba al barco. Colocó ante mí un plato con unas galletas, pero apenas pude tragarlas, no porque tuvieran mal sabor como las frutas de la historia, sino porque mi glotis se había cerrado. Mi padre permanecía más tiempo en silencio en casa, era fácil percibir que había perdido la ilusión. Constaté que en el hospital no era yo quien le contagiaba la ilusión a él, sino al revés; supongo que ocurre así con todos los moribundos, son ellos quienes nos dan fuerzas a nosotros. Cuando él cayó en la desesperanza, no tuve palabras para confortarlo. Durante un tiempo pensé si la ilusión que había perdido era únicamente la de verme a mí. Yo, siempre yo. La autocompasión. El ego. Siempre yo. Querer ser el muerto en el entierro: definición gráfica. Mi padre simplemente se había apagado, las luces de emergencia que aún nos iluminaban en el hospital se habían fundido. Hablaba más bajito, como si lo hiciese desde un lugar lejano. En realidad estaba en un lugar lejano. Mi padre entonces trataba de familiarizarse con la muerte, los vivos éramos personas distantes para él.

Mi madre me contó que apenas dormía; que era en la noche cuando lo asolaba el miedo a la muerte. Durante el día trataba de disimularlo, se esforzaba por mantenernos lejos de sus pensamientos más oscuros. Yo solo lo oí quejarse por el libro de Le

Carré que ya no llegaría leer, pero sabía lo que estaba pensando. A pesar del gran hiato, era mi padre, no me podía engañar, habíamos compartido demasiadas historias.

El día que estuve en el mausoleo deseé marcharme de allí, lo confieso. No soportaba la derrota, no soportaba la rendición. Entonces no me daba cuenta de que era yo quien se estaba rindiendo. Nos despedimos con un beso, no recuerdo lo que él me dijo, por mucho que me esfuerzo, nada me viene a la cabeza. Solo sé que se quedó sentado mirando al infinito. Esa fue la última vez que vi a mi padre con vida.

He procurado no regresar demasiado a aquella casa. Me sucede como si tuviera presente el recuerdo del Manderley que soñaba Mrs. de Winter en *Rebeca*. «La casa era una tumba, y nuestras angustias y sufrimientos estaban allí enterrados en las ruinas.»

Desde entonces he reflexionado mucho acerca de la importancia de los espacios en mis emociones. Contemplar en mitad de una vivienda una enorme bomba de oxígeno que reparte últimas respiraciones resulta una buena metáfora de la viveza de los espacios. He llegado a la conclusión de que este libro, por mucho que yo lo haya tecleado meses después, se escribió en realidad entre aquella habitación de hospital y aquel mausoleo que mis padres llamaban casa. Este libro se escribió junto a la cama y el sillón negro de Scheherezade de mi padre.

12

Espacio

Las paredes desnudas de Angelou

Maya Angelou se marcó una rutina muy rigurosa cuando decidió comenzar a escribir sus novelas autobiográficas. La escritora de Missouri se levantaba todos los días a las cinco de la mañana, se duchaba, conducía hasta un hotel y allí se encerraba en una habitación. El personal del hotel había recibido órdenes estrictas de retirar todos los cuadros, fotografías y adornos de las paredes y dejarlas completamente desnudas. En la habitación solo estaban Maya Angelou, la Biblia, un diccionario y una botella de un buen jerez seco.

A las 6:30 Maya se ponía a trabajar tumbada en la cama sobre uno de sus codos. Con la mano libre garabateaba en un cuaderno hasta las 12:30. Después de un descanso, por las tardes, corregía lo escrito y dejaba las diez o doce páginas que había manuscrito en tres o cuatro. Gracias a eso, podía terminar uno de sus libros en apenas dos meses y medio. Aunque dormía en su casa y no en el hotel, Angelou procuraba no ver a nadie mientras escribía, y su único entretenimiento era jugar al solitario. Decía que gastaba tres barajas al mes con cada libro.

Angelou pasaba ya de los cuarenta años cuando escribió *Yo sé por qué canta el pájaro enjaulado*, la primera de sus obras. Supongo que los autores que, como ella, adquieren tarde el hábito de la escritura profesional marcan más cada gesto, como quien aprende a andar en bicicleta en la madurez. Lo que otros hacen con naturalidad, ellos lo hacen a sabiendas de que lo están haciendo. Pero esa sobreactuación de Angelou para diseñar su entorno perfecto para escribir nos regala una idea importante. Encontrar el espacio de escritura es casi tan importante para un autor como encontrar su propia voz.

El loco que no huele mal

He tecleado este libro, en su mayor parte, entre dos cafeterías de Santiago y otras dos de un pequeño pueblo en la desembocadura del río Miño llamado A Guarda. Paso tres o cuatro horas seguidas en cada una de ellas con un par de cafés, no por racanería, sino porque no soy Balzac y mi cuerpo no soportaría más cafeína. Siempre me he preguntado qué piensan de mí los camareros y me temo que no sea nada bueno. A una de las cafeterías de A Guarda acude a diario un hombre muy mayor con la piel moteada como la de un plátano. Suele sentarse en la mesa adyacente a la mía con un libro que lee con la ayuda de una lupa. La imagen del anciano con la lupa es curiosa e incluso sería agradable de no ser por el hedor insoportable que desprende. Da la impresión de que no ha lavado su ropa en años. Cuando se marcha, la dueña de la cafetería se acerca con un ambientador al asiento en que ha estado el anciano y lo rocía con tanto ahínco como un *liquidador* de Chernobyl. A menudo imagino que piensan que en esa parte del local se sientan los dos locos, el que huele mal y el que no tanto. Espero ser el segundo.

Me he obligado a escribir en casa de muchas maneras. El borrador inédito de mi tercera novela lo he escrito con una Olivetti; entenderéis que cargar con la máquina de escribir hasta la cafetería me parecía excesivo. Pero el mayor atranco que encuentro es la soledad. En mi trabajo anterior compartía espacio con muchas personas y he comprobado que una jornada larga de aislamiento tras otra pueden acabar afectándome. He aprendido que la frágil balanza de mi ánimo demanda un juego de equilibrios.

Eso es lo que me ocurre a mí, supongo que a otros les sucederá algo muy distinto, tal vez opuesto. Creo que los requisitos del entorno de escritura se aprenden solo con la práctica. Cuando escribía *La broma infinita* David Foster Wallace descubrió que pasar tiempo con su novia le parecía demasiada compañía, pero escribir solo en casa le resultaba demasiado solitario. Decidió romper con su novia y adoptar un perro.

Las cafeterías en las que trabajo en Santiago son *pet friendly*, así que junto a las barras en las que escribo, a veces abarrotadas, suele haber perros. Algún capítulo lo he escrito con un dálmata a mi lado. De niño me daban miedo los perros, ahora este dálmata que tiembla cuando se le acerca una persona me provoca ternura. ¿Es posible que la ternura que me provoca este perro se haya trasladado a alguno de los fragmentos del libro?

Si algo tengo claro es que las historias están vivas y varían por completo dependiendo de las condiciones en las que sean escritas y las herramientas que se utilicen para ello.

La máquina que hizo a Nietzsche

Mediada la treintena, la grave miopía de Friedrich Nietzsche le provocaba migrañas paralizantes, tanto que el filósofo alemán decidió renunciar a su plaza de profesor en la universidad de Basilea. Concentrarse más de veinte minutos ante una página le resultaba imposible y Nietzsche se planteó abandonar también la escritura. Entonces se enteró de que un inventor danés había patentado una de las primeras máquinas de escribir. Se la conocía como *writing ball* por su extraña forma: en vez de la disposición horizontal hoy generalizada, la máquina se montaba en sentido vertical. En la parte superior las teclas se disponían en una pequeña circunferencia —de ahí el *ball* de su nombre—, y el papel se colocaba debajo de la bola de teclas.

La *writing ball* no solo reconcilió a Nietzsche con la escritura, sino que también cambió la forma de su prosa. El hecho de que sus problemas en los ojos apenas le permitieran ver lo que escribía, así como cierta torpeza a la hora de utilizar la nueva máquina, hicieron el estilo de Nietzsche más lacónico; sus argumentaciones, antaño más largas, se convirtieron en aforismos; su prosa se hizo también más telegráfica, más directa, como si el golpe seco del tecleo se incorporase en el texto. La *writing ball* fue una colaboradora necesaria para convertir los textos nietzscheanos en los que hoy reconocemos como tal.

Puede parecer una tontería, pero no he dejado de pensar en Nietzsche y esa *writing ball* mientras escribía este libro. Estas páginas serían muy diferentes si las hubiese escrito a mano, a máquina o incluso en un ordenador distinto. De hecho, el ordenador con el que lo voy a terminar es diferente al que utilicé para empezarlo, aunque en realidad sea el mismo.

Explicaré esto: durante el proceso de escritura se han caído las teclas *e* y *o* del teclado de mi ordenador y no las he reemplazado, su espacio lo ocupan ahora dos huecos. Esto, inevitablemente, ha afectado a mi escritura. Para escribir cada *e* o cada *o* he debido detenerme unas décimas de segundo y pulsar en el hueco con más fuerza, eso ha ralentizado mi flujo de pensamiento. Cuando escribo a mano, dijo Foster Wallace, obligo a mi cerebro a esperar a mi mano. Yo ahora estoy obligando a mi cerebro a esperar a que mi dedo presione un agujero. Quizás haya ideas que no han estallado porque me he detenido demasiado a presionar el hueco de la *e*, quizás haya ideas que han surgido porque he tenido más tiempo mientras presionaba la *o*. Cuando acabe este libro, tampoco yo seré la persona que lo empezó —durante los dos años en que lo he estado escribiendo he regresado a París, he viajado a México, Malta, Dinamarca, he conocido a gente nueva, me he alejado de otra, he leído mucho y he tenido un momento de catarsis personal del que hablaré un poco más adelante—: esos cambios están esparcidos por estas páginas.

Sobre la taza del váter

Si dos teclas despegadas pueden cambiar un libro, me pregunto cuánto puede variar según el entorno de su creación.

Solo cuando los primeros royalties de su obra llegaron al kibutz, a Amos Oz le dejaron ocupar la habitación de una anciana que acababa de fallecer para ejercer su oficio de escritor. Hasta entonces, Amos había tenido que escribir en el minúsculo habitáculo que compartía con su mujer: un cuarto con un pequeño aseo. Oz escribió *Mi querido Mijael* sentado sobre el retrete. Ese era el espacio del que disponía. Cuando por fin pudo escribir en un cuarto para él solo, descubrió un universo nuevo y su narrativa se transformó.

Si pienso en algo opuesto al váter de Amos Oz, el primer nombre que me viene a la cabeza es el de Ian Fleming. En mitad de la Segunda Guerra Mundial, cuando el futuro creador de James Bond trabajaba para la Inteligencia Naval británica, tuvo que asistir a una conferencia en Jamaica. Fleming se enamoró de la isla y al terminar la contienda adquirió allí una casa a la que llamó Goldeneye. El escritor británico adaptó su vivienda bajo dos premisas: que contase con un salón enorme y tuviese vistas al mar. Las ventanas carecían de cristal y se cerraban mediante unas celosías hechas de listones que dejaban pasar la brisa y la luz. Por las mañanas, Fleming nadaba en el mar bajo su casa, luego desayunaba en el porche sin perder de vista el Caribe. Solo después se encerraba tres horas a escribir tras las celosías antes de volver a bañarse. El lugar era tan espectacular que hubo colegas, como Truman Capote, que le pidieron que los dejase escribir allí para salir de una situación de bloqueo.

Considero que el exotismo que acompaña muchas de las aventuras de James Bond tiene que ver con que fueron escritas en una casita junto al mar en Jamaica. Fleming escribe en *Casino Royale*: «A Bond le gustaba desayunar bien. Tras darse una ducha fría, se sentó al escritorio delante de la ventana. Observó el bello día y consumió un vaso de zumo de naranja helado, tres huevos revueltos con tocino y un café doble sin azúcar».

Oz, en cambio, escribe en *Mi querido Mijael*: «Cuando me despedí de Mijael subí a mi habitación. Me preparé un té. Permanecí como un cuarto de hora junto a la estufa de queroseno y me calenté sin pensar en nada. Pelé una manzana que me había enviado mi hermano Emmanuel desde el kibutz».

¿No creéis que es sencillo adivinar cuál de los dos fragmentos se escribió bajo el olor a salitre del Caribe y cuál sobre una taza del váter?

Guerra por la máquina de escribir

Os pondré otro ejemplo de cómo el entorno condiciona la obra. Cuando Shirley Jackson deseaba ponerse con uno de sus cuentos, debía esperar su turno para utilizar la máquina de escribir. Su marido, el crítico Stanley Hyman, tenía preferencia por la estúpida razón de que era el-hombre-de-la-casa, a pesar de ser, claramente, el escritor menos dotado de los dos cónyuges. Mientras Stanley mecanografiaba, Shirley se ocupaba de la cocina, la casa y los cuatro niños.

Jackson tenía la costumbre de dibujar pequeñas viñetas humorísticas. En una de ellas se retrató a sí misma con uno de sus hijos pequeños agarrado a su tobillo y a Stanley tumbado echando una siesta. En el dibujo Stanley dice: Escribí tres párrafos seguidos y eso me fatigó. Al fondo de la viñeta se ve la preciada máquina de escribir. Es difícil decir más con tres o cuatro trazos de un lápiz.

Solo en el momento en el que su marido consiguió un empleo en *The New Yorker*, pudo Shirley dar rienda suelta a su creatividad. La liberación de la máquina liberaba también la escritura de Shirley. Pero sucedió algo: Jackson estaba tan habituada a permanecer la mayor parte del día alejada de la herramienta de trabajo que necesitaba desarrollar las historias íntegras en su cabeza. Ella aseguraba que un escritor está escribiendo todo el día, siempre observando, viendo la realidad a través de una delgada niebla de palabras, encontrando pequeñas y ágiles descripciones para todo aquello que ve.

Mientras Jackson cocinaba para la familia, escribía en su cabeza. La mayor licencia que se permitía era sentarse en un pequeño taburete de la cocina y tomar unas breves notas. Una noche estaban jugando al Monopoly con una pareja de amigos cuando, de pronto, Shirley se levantó y se retiró al estudio con la máquina de escribir. En menos de una hora estaba de regreso con un cuento que envió a su agente por la mañana y se publicó con un único cambio de puntuación. Jackson contaba a menudo que la idea de *La lotería*, quizás el mejor de sus relatos, se le ocurrió mientras hacía la compra. Al volver a casa, dejó a su bebé en una trona, colocó la comida en sus respectivos estantes, se sentó ante la máquina y escribió el cuento del tirón.

Es innegable que esta forma de pensar las historias definió la prosa de Shirley Jackson. ¿Cómo podría haber sido su obra sin el machismo de Stanley? Seguramente habría escrito más. Sin duda habría escrito algo distinto. ¿Mejor o peor? Eso ya nunca lo sabremos.

Aguja dentro, mierda. Aguja fuera, joder

Señalamos en un capítulo anterior lo difíciles que pueden llegar a ser las relaciones entre escritores a causa del ego, la competitividad o la envidia. Es curiosa, no obstante, la irresistible tendencia a juntarse que han demostrado a lo largo de la historia.

En el siglo XIX, los escritores franceses comenzaron a reunirse en la orilla izquierda del Sena, en un vecindario conocido como Barrio Latino por haber sido el latín la lengua universitaria en la vecina Sorbona. Allí nació el concepto de *bohemia*. Los artistas se mudaron a los apartamentos de renta baja de la *rive gauche*, huyendo del nuevo estilo de vida burgués. A esos artistas los llamaron bohemios como llamaban a las personas nómadas de raza gitana, muchas de las cuales habían llegado a Francia a través del Reino de Bohemia —en la actual Chequia—, después de que el rey Segismundo les concediera un salvoconducto. El término empezó a designar a los artistas a mediados de los años 30 del XIX, pero se popularizó a mitad de siglo gracias a la novela *Escenas de la vida de Bohemia*, de Henry Murger, que Puccini inmortalizó en su versión operística, *La Bohème*.

Al otro lado del Atlántico, la bohemia nació en los edificios de ladrillo rojo del distrito neoyorquino de Greenwich, en casas con alquileres asequibles que habían vivido tiempos mejores. El barrio era un mundo aparte incrustado en la mitad de Manhattan, de ahí que comenzaran a llamarlo simplemente el *village*, el pueblo. Fue hogar de escritores desde finales del XIX hasta los años 60, desde Eugene O'Neill hasta los beatniks. Luego el barrio perdió su esencia y hoy es otro espacio turístico más;

aunque no deberíamos caer en aquello que el escritor Floyd Dell decía ya en 1916: *El Village ya no es lo que era*. La historia universal se resume en un cascarrabias diciendo cada cinco años que el mundo ya no es lo que era.

Este hombre, Floyd Dell, fue amante de una de las personalidades más importantes del Village en el período de entreguerras: Edna St. Vincent Millay, la primera mujer en ganar el Pulitzer de poesía. En su día, Thomas Hardy llegó a decir que en Estados Unidos solo había dos cosas verdaderamente grandes: los rascacielos y la poesía de Edna St. Vincent Millay.

Edna había nacido a 700 kilómetros del Village, pero vivió en él junto a sus hermanas cuando el barrio estaba en su apogeo. Habitaban una casa que apenas resguardaba del crudo invierno neoyorquino, se congelaban las tuberías e incluso las flores que Edna colocaba en la ventana; para entrar en calor las hermanas a veces se pasaban varios días juntas en la cama. Tampoco tenían ingresos, algo que llevó a la mediana, Norma, a decir que no estaba segura de si se iban a morir de hambre o de frío. El poco dinero que tenían lo gastaban en comer y beber en un bar al que llamaban *Hell Hole*. El lugar era conocido porque su camarero solía lanzar los platos a los clientes al grito de *¡cerdos burgueses!* Para estar al día en el vocabulario del Village, Edna y sus hermanas practicaban entonando una cancioncilla mientras remendaban calcetines; aguja dentro: mierda, aguja fuera: joder, aguja dentro: coño, aguja fuera: hostia.

Aquel fue el lugar en el que floreció la poesía de Millay. Una poesía que sorprendía por la franqueza con la que abordaba el sexo. Escribió versos como: «También yo bajo tu luna, sexo todopoderoso, | salgo al anochecer, gritando como una gata». Las sesiones en el *Hell Hole* contribuyeron, a buen seguro, al aplomo que Edna demostraba al recitar en directo. Los recitales convirtieron a la poeta en una estrella como las del cine antes de que existiesen las estrellas de cine.

Cuando Edna se casó y abandonó el ambiente bohemio para irse a vivir al campo, su poesía se aburguesó y dejó de embelesar a sus seguidores. Edna St. Vincent Millay era la poeta del Village. ¡Si hasta su nombre se debía a que en el hospital local, Saint Vincent, habían salvado a su tío de la muerte solo unos días antes de que ella naciera!

Los enemas obran maravillas

Pero los escritores no se han limitado a compartir vecindario; en ocasiones incluso han creado su propia colonia. Uno de los experimentos más conocidos se llamó *La colonia Handy* y se estableció en el pueblecito de Marshall, Illinois, durante la década de los 50 y principios de los 60. La puso en marcha el matrimonio formado por Lowney y Harry Handy. A cambio del alojamiento, pedían a los residentes el 10 por ciento de las ganancias de las publicaciones que hubieran escrito allí.

Fue la presencia de James Jones, ganador del National Book Award con *De aquí a la eternidad*, la que otorgó notoriedad al experimento. Jones vivía en una caravana plateada en mitad de la colonia. Pero nada define lo que allí sucedió como el testimonio de uno de sus residentes, un hombre llamado John Bowers.

Bowers llegó a la colonia Handy cuando tenía 23 años. Estaba convencido de que aquel lugar le daría el impulso que su carrera literaria necesitaba; le costaba esconder su ilusión y deseaba por encima de todo compartir su proyecto con Jones, los Handy y el resto de residentes. El primer día durante el desayuno le preguntó al chaval que se sentaba a su lado sobre qué trataba su novela. El chico le lanzó una mirada censora: Aquí no se habla de los textos de otros. Luego añadió: Es más, no se habla de *nada* durante el desayuno, son las reglas de Lowney. Después siguió comiendo su plato de cereales en silencio.

Lowney Handy era la directora de la colonia y había impuesto unas normas peculiares. Cuando Bowers le preguntó si quería que escribiera algo para que analizasen su estilo, ella le respondió que no, que lo que quería era que copiase. Copiar te hará mejor escritor y en menos tiempo que cualquier otra actividad, dijo Lowney, Cristo dice que el reino de los cielos es como una semilla de mostaza, en el momento en que la plantas es el grano más pequeño, pero cuando ha crecido es la mayor de las hortalizas —se ve que el conocimiento de horticultura de Cristo era algo deficiente—. Eso es lo que necesitas, prosiguió Lowney, la fe de una semilla de mostaza, copia a Hemingway, a Scott Fitzgerald, a Dos Passos, copia, copia, copia. Bowers se pasó semanas copiando fragmentos enteros de libros, tratando de convertirse en una semilla de mostaza.

La otra gran idea de Lowney para la mejora de la escritura era el uso de enemas. He visto a los enemas obrar maravillas, decía, si eres capaz de quitarte toda la mierda que llevas encima, podrás escribir un jodido libro.

Bowers pasó un año y medio en aquel lugar, hasta que al final, como en una película de terror, empezó a temer que no lo dejasen marchar si no entregaba una novela. La terminó solo para huir de allí. Aquel libro nunca se publicó; pero curiosamente Bowers sí consiguió que le editasen una obra llamada *The colony* sobre su experiencia con los Handy.

La convivencia de escritores más extraordinaria que conozco, no obstante, no se produjo en Marshall, Illinois, sino en el otro extremo del mundo.

Los ingenieros del alma

Se cuenta que Stalin le preguntó a Gorki cómo vivían los escritores en occidente y este le respondió —con una visión demasiado optimista del oficio— que solían residir en casas de campo. Stalin no quiso ser menos y decidió construir setenta casas de verano en la antigua hacienda de un noble en Peredélkino, a unos 25 kilómetros de Moscú. El *Vozhd* creía que los *ingenieros del alma*, como llamó a los escritores, debían ejercer su profesión con la mayor comodidad, algo que no permitían las viviendas precarias que abundaban en las ciudades soviéticas. La producción de almas, dijo Stalin, es más importante que la producción de tanques.

En Peredélkino vivía Vsevolod Ivanov, que había sido uno de los autores más valorados del país, aunque su prestigio había caído en picado porque, según el Estado, era demasiado pesimista. La noche del 23 de octubre de 1958 el teléfono sonó en casa de los Ivanov. Fue Tamara, la mujer de Vsevolod, quien descolgó el auricular. Tamara distinguió la voz de la esposa del secretario del sindicato de escritores al otro lado de la línea. Ya es oficial, dijo la voz, la URSS recibirá su primer Premio Nobel de Literatura. Tamara se puso como loca de contenta, pero su interlocutora frenó su euforia: No te alegres tan rápido. La mujer del secretario tenía razón: en la URSS las buenas noticias no lo eran hasta que alguien de arriba confirmase si lo eran o no.

Tamara y Vsevolod bajaron las escaleras a la carrera y salieron al jardín en pijama. Recorrieron un puñado de metros hasta la *dacha* de al lado y entraron en casa de su vecino. Se llamaba Borís Pasternak y acababa de ganar el Nobel por *Doctor Zhivago*. Zinaida, la mujer de Pasternak, ni siquiera se levantó de la cama cuando llegaron los Ivanov. Sabía que aquel premio no les iba a traer nada bueno.

A la mañana siguiente, los Ivanov recibieron otra llamada. El mensaje, de nuevo, no era para ellos. Esta vez debían hablar con el vecino del lado opuesto, Konstantin Fedin, un escritor del ala oficialista. Fedin recibió el encargo de convencer a Pasternak de que rechazase el Nobel. Era la decisión oficial, no podían tolerar el triunfo de una novela que no se había publicado en la URSS y era crítica con el régimen.

Esa era la idea que se había extendido. *Doctor Zhivago* no era, desde luego, el alegato de un bolchevique entusiasta, pero tampoco una crítica feroz. Más adelante, el líder soviético Nikita Kruschev le pediría a su yerno que la leyera. Al terminarla, el yerno le dijo a Kruschev que, quitándole un par de páginas, la novela habría sido perfectamente publicable. Se dice que Kruschev entró en cólera y fue a buscar al presidente del sindicato de escritores, lo levantó en el aire y lo zarandeó agarrándolo por la camisa. ¡La de disgustos que se habrían ahorrado si la hubiesen leído antes! Probablemente la novela no hubiera tenido ni la mitad del éxito y la Academia Sueca no se habría fijado en ella, pero esa es otra historia.

Fedin salió de su casa como habían hecho los Ivanov la noche anterior. Caminó a grandes zancadas hasta el jardín de los Pasternak, entró sin llamar y subió directamente al segundo piso, donde Borís solía escribir. Desde la ventana se veía un viejo cementerio nevado. Borís primero fue rotundo, no pensaba rechazar el Nobel. Luego, ante la insistencia de Fedin, pidió tiempo para meditarlo.

Pero la mera petición resultó ofensiva para el poder soviético y la maquinaria para castigarlo se puso en marcha. Los Pasternak tenían motivos para preocuparse. Antes que Ivanov, su vecino más próximo había sido otro escritor: Borís Pilniak. Las dos *dachas* estaban unidas por una cancela que nunca se cerraba. Pasternak estaba en casa de su vecino cuando un coche se detuvo ante la puerta y unos hombres requirieron a Pilniak para un asunto urgente con una sonrisa y buenas palabras. Lo torturaron durante meses por haber escrito un libro que hacía quedar bien a Trotski. Después lo sometieron a un juicio de quince minutos y lo ejecutaron. Su mujer pasó diecinueve años en un gulag. ¿Entendéis ahora por qué Zinaida estaba asustada?

Escritores hasta en las zanjas

La idea de Stalin de fundar la colonia de escritores en Peredélkino escondía algo más que generosidad hacia ellos. Suponía, por el contrario, uno de los mayores regalos envenenados urdidos por la mente del dictador. Qué mejor manera de mantener controlados a quienes quieres controlar que metiéndolos a todos en el mismo sitio. Qué mejor manera de desactivarlos que sembrar la desconfianza entre vecinos, sin saber quién te delatará, ignorando con quién te puedes sincerar.

El filósofo británico Isaiah Berlin visitó el pueblo a principios de los 50; incluso para un extranjero como él, era fácil percibir que el ambiente distaba de ser idílico. Las tensiones políticas se respiraban en el aire, unidas, por supuesto, al ego y la rivalidad propia de los escritores. Alfarero contra alfarero.

Berlin cuenta que, tras descender del tren, mientras caminaba hacia las *dachas* por un sendero con abedules a ambos lados, vio a un hombre cavando una zanja. Cuando el hombre detectó la presencia del filósofo, abandonó la zanja de un salto, le dijo su nombre y se identificó como escritor. Inmediatamente le recomendó a Berlin la lectura de uno de los libros que había publicado. Es lo mejor que se ha escrito en Rusia, dijo. Luego el hombre de la zanja se detuvo a meditar. Bueno, añadió, en realidad no es el mejor, hay otro libro que lo supera. ¿Ah, sí?, dijo Berlin, ¿y cuál es ese otro?, ¿puedo leerlo? Aún no, respondió el hombre, es que todavía lo estoy escribiendo.

La historia más hermosa de Peredélkino ocurrió poco después del Nobel de Zhivago. Agotado por el escándalo de la novela, Pasternak falleció un año y medio más tarde. Los medios rusos apenas hicieron una breve referencia, pero muchos jóvenes se las arreglaron para difundir la noticia. En la estación de Moscú de donde partían los trenes hacia Peredélkino, comenzaron a aparecer notas pegadas con adhesivo que anunciaban su entierro. Cuando la policía las arrancaba, brotaban más.

El día del sepelio cerca de un millar de personas se presentaron ante el jardín de Pasternak. El sindicato de escritores pretendía que un coche transportase el cadáver para acortar la ceremonia, pero los familiares se negaron. Con el féretro abierto, como es costumbre en Rusia, el insigne poeta hizo su último viaje a hombros de buenos amigos. Lo despidieron en el cementerio nevado que se veía desde la ventana de su *dacha*, el lugar que él contemplaba mientras trabajaba en su escritorio. Se recitaron poemas que el Gobierno había prohibido; eran poemas que el Estado pretendía que nadie leyese nunca, pero los asistentes movían los labios al ritmo del recitado; se los sabían de memoria.

Es tan hermosa esa imagen que es imposible que no refuerce nuestra fe en la literatura. Una fe que ahora necesitaremos más que nunca, ya que en el próximo capítulo vamos a hablar sobre el mercado editorial.

13

Mercado

Un loco llamado Herman Melville

En un incendio en el almacén de la editorial Harper, en 1853, se quemaron todos los ejemplares de las novelas de un escritor que no hacía mucho había sido una gran promesa. A nadie le importó demasiado porque aquel autor estaba acabado. Las últimas críticas que había recibido decían que su novela más reciente parecía salida de un centro psiquiátrico. El escritor se llamaba Herman Melville y un buen número de los ejemplares que se quemaron en el almacén de Harper pertenecían a la primera edición de una obra titulada *Moby Dick*.

Melville se había convertido en escritor después de haber trabajado varios años como ballenero en los Mares del Sur. La industria ballenera era muy próspera entonces porque el aceite de los cetáceos, extraído de su grasa, era un extraordinario combustible para lámparas. Lo más valioso era el espermaceti o esperma de ballena, que en realidad no tiene nada que ver con el semen, salvo por ser un líquido blanco y viscoso. El espermaceti se encuentra sobre todo en el cráneo de los cachalotes. Aún hoy a estos cetáceos se los conoce en inglés con el nombre de *sperm whales*, pero si el mundo ha dado una ballena de esperma para la eternidad esa es, claro está, Moby Dick.

Antes de *Moby Dick*, Melville había escrito cinco libros. El primero, *Taipi*, que contaba sus aventuras como marinero en la Polinesia, obtuvo un éxito notable. Eran, en cualquier caso, novelitas que Melville publicaba solo para ganar algo de dinero. De *Redburn*, la cuarta de ellas, dijo: Yo, que soy el autor, sé que es una basura, la escribí para tener dinero para tabaco.

Nada indicaba que su sexta novela fuese a ser distinta. De nuevo habría un barco, el *Pequod*; habría un capitán, Ahab; y habría una gran ballena blanca. Como Tolstói con *Karenina*, Melville planeaba un trabajo breve, pero algo se cruzó en su camino. ¿Cuánto puede cambiar un libro durante su gestación? Es maravilloso lo infinitamente moldeables que son las novelas, como una gran pieza de arcilla.

Cierto día un amigo invitó a Herman a un pícnic en el que también iba a estar presente Nathaniel Hawthorne, el autor de *La letra escarlata*. Esa tarde comenzó a llover con fuerza y tuvieron que buscar refugio durante unas cuantas horas. Melville y Hawthorne aprovecharon el aguacero para hablar de sus lecturas: Virgilio, Shakespeare, Mary Shelley. Melville salió de allí convencido de que no deseaba escribir otro librito para comprar tabaco. En algún momento, durante una décima de segundo, el corazón debió acelerársele y, cuando recuperó el ritmo cardiaco, supo que quería escribir algo distinto, algo profundo y alegórico.

Pero Moby Dick fue un desastre comercial: vendió menos que sus cinco libros anteriores. La editorial Harper lanzó una primera edición de tres mil ejemplares y ni siquiera consiguió colocarlos todos. Melville debió pensar algo semejante a lo que tan bien expresó el cuentista uruguayo Felisberto Hernández: «Cada vez escribo mejor, lástima que me vaya cada vez peor». Los ejemplares de Moby Dick que se quemaron en el incendio del almacén de Nueva York pertenecían al excedente de la primera tirada que no habían conseguido vender.

La fría recepción de su obra maestra dejó tocado a Melville. La respuesta del escritor fue el mayor error de su carrera. Empezó una novela calculada para la popularidad, incluía romance, pasiones y una trama misteriosa con la idea de congraciarse con el público. Se llamó *Pierre o las ambigüedades* y fue tras su publicación cuando la crítica aseguró que el autor se había vuelto loco.

El golpe fue tan rotundo que Melville dejó la narrativa. El mercado editorial solo parecía querer sus novelitas para comprar tabaco. Durante los últimos 34 años de su vida trabajó en el servicio de aduanas cubriendo inventarios de las cargas de los buques que llegaban a Nueva York. Escribía poemas y relatos que en su mayor parte ni siquiera publicaba. Cuando falleció, el prometedor autor de novelas de aventuras quedaba tan lejos que algún obituario se preguntó: ¿Ah, pero este hombre aún seguía vivo?

Entre calcetines y calzoncillos

En el capítulo anterior hablamos de los sanctasanctórums de los escritores, sus *habitaciones propias*, pero ahora, como decía Thoreau, debemos subirnos a la montaña y observar el panorama completo: contemplar que más allá del espacio privado, existe uno público, una suerte de ágora que llamamos mercado editorial. Y así como el primer espacio debe ofrecer comodidad, es raro el autor que aprecia su relación con el segundo.

Podríamos definir de muchas formas el incordio que el mercado supone para un escritor, pero creo que pocas imágenes son más gráficas que la de la firma de ejemplares de la primera novela de Margaret Atwood, *La mujer comestible*, en unos grandes almacenes de Edmonton, en Canadá.

A ojos de su editorial el evento era insignificante y le encargaron a un becario que lo organizase. Al joven publicista le pareció que ubicar la mesa de las firmas junto a las escaleras mecánicas era una idea estupenda. De ese modo las personas que descendieran por ellas no podrían evitar toparse con Atwood. Solo olvidó considerar una cosa: junto a las escaleras estaba la sección de ropa interior masculina. Así que Atwood firmó ejemplares entre calzoncillos y calcetines. Lo preciso sería decir que firmó *dos* ejemplares entre calzoncillos y calcetines, porque ese fue el número de libros que vendió. Imagino que la gente que bajaba por las escaleras mecánicas no se sentía especialmente atraída por un libro que se ofrecía en la sección más insospechada de los grandes almacenes.

Muchos libros que vivieron vicisitudes semejantes han pasado con el tiempo a adornar las bibliotecas y el canon literario, pero antes han tenido que recorrer el desagradable trayecto de la comercialidad. Han experimentado los vaivenes de un mercado que prioriza factores no necesariamente relacionados con la calidad literaria.

Hoy pocos dudan del ascendiente de Kafka en el pensamiento del siglo xx. No es exagerado decir que incluso aquel que nunca ha leído una línea de Kafka está influido por él; y, sin embargo, mientras estuvo vivo no fue más que un pequeño oficinista fracasado. Semanas después de publicar *Contemplación* en 1912, el propio Kafka consultó cuántos ejemplares se habían vendido en una de las librerías más céntricas de Praga. Le respondieron que once. Kafka no se sorprendió por el destino de diez de esos ejemplares, ya que los había comprado él mismo, pero se preguntaba quién sería la persona que había adquirido el misterioso undécimo ejemplar.

Antes de ascender en la escalera mecánica del prestigio, la mayoría de los autores deben pasar por la sección de la ropa interior.

Los misterios divinos del amanuense

He querido empezar el capítulo mencionando cómo el mercado se llevó por delante a Melville a mediados del siglo XIX para no caer en la tentación de insinuar que los males que asolan a la literatura son únicamente un producto contemporáneo. Seguro que habéis oído alguna vez que, en plena era digital, la literatura ha muerto o carece de sentido o se halla en vías de defunción, ¿verdad? Bien, pues esto no es cierto. Se halla, obviamente, en vías de transformación, ¿pero cómo podría no estarlo? Si aceptamos que cada libro es un ser vivo que se transforma dependiendo de las circunstancias en la que se ha escrito, ¿cómo no va a ser la literatura un ecosistema en permanente evolución? Pero si también aceptamos que somos *homo narrans*, entonces estaremos de acuerdo en que las historias solo desaparecerán cuando desaparezcamos los seres humanos.

Quien afirma que la literatura está muriendo suele olvidar que las novelas, tal como las entendemos ahora, no son excesivamente antiguas. Siendo generosos, podemos decir que tienen unos 250 o 300 años y se consolidaron, más o menos, cuando la Ilustración multiplicó los índices de alfabetización y lectura. Pero 250 años son solo una mota en la evolución humana; hemos visto, por ejemplo, cómo en la época de Shakespeare la gente llegaba a las historias, mayoritariamente, a través del teatro.

Es evidente que las nuevas tecnologías han transformado todo a una velocidad sin precedentes y las historias no son una excepción. El primer impulso de los que nacimos en el mundo analógico es decir que lo que había antes era mejor. ¿Pero creéis que esa afirmación es original? Pocos años después de que apareciera la imprenta de Gutenberg, el abad benedictino Juan Tritemio aseguraba que los libros impresos eran inferiores a los manuscritos. «Mientras el amanuense copia, es iniciado en los misterios divinos e iluminado milagrosamente», decía Tritemio. Hoy tendemos a creer que las novelas del siglo pasado nos iluminan milagrosamente frente a la terrible literatura actual; en el fondo, no nos distinguimos demasiado de Juan Tritemio.

Pero las historias no son las únicas que evolucionan, también muta el mercado. Y lo hace a una escala difícil de asimilar para una persona corriente. Considero que ahí, y no en la tecnología, radica el principal problema para un escritor actual. A partir de los 60, las editoriales independientes iniciaron un proceso de fusiones y absorciones que culminó con la aparición de empresas multinacionales de un tamaño monstruoso.

Jason Epstein, que dirigió Random House durante dos décadas, recordaba el ambiente familiar del sello en los 50, la amistad entre editores y escritores, que con frecuencia devenía enemistad; recordaba el viejo edificio de la editorial, su ascensor que parecía movido con poleas, el patio con seis plazas de aparcamiento, el listín telefónico de una sola página. En 1969 la editorial se trasladó a un enorme edificio de cristal de la Tercera Avenida; Epstein recuerda que el día de la mudanza todos tenían la sensación de estar dejándose algo atrás. No perdían solo las plazas de aparcamiento, decía Epstein, también perdían su individualidad. Treinta años más tarde, el listín telefónico de Random House ocupaba 114 páginas.

Es el mercado, estúpido

A pesar de la invariable predicción de la muerte de los libros, las grandes corporaciones publican y venden hoy más que nunca. La pregunta que conviene hacerse es si esa enorme oferta editorial es buena para los lectores. Diderot ya advertía en el siglo XVIII que mientras los siglos continuasen desplegándose, el número de libros seguiría creciendo continuamente y llegaría un momento en que sería casi tan difícil aprender algo de ellos como del estudio directo de todo el universo. El mundo del aprendizaje, dijo el enciclopedista, corre el riesgo de acabar ahogado entre libros.

Ahogarse entre libros es algo que seguramente muchos de nosotros hemos sentido al pasear por las librerías en los años posteriores a la pandemia. Es un arma excelente para el mercado. Las grandes compañías tienen en su mano un método fácil para acallar cualquier voz discordante y desplazarla de las mesas de novedades: ahogarla entre más y más libros. Pero un momento, ¿publicar más libros no es más democrático? En principio es lo que parece, ¿no?

Cuando internet todavía estaba en pañales, en 1996, David Foster Wallace se mostraba incrédulo ante la idea de que la web fuera a ser esa herramienta democrática que se anunciaba: por fin todo estaría al alcance de todos, decían. Ocurre una cosa, explicaba Wallace, habrá trillones de bits llegando a ti, pero el 99 por ciento de ellos serán basura, hacer una selección será demasiado trabajoso, así que rogaremos que haya alguien ahí para decidir por nosotros, porque de lo contrario vamos a pasar el 99 por ciento de nuestro tiempo surfeando entre la basura.

Ahogarse entre libros, ahogarse entre bits. La idea maravillosa de poder elegir entre todos los libros del mundo a un golpe de ratón no es maravillosa, ni siquiera es real. La idea consiste en hacernos creer que estamos decidiendo, cuando en realidad alguien está eligiendo por nosotros. ¿Y quién es ese alguien? ¿Recordáis la frase que un asesor de Bill Clinton escribió en una pizarra durante la campaña electoral de 1992?: «Es el mercado, estúpido».

¿Y los escritores? ¿Dónde quedan en este panorama? Ante la ingente competencia, están más a merced de las editoriales que nunca. Cada vez más pobres, cada vez más obedientes, sabiendo que al margen de quienes toman las decisiones no hay nada. Al margen del mercado estás fuera del mapa. Fuera de lo que dictan los líderes de opinión, solo hay dragones.

Un fracaso es un fracaso es un fracaso

En realidad, muy pocas personas pueden vivir hoy de las ventas de sus libros. No es justo decir que los escritores van a perder el sustento económico, porque lo cierto es que ya no cuentan con él. Entonces, ¿por qué el fracaso comercial es tan doloroso? Aquí debo regresar a la idea del ego del escritor. Las historias son una parte tan íntima de nosotros, que su fracaso solo puede interpretarse como una derrota personal. Nuestras historias son como la libra de su propia carne que Shylock le reclama a Antonio en *El mercader de Venecia* en pago a la deuda que mantiene con él. ¿Recordáis? Shylock exige una libra de la carne más próxima al corazón. Eso son las historias para un escritor. Que fracasen es un golpe directo al ego, es como mostrar una parte de nuestro cuerpo que nos avergüenza y que se rían de ella.

El mercado es capaz de domar los egos frágiles, que se convencen rápidamente de su insignificancia, pero también los egos no tan frágiles, que, pese a todo, necesitan el alimento de la adoración. Gertrude Stein atesoraba una de las autoestimas más rocosas del siglo XX. Un amigo de su hermano Leo recordaba haber conocido a la escritora americana en Francia, donde vivió gran parte de su vida. El amigo de Leo se había reído divertido cuando escuchó a Gertrude llamarse a sí misma la nueva Shakespeare. Luego la conversación se prolongó unos minutos y el hombre pensó, mientras se rascaba una oreja: ¡Ah, que no estaba bromeando!

Hoy a Gertrude casi no se la recuerda por su obra. Se la recuerda por haber patrocinado a Picasso cuando nadie compraba los cuadros del malagueño y por decirle a Hemingway *vosotros sois una generación perdida* y regalarle el término a la historia de la literatura. Pero resulta lamentable que a Stein se la recuerde por su relación con dos hombres.

De su literatura nos ha quedado apenas una frase: *una rosa es una rosa es una rosa*, una cita tan repetida como poco comprendida. Hemingway parodió la frase en *Por quién doblan las campanas.* Cuando el protagonista de la novela, Robert Jordan, está pelando una cebolla, un miliciano español llamado Agustín le pregunta si siempre come cebollas para desayunar. ¿Qué tienes contra ellas?, pregunta Jordan. El olor, dice Agustín, solo eso, por lo demás son como una rosa. Una rosa es una rosa es una cebolla, dice Jordan. Agustín le responde: Las cebollas te están afectando al cerebro.

No tengo claro que ni siquiera Gertrude Stein supiese del todo qué significaba su famosa frase, *rosa es una rosa es una rosa es una rosa*, pero estaba convencida de que era «la primera vez que una rosa era verdaderamente rosa en cien años de literatura».

Partamos de esa famosa flor para hablar de la prosa renovadora de Stein. A principios del siglo xx, Gertrude se propuso cambiar la escritura en inglés, la gramática, la sintaxis, la puntuación. Su obra *Ser norteamericanos* incluía textos como el siguiente: «Una persona es alguien de quien otra persona está segura de que va a hacer una cosa. Es seguro que todo lo que alguien sabe de una persona es que esa persona hará una cosa cuando le suceda algo. Es seguro que lo que una persona hace cuando le sucede algo es lo que alguien está seguro de que esa persona hará cuando le suceda alguna cosa. Todo lo que alguien sabe de una persona es que es cierto que esa persona hace lo que hace cuando le sucede una cosa».

Y así página tras página de una obra que tiene la extensión de *El señor de los anillos.* En su estudio sobre Gertrude Stein, Janet Malcolm dice que *Ser norteamericanos* es ese libro que todos los estudiosos dicen haber leído sin haber conseguido hacerlo.

Salman Rushdie contaba que en Inglaterra habían formado el Club de la página 15, compuesto por personas que no habían sido capaces de pasar de la página quince de *Los versos satánicos* antes de abandonar la lectura. ¿Cuántos libros canónicos tendrán sus propios clubes de este tipo? Janet Malcolm estuvo a punto de unirse al Club de la página 15 de *Ser norteamericanos*, pero tuvo una idea. Decidió coger un cuchillo y cortar el libro en seis partes, solo así, bien despedazado, fue capaz de tragárselo.

Esa era la literatura que escribía Gertrude Stein, una literatura que pedía que la partieras con un cuchillo para digerirla. Y, aun así, no podía soportar la falta de éxito comercial. Las editoriales le cerraban todas las puertas y ella misma debía sufragar los gastos de publicación de sus libros. Estaba convencida de su genialidad, pero necesitaba el amor de los lectores. Hasta los egos más grandes corren el riesgo de morir de inanición.

Stein acabó por claudicar. Sabía que su estilo modernista era veneno para el mercado, así que lo cambió y escribió una novela con una prosa y sintaxis tradicionales. El mercado la doblegó, sí, pero ella se rindió a su manera. Lo que hizo Stein fue escribir la *Autobiografía de Alice B. Toklas*.

Gertrude reventó la autoficción antes incluso de que existiese la autoficción. Para escribir el libro fingió meterse en la cabeza de Alice B. Toklas, su pareja real y la mujer que la acompañaría hasta su muerte. ¿Y de qué creéis que hablará Alice en su autobiografía? ¡De Gertrude, por supuesto! Dice de ella «solo tres veces he coincidido con un genio: Picasso, Alfred N. Whitehead y Gertrude Stein». ¿Os dais cuenta de la genialidad? Gertrude Stein se las apaña para introducirse en la cabeza de Alice B. Toklas y decir que Gertrude Stein es un genio. ¿Era brillante o no lo era?

Gertrude realizó una gira promocional por Estados Unidos tras publicar la *Autobiografía de Alice B. Toklas*. Fue la única vez que regresó a su país; volvió, por supuesto, triunfal. Qué más daban la gramática o la sintaxis si la querían. Los periódicos celebraban el regreso de la hija pródiga. Escribieron en titulares: «Gerty Gerty Stein Stein is back home home back. *Una rosa es una rosa es una rosa*».

El estilo Carver no es de Carver

Si uno de los grandes egos del siglo se sometió ante el mercado, ¿qué no sería capaz de hacer ese monstruo con alguien vulnerable?

El primer libro de relatos de Raymond Carver, *¿Quieres hacer el favor de callarte, por favor?*, se publicó el 9 de marzo de 1977. Solo un día más tarde, Carver debía presentarse ante un tribunal por mentir para cobrar el seguro de desempleo. Si lo declaraban culpable podía terminar entre rejas. La pregunta que se hacían todos era cuánto aguantaría en la cárcel alguien en su estado. A mediados de los 70, parecía imposible que Carver superase el alcoholismo; un amigo recuerda verlo en esos años dando traspiés por la calle con una botella mágnum de vodka bajo el brazo y pensar que era un caso perdido. Aquel libro y aquel juicio eran su última oportunidad, iba a jugárselo todo en dos días de marzo.

La testigo principal de la defensa de Carver era Maryann, su mujer. Había sido el gran apoyo de Raymond durante sus peores años y él, a cambio, la había golpeado, le había sido infiel y la había obligado a dejar su empleo. El testimonio de Maryann se basaba en enseñarle al juez el libro que Carver acababa de publicar; el volumen de cuentos debía funcionar como muestra de que el escritor se había enmendado. En la primera página se podía leer *Este libro es para Maryann*. Pronto se divorciarían y ella apenas tocaría nada de su éxito; esa dedicatoria era lo poco que le iba a quedar. El juez condenó a Carver a 90 días de cárcel, pero suspendió la sentencia y la dejó en dos años de libertad condicional. Después le pidió a Raymond que le regalase una copia del libro, pero este le dijo que no tenía ninguna para darle.

El libro había salido adelante gracias al empeño de un editor llamado Gordon Lish, en un período en que Carver se pasaba los días borracho. Lish había publicado varios cuentos de Carver en la revista *Esquire*; creía que había algo poderoso en ellos, pero estaba convencido de que hacía falta pulirlos, por eso editó y recortó todos los relatos del volumen. A Carver esos días le faltaba lucidez para protestar. Lo importante era que, por fin, cerca de los 40, publicarían un libro suyo de narrativa. *¿Quieres hacer el favor de callarte, por favor?* funcionó bien y fue el clavo al que Carver se agarró para dar un giro a su vida.

Los tres años siguientes los empleó en dejar el alcohol y escribir nuevos relatos. Una vez terminados, se los envió a Lish y le pidió que le diese *músculo* a aquellos que considerase que lo necesitaban. El editor se puso manos a la obra y modificó alguna cosa aquí y otra allá, tomando notas con un rotulador; cambios semejantes a los que había hecho con el primer libro. Carver le pidió a Lish que alguien mecanografiase el texto incluyendo las correcciones y se marchó unos días de vacaciones a Alaska.

A su regreso, Carver se llevó la sorpresa más desagradable de su vida. Lish había introducido nuevos cambios en los cuentos. El primer relato desconcertó al escritor, el segundo lo dejó atónito, el tercero acabó de trastornarlo. Estaban tan recortados que le costaba reconocerlos, Lish había modificado los títulos, había quitado los nombres a los personajes y había suprimido los finales dejando los cuentos como suspendidos en el aire.

Después de pasar toda la noche releyendo el borrador, Raymond le escribió una carta de súplica a Lish. En esa carta lo elogiaba sin rubor: Eres un genio, una maravilla, le decía, y ni siquiera negaba que las versiones de Lish pudieran ser mejores que las originales, pero simplemente no eran *sus* relatos.

Carver no sabía qué hacer, sentía que estaba perdido. Si se negaba a que el libro se publicase tal como estaba, temía perder el apoyo de Lish y que eso supusiera el fin de su carrera. Si aceptaba que se editasen unos relatos que no reconocía como suyos, temía que se quebrase su autoestima recuperada, esa que le había permitido salir del abismo del alcohol.

Dos días después de esa carta, Carver escribió otra que aprobaba la publicación de la versión de Lish. Lo extraordinario es lo que sucedió después. *De qué hablamos cuando hablamos de amor* se convirtió en un hito, tal vez la obra de narrativa norteamericana más influyente de los años 80. La crítica adoró el libro, ensalzó los silencios de Carver, todo aquello que se dice en los relatos sin ser dicho. Esos silencios que tanto les gustaron, por descontado, no eran de Carver, sino de los recortes de Lish. Empezaron a llamar a su estilo minimalismo y las escuelas de escritura creativa se apresuraron a imitarlo. Todos los novelistas parecían querer escribir como Carver. ¿Os dais cuenta de lo desquiciante de la situación? Lo que llamamos estilo Carver, en su versión más pura, no es obra de Carver.

¿Qué opciones le quedaban al escritor? Protestar y decir: Ese libro que adoráis no me representa, no es mío, yo no lo escribí, al menos no lo escribí así; o callar y aceptarlo. Probablemente alguien con más confianza en sí mismo habría optado por la primera opción. Pero Carver guardó silencio y la magnitud de los cambios de Lish solo se descubrió después de la muerte del escritor.

En abril de 1983, Carver publicó *Catedral*, una colección de relatos más acorde con su propia voz, que abandona la prosa espartana de Lish. Pero solo conseguiría disfrutar del éxito de su verdadero estilo el último lustro de su vida.

En 1987 Carver escribió un cuento titulado *Tres rosas amarillas* sobre la tuberculosis de Chéjov y los últimos días del autor ruso. Poco después el propio Carver empezó a escupir sangre. Como tantos otros en este libro, una enfermedad del pulmón acabó con él —me pregunto si es casualidad o si el subconsciente me ha llevado a buscar autores con dolencias respiratorias—. Apenas tuvo tiempo para disfrutar del ego que había recuperado del fondo de una botella mágnum de vodka.

Uno escribe para que lo quieran más

El peruano Alfredo Bryce Echenique incluyó en su novela *La vida exagerada de Martín Romaña* una dedicatoria que dice que *uno escribe para que lo quieran más*. Siempre me ha gustado esa frase, pero he tardado bastante en asimilarla.

A esta idea, creo, deseaba yo llegar en este capítulo, porque hay algo que late dentro de mí y no creo ya que me pueda quitar de encima. Poco antes de la muerte de mi padre, firmé ejemplares de mi segunda novela en la Feria del Libro de Madrid. La firma tuvo una pequeña repercusión en los periódicos y las redes sociales, y eso le llegó a mi padre, que entonces aún estaba ingresado en el hospital. En el tren de vuelta recibí un mensaje suyo y me asusté, no era capaz de imaginarlo utilizando el móvil en sus circunstancias. Mi temor se disparó cuando vi que era un mensaje de audio. Busqué los auriculares en los bolsillos y, mientras deshacía los nudos de los cables, los ojos se me llenaron de lágrimas. Mi madre a veces utilizaba el móvil de mi padre para escribirme y supuse que sería ella anunciándome su muerte.

Pero la voz era la de mi padre. O una parecida a la de él. Era una voz cavernosa, inenarrable. Sonaba como si alguien le estuviese succionando las palabras mediante una horrible tortura, cada sílaba debía suponerle un esfuerzo sobrehumano. Con un hilillo de voz me decía lo orgulloso que estaba de mi éxito y que eso era lo que le hacía luchar cada día para seguir vivo. Escuché ese audio muchas veces hasta que lo perdí para siempre cuando se estropeó mi teléfono. No pude evitar emocionarme cada vez que lo oí. ¿Pero por qué me sentía así? Me emocionaba egoístamente, me emocionaba porque me sabía un fraude. Yo no estaba teniendo ningún tipo de éxito. De hecho, mi segunda novela vendió más o menos la mitad de ejemplares que la primera. ¿Pero cómo podía contarle yo eso a mi padre si decía que era lo que le mantenía con vida?

Yo solo quería tener éxito por mi padre, solo quería que las ventas de la novela remontasen por él. No creo, como decía Bryce Echenique, que yo escribiese mis novelas para que me quisiesen más, pero sí las había publicado para eso. Para que me quisiese más mi mujer, mi familia, mis amigos. Quería que gente desconocida me quisiese por mis libros y que mi padre pudiera enorgullecerse al ver cuánta gente quería a su hijo. Y cada libro que dejé de vender fue la constatación de que no era tan querido como desearía. Que no había conseguido que me quisieran tanto como para haberle dado fuerzas a mi padre para luchar y resistir un poquito más. Decidme si existe otro fracaso que se pueda asemejar a ese.

14

Suerte

El regalo de Harper Lee

Cuando a mi padre le diagnosticaron fibrosis pulmonar, consideramos que la habría causado la larga exposición a partículas presentes en los petroleros y carboneros en los que había navegado. Los médicos aseguraron, sin embargo, que la suya era una fibrosis idiopática, es decir, que la generaba su propio cuerpo. Dicho de otra manera, desconocían el motivo de su enfermedad y la atribuían a razones congénitas. Vaya, Fernando, querían decir, no tuvo usted fortuna en la lotería genética.

La suerte lo es todo en la vida desde el mismo momento de la fecundación y la distribución de los genes en los gametos. Diría que incluso antes de eso, como veremos dentro de un momento.

En la Navidad de 1956, cuando Nelle Harper Lee vendía billetes de avión en una agencia de viajes, su jefe le comunicó que solo le daría libres los días 24 y 25 de diciembre y, por tanto, no tendría tiempo de desplazarse a Alabama para pasar las fiestas con su familia. Una pareja de amigos la invitaron a compartir las navidades con ellos y, como sabían que Nelle andaba corta de dinero, inventaron un juego: quien consiguiese el regalo más barato e ingenioso sería el ganador.

Nelle se comió la cabeza y rebuscó entre postales y libros para comprar a sus amigos un regalo verdaderamente agudo, pero el día de Navidad le sorprendió que ellos no parecieran tener ningún paquete para ella. Cuando la vieron buscar con disimulo, sus amigos sonrieron y le dijeron: No nos hemos olvidado de ti, Nelle, mira en el árbol. Allí había un sobre con su nombre y, dentro, una carta con unas pocas palabras: *Querida Nelle, esta carta vale por un año sin trabajar para que escribas lo que quieras.*

¿Qué significa esto?, preguntó Nelle. ¿Qué parte de lo que pone ahí no entiendes?, respondieron sus amigos sin perder la sonrisa. Calcula cuánto dinero necesitas para estar un año sin empleo, le dijeron después, esa cifra será tu regalo. Harper Lee dio un paso hacia atrás: Pero eso es demasiado, es mucho riesgo, ¿y si no escribo nada? Es una apuesta segura, Nelle, dijeron, no te preocupes.

La fe de sus amigos en ella estaba más que justificada, seis meses más tarde Nelle terminó el manuscrito que se convertiría en *Matar a un ruiseñor*. Se podría decir que le tocó la lotería aquellas navidades. ¿Es factible que hubiese logrado el éxito sin aquel regalo? Claro que sí. Pero también es muy posible que sin él nunca hubiésemos oído hablar de Harper Lee.

La meritocracia no se sostiene en pie, entre otras cosas porque no considera satisfactoriamente el papel que el azar juega en nuestras vidas. A menudo sucede que cuanto más te esfuerzas y más méritos reúnes, menos suerte tienes, y viceversa. Lo dice David Foster Wallace en *La broma infinita*: «El destino no te llama al busca, el destino siempre sale de golpe de un callejón vestido con gabardina y te suelta un psst».

Javier y un telegrafista de Murcia

Evidentemente, para ser un buen escritor es imprescindible saber escribir bien. No creo que esta afirmación sea demasiado sorprendente. ¿Pero cuánta gente hay en el mundo que escribe bien? Y dentro de los que escriben bien, ¿qué diferencia a quienes tienen éxito de los que no? ¿Y a quienes son genios de los que no? Ya hemos mencionado a Kafka varias veces en este libro. De no ser por la traición y el empeño de Max Brod, su nombre habría caído en el olvido. ¿Cuántos kafkas sin maxbrods habremos dejado en el camino? Minimizar el papel de la suerte en la configuración del canon cultural me parece una enorme ingenuidad. Minimizar el papel de la suerte en nuestra existencia me parece un ejercicio de soberbia que suelen llevan a cabo los más favorecidos por ella.

En el hospital, en sus últimas semanas, mi padre no solo me habló de libros y películas y personajes, también me contó historias de su vida. Historias que yo ignoraba y debía conocer. Me contó que antes de que yo naciera había vivido en Nueva Jersey, ¿cómo era posible que yo no lo supiese? Me contó también cómo había conocido a mi madre. Cuando el carguero en el que navegaba hizo escala en A Coruña, el telegrafista de a bordo, un murciano, lo convenció para que salieran a conocer la ciudad. Mi padre no tenía el menor deseo de abandonar el barco, prefería quedarse leyendo, pero se dejó persuadir por la insistencia del telegrafista. Al llegar a la zona de la Marina vieron a dos mujeres jóvenes sentadas en una terraza y les preguntaron si podían unirse a ellas. De aquella terraza salieron dos bodas, y aunque el matrimonio del telegrafista no fue muy largo, el de mis padres duró cincuenta años, hasta la muerte de él.

Yo aún me retrasaría diez años en nacer, me precederían mis dos hermanos. Llegué tarde a causa de un error de cálculo —de mis padres, no mío—, algo que a menudo tengo presente: cuesta olvidar que eres el producto de un coito mal calculado. Mi nacimiento dependió, pues, en primer lugar, de la capacidad de persuasión de un telegrafista murciano y, en segundo, de un error profiláctico. Diría que nunca el azar estuvo tan de mi parte como esos dos días. Mis dos grandes días de suerte precedieron a mi propia existencia.

Estar en el lugar adecuado en el momento adecuado: el éxito en la vida consiste en poco más que eso. Mark Twain asistió al festival de la ópera de Bayreuth y escribió un artículo acerca de la admiración que los nobles alemanes suscitaban entre la gente corriente. El público de la ópera valoraba a los príncipes muy por encima de aquellos que habían conseguido el éxito mediante su esfuerzo. Twain creía que lo que les fascinaba era la suerte asociada al lugar de nacimiento, lo que suele llamarse la *cuna*. ¿Qué gracia tenía admirar a alguien que ha conseguido prosperar con su dedicación? Eso, pensarían, está al alcance de cualquiera. En cambio, la fortuna no. Es algo casi divino. Twain creía que la mayoría de las personas valoran más un dólar encontrado en la calle que 99 ganados como salario.

¿Y si lo contemplamos a la inversa? ¿Qué es más doloroso, quedarte sin 99 dólares por un trabajo que dejas de hacer o perder una cartera con 99 dólares por la calle? La historia de quien lo perdió todo por culpa de la suerte también resulta atractiva: el azar se relaciona así con nuestro carácter de *homo ludens*. La vida sería insufriblemente aburrida si la fortuna no jugase un papel en ella. Pero qué injusta nos parece cuando no es a nosotros a quien nos sonríe. Qué injusto nos resulta cuando es nuestro padre quien espera el final en un estúpido sillón negro. Sucede que en ese momento olvidamos las desgracias de los demás, las vidas de miles y miles de personas a las que la suerte les pasó por el lado, rozándoles el brazo, para luego dejarlos atrás. Personas como John Fante.

Qué nombre tan gracioso te has inventado

John Fante llegó a alcanzar una buena posición entre los guionistas de Hollywood, pero lo que siempre había soñado era ser novelista. Aunque medía poco más de metro y medio, era pendenciero y casi siempre estaba borracho o de malhumor. Su padre había emigrado a Estados Unidos desde un pueblecito de los Abruzos y odiaba a los americanos: después de toda una vida viviendo allí, seguía llamándolos *a-merda-di-cane*. John heredó mucho del odio de su padre y le traspasó el carácter a su gran personaje, Arturo Bandini, el bravucón que protagoniza cuatro de sus novelas. En la más famosa de ellas, *Pregúntale al polvo*, Bandini confiesa que de niño lo insultaban y llamaban macarroni, espaguetini y aceitoso. «Me hicieron tanto daño que me obligaron a encerrarme en los libros, a encerrarme en mí mismo.»

Pregúntale al polvo vio la luz en 1939 y obtuvo buenas críticas. Pero su editorial, Stackpole and Sons, había cometido una gran tontería pocos meses antes: había publicado el *Mein Kampf* sin adquirir los derechos. Habían basado su estrategia publicitaria en explicar que Hitler no se iba a llevar ni un solo centavo de las ventas del libro. Se me ocurre que otra posibilidad para que Hitler no se llevase ni un centavo era no publicarlo.

En contra de lo que afirma el hijo de John Fante, no fue Adolf Hitler quien demandó a Stackpole, lo cierto es que Adolf tenía cosas más urgentes por las que preocuparse en 1939. Lo hizo otra editorial estadounidense que sí tenía los derechos y, por tanto, sí le daba algunos centavos por ejemplar al dictador. Stackpole perdió la demanda, en Estados Unidos los derechos comerciales son sagrados, incluso si el beneficiario es Adolf Hitler.

Fante culpaba a los gastos del juicio del *Mein Kampf* de la escasa promoción que le hicieron a *Pregúntale al polvo*. ¿Os imagináis un infortunio parecido con un libro vuestro? ¿Que no funcione porque tu editorial está tratando de estafar a Hitler? El caso es que la novela vendió menos de 3.000 ejemplares y el escritor tuvo que resignase a continuar trabajando de *lamecoños de la Paramount*, como él mismo se llamaba. Sus novelas amarillearon en un cajón durante cuarenta años.

Un día, después de una noche entera bebiendo, Fante se presentó en el estudio y pidió un trozo de tarta. Echó dos cucharadas de azúcar a su café y le pegó un sorbo. Entonces se desmayó y se cayó del taburete. Fue así como le descubrieron la diabetes que lo dejaría ciego y obligaría a amputarle ambas piernas. Fante le dictó a su mujer la última novela de Bandini.

Los ejemplares sobrantes de aquella primera edición de *Pregúntale al polvo* hibernaban en las bibliotecas de Los Ángeles. Un hombre que no tenía donde caerse muerto solía pasar buena parte de sus días en una de esas bibliotecas; trabajaba en correos por un salario mínimo y le encantaban los libros. Cuando cogió el ejemplar de *Pregúntale al polvo*, se volvió loco. Aquel John Fante le parecía el mejor escritor que había leído.

El hombre se llamaba Charles Bukowski y pronto se convertiría en una celebridad. En su tercera novela, *Mujeres*, un personaje dice que su escritor favorito es John Fante. Su editor le comentó a Bukowski que le parecía gracioso que hubiese incluido aquel nombre inventado: *Fante*. ¿Cómo que inventado?, dijo Bukowski indignado, *Pregúntale al polvo*, Arturo Bandini, ¡Fante existe!, le gritó. El editor se hizo con un ejemplar, Bukowski escribió un prólogo y a Fante, cuando era ya un anciano cojo, ciego y derrotado, le llegó el éxito que perseguía desde los 20 años.

¿Pero acaso tenía más mérito o talento Fante en 1980 que el que tenía cuando fracasó en 1939? ¿Alguien hablaría hoy de él si aquel día Bukowski hubiese cogido cualquier otro libro de esa biblioteca de Los Ángeles?

Un día León abrió la puerta

El escritor de ciencia ficción Philip K. Dick solía contar un chiste. Un hombre va de visita a casa de su amigo León. Cuando llama a la puerta y nadie le responde, asoma un vecino. Oh, ¿no se ha enterado?, pregunta el vecino, lamento decirle que León ha muerto. El hombre responde: Ah, no importa, pasaré otra vez el jueves.

Esta broma siempre me hace pensar en un famoso fragmento de *Pastoral americana*, de Philip Roth. En él Nathan Zuckerman, el alter ego de Roth, se encuentra con un amigo de la adolescencia, que ahora es médico. El doctor le dice a Nathan que el quirófano le ha convertido en alguien que no puede equivocarse nunca y eso le hace parecerse a un escritor. Pero Nathan le explica que eso no es así: «Escribir te convierte en alguien que siempre se equivoca. La ilusión de que algún día puedas acertar es la perversidad que te hace seguir adelante». Creo que los escritores son un poco como ese hombre que vuelve cada jueves para ver si está León. Eso, al menos, nos dice la siguiente historia.

Cuando la escritora Hannah Green se encontró a John Williams vestido como un actor de cine de los años 20 en una fiesta literaria en Denver, preguntó quién era aquel tipo tan raro. ¿Ese tan bajito?, es un escritor de westerns, le respondieron. Por suerte el hombre no los escuchó, la respuesta lo habría hundido en la depresión. Como alguien dijo una vez, la escena literaria de Denver cabía en una cabina de teléfono; era difícil salir de allí una vez que te encajaban dentro de ella.

El primer intento serio de John Williams de hacerse un hueco en el mundo editorial fue una obra llamada *Butcher's Crossing*, con la que consiguió el segundo puesto en un concurso convocado por la editorial Macmillan. La novela sucede en el oeste de los Estados Unidos, pero no es lo que entendemos por un western, es una novela sumamente literaria, con muy poca trama. Macmillan le ofreció publicarla y Williams pidió solo un favor. ¡No la llaméis western, por favor, no digáis que es un western!

Unas semanas después de su publicación, Williams recibió una llamada telefónica de su agente: John, le dijo, estas son cosas que pasan, no puedes hundirte ahora. ¿Qué dices? ¿Qué coño ha pasado?, preguntó el escritor. El *New York Times* había reseñado la novela no solo como un western, sino como uno muy aburrido. Para Williams era el fin.

El western era un género menor, estaba convencido de que la etiqueta iba a perjudicar a la novela, pero también a su carrera como escritor e incluso a su empleo como profesor universitario. Lo habían encajado en una cabina de teléfonos y no iba a poder salir de allí. Pocos meses después de la publicación de *Butcher's Crossing*, la Fundación Guggenheim le negó una beca. Él se dijo que tenía que ver con haber sido catalogado como escritor de western.

Es posible que otros hubiesen tirado la toalla, pero Williams no lo hizo y empezó a escribir otra novela. Una que terminaría llamándose *Stoner*.

No puede decirse que la agente de Williams estuviese entusiasmada con *Stoner*. Según ella, la técnica estaba pasada de moda, la trama era deprimente para el lector medio y en la primera página el narrador resumía las razones que hacen al protagonista perfectamente olvidable. Cuando *Stoner* se publicó, vendió menos de 2.000 ejemplares en su primer año y luego se descatalogó.

Ocho años más tarde Williams volvió a intentarlo, se plantó otro jueves ante la puerta de León. Esta vez con una novela ambientada en Roma titulada *El hijo de César*, con la que compartió el National Book Award. Pero ni siquiera eso lo sacó del anonimato y falleció en 1994 siendo un desconocido.

Un año más tarde abrió en Nueva York la ya desaparecida librería Crawford Doyle. Sus libreros siempre recomendaban *Stoner* a sus mejores lectores, pero cada vez les costaba más encontrar existencias, así que tuvieron una idea. Se lo recomendaron a uno de sus clientes a sabiendas de que dirigía el sello de clásicos de la *New York Review of Books*. El hombre reeditó la novela en 2006, pero fue otra decepción, apenas vendió unos pocos miles de ejemplares.

Uno de esos ejemplares debió llegarle al escritor irlandés Colum McCann, que, en una lista para un periódico con sus obras favoritas de todos los tiempos, situó a *Stoner* en primer lugar. La escritora francesa Anna Gavalda leyó la lista, se hizo con la novela y se maravilló con ella. Convenció a su editorial para que publicase *Stoner* en Francia y, como le costaba encontrar un traductor a la altura, decidió traducirlo ella. Fue un proceso largo y el libro tardó cinco años en salir.

Mientras tanto, el editor de un pequeño sello canario, Baile del sol, leyó una entrevista en la que Gavalda elogiaba *Stoner*. Como admiraba a Gavalda, decidió publicar la novela. Fue un éxito enorme en España. Poco después, un editor holandés leyó la sinopsis: Stoner es un profesor y luego se muere. Pensó: Espero que, al menos, el escritor sea un treintañero guapo. No era guapo y estaba muerto, pero la novela arrasó en Holanda. La magia de *Stoner* avanzaba como un efecto dominó.

Un jueves, por fin, León había abierto la puerta. Ese giro nadie lo esperaba. La mala suerte para León fue que se encontró a John Williams acurrucado en una esquina: estaba muerto.

La dentadura de Martin Amis

No hace mucho, tomando un café con mi hermano, comenté que creía que lo que había conseguido en la vida, lo poco que había logrado, había sido a base de esfuerzo, que no sentía que hubiese recibido grandes ayudas de nadie. Mi hermano rápidamente me puso en mi sitio. ¿Tú a qué te dedicas ahora?, me dijo, ¿no eres escritor? Asentí con la cabeza. De acuerdo, añadió, ahora dime: ¿no es verdad que naciste en una casa llena de libros? ¿No creciste con un padre que siempre estaba leyendo? ¿No tenías hermanos mayores que te recomendaban lecturas? ¿Me dices en serio que consideras que eso no te ha facilitado las cosas, que no hay infinidad de personas que han tenido que esforzarse mucho más que tú? No supe qué responderle, así que decidí beber café a la espera de que él cambiase de conversación.

Cuando empecé a escribir este capítulo acerca de la suerte regresé a aquella conversación con mi hermano. Pensad en los ejemplos de los que hemos hablado hasta el momento. Aparte del azar ¿qué tienen en común todas las historias que acabamos de contar? La respuesta salta a la vista: la ayuda externa. En el caso de Harper Lee, sus amigos; Bukowski fue quien cambió el destino de Fante; y Colum McCann y Anna Gavalda contribuyeron decisivamente a la fama póstuma de John Williams. En el mundo editorial la fortuna vale bien poco si no va acompañada de contactos. De hecho, la fortuna suele radicar en adquirir buenos contactos. Es decir, estar en el lugar adecuado en el momento adecuado *y con las personas adecuadas*.

Nos gusta decir que no hay otro instrumento de progreso como los libros y probablemente sea cierto. Pero también es cierto que la industria editorial se parece muy poco a una democracia. Al contrario: es lo más endogámico que uno pueda imaginar. A veces pienso que el mundo literario se asemeja demasiado a ese paseo de príncipes de Bayreuth del que hablaba Twain.

Os contaré una historia de endogamia y literatura ahora que nos acercamos al final de este libro, la historia de Martin Amis y sus terribles problemas dentales. A mediados de los años 90, un odontólogo le dijo que no podía hacer nada para salvar sus dientes, debía extraérselos todos empezando por los de arriba. Después de la primera cirugía, Amis se sorprendió al verse en el espejo del hotel. Se sorprendió porque su cara, que siempre le había parecido convexa, se había desparramado y se había vuelto cóncava y alargada. Recitó todas las letras del alfabeto para oír cómo sonaban con el nuevo instrumento en que se había convertido su boca, pero se atascó con la efe. Para pronunciar la efe uno tiene que morderse el labio con los dientes superiores, los que le faltaban al escritor inglés. En aquel momento, la efe era la letra más necesaria para Amis. Sin ella no podía gritar *fuck off*, que era lo único que quería decir. *Fuck off* es una expresión importante en esta historia.

Martin Amis se había convertido en la estrella de las letras británicas de los 80, tenía talento y una voz vigorosa, eso es innegable. ¿Pero no creéis que el hecho de que su padre fuese Sir Kingsley Amis, uno de los escritores ingleses más importantes de la segunda mitad del siglo xx, había allanado el camino de Martin?

La carrera de Amis había sido meteórica y cuando en 1995 iba a publicar su libro *La información* pretendía conseguir uno de los mayores anticipos hasta la fecha. Amis quería medio millón de libras por el libro. Su agente en ese momento, Pat Kavanagh, le dijo que no podía conseguirle esa cifra, así que Martin decidió que era hora de cambiar de representante. Eligió unirse a la cartera del agente literario más famoso del mundo, Andrew Wylie, al que no por casualidad apodan el Chacal. ¿Sabéis cuál fue la razón que esgrimió Amis para traicionar a Pat Kavanagh por medio millón de libras? Efectivamente, el desembolso en la intervención en su dentadura.

Amis acababa de divorciarse y, entre eso y los gastos dentales, decía necesitar una buena inyección económica. Pero esa explicación no fue suficiente para su buen amigo Julian Barnes, que al día siguiente de que Amis abandonase a su agente le mandó una carta manuscrita. La misiva terminaba con dos sonoras palabras, las mismas que Amis no había sido capaz de decir sin dientes ante el espejo: *Fuck off*.

Con esa carta Barnes daba por terminada una amistad de muchos años. ¿Pero por qué? ¿Qué más le daba a Barnes quién representase a Amis? Había una razón de peso. Pat Kavanagh, la agente a la que Martin había dejado tirada, era la mujer de Barnes. ¿Os dais cuenta de las estrechas relaciones que existían entre las figuras de las letras británicas? El hijo de, el marido de, el amigo de. Es algo tan habitual en el mundillo que os sorprendería. En sí mismo no es un gran problema, sucede en muchas profesiones. El problema llega cuando la endogamia implica un rechazo por aquel que es ajeno al círculo establecido. Si eres una mujer, puedes tener por seguro que te mirarán con el triple de recelo, porque el dominio de esos círculos sigue siendo mayoritariamente patriarcal. Eso fue lo que le sucedió a nuestra próxima protagonista.

Demasiados macacos literarios

A principios de los años 40, el Ateneo de Madrid estaba tan lleno de hombres que la presencia de una chica joven y menuda que leía y escribía allí a diario llamaba la atención. Quién será esa chica, se preguntaban todos. Alguien que sabía la respuesta les dijo: es una catalana que estudia Derecho y se llama Carmen Laforet.

En el Ateneo, Carmen avanzaba en la escritura de su primera novela. Le hablaba tanto de ella a su amiga polaca Linka, que esta decidió juntarla con el editor gallego Manuel Cerezales para que él evaluase si el borrador de Carmen tenía futuro. Laforet no albergaba grandes expectativas, simplemente deseaba que alguien se la publicase. Pero Cerezales le habló de un premio que la editorial Destino acababa de crear en Barcelona y otorgaba 5.000 pesetas al ganador, y la convenció para que presentase su obra. De nuevo, el azar y los contactos como clave en la vida de los escritores; Cerezales, por cierto, acabaría convirtiéndose en el marido de Laforet. Pero había un problema: Carmen no había finalizado la novela, así que se puso manos a la obra. Su tía, con la que vivía entonces en Madrid, recordaba a Carmen con las cuartillas extendidas en la mesa del comedor. Tan enfrascada la veían en su trabajo que empezaron a comer en la cocina para no molestarla. Laforet terminó la novela pocos días antes del premio y se le ocurrió el título que le faltaba: la llamaría *Nada*, como un romance de Juan Ramón Jiménez, del que se citaban algunos versos en su manuscrito.

El sobre de Carmen fue el último en llegar a la dirección postal del premio. ¿Quién habrá escrito esta novela?, se dijeron los miembros del jurado al empezar a leerla. Estaban convencidos de que era la obra de una mujer madura. No pudo asombrarles más descubrir que la autora del primer Premio Nadal tenía 23 años.

¿Usted cree que a esa edad se puede hacer lo que usted ha hecho?, escribió un entusiasmado Azorín, ¿por qué no ha nacido usted en 1900? Pero no todos eran tan sinceramente generosos. Que una mujer de 23 años derrotase a los intelectuales de la época y se colase en los círculos literarios sin antes pedir permiso se interpretó como una ofensa.

Se popularizó la idea de que Laforet era *poco intelectual* y, pese al éxito comercial de la novela, muchos la miraron con desdén. Dicen que Camilo José Cela, quien hasta la irrupción de Laforet ostentaba el título de nueva voz de la literatura española, hizo lo posible por minimizar la obra de Carmen. César González-Ruano, por su parte, nunca olvidaría su derrota en el

Nadal, ni se apaciguaría su ira con Destino por haber hecho pública el acta del jurado que daba fe de su derrota ante una *señorita* —esa fue la palabra que utilizó Ruano— de 23 años.

Esta reacción del *establishment* cultural influyó, indudablemente, en la presión que se autoimpuso Laforet con sus siguientes novelas y su prolongado silencio literario. Para los intelectuales yo he escrito en balde, dijo la autora una década después de *Nada*. Y a su amigo Ramón J. Sender, que residió los últimos 50 años de su vida en Estados Unidos, le decía: Usted no se acostumbraría ahora a una vida tan áspera como es la de España para los escritores. A nuestras envidias, enemistades, rencillas.

Quizás nadie definió mejor que el novelista Juan Antonio Zunzunegui lo que tuvo que pasar Laforet: «Hay una serie de macacos literarios empeñados en cerrar a esta muchacha el camino. Eso pasa siempre que surge una cosa auténtica». Creo, con Zunzunegui, que lo auténtico suele ser aquello que escapa de la manada de monos imperante.

El experimento de Doris Lessing

Doris Lessing se encargó de demostrar la importancia de estar dentro de la manada con un experimento a principios de los años 80. Lessing firmó una de sus novelas con el pseudónimo Jane Somers y se aseguró de que nadie pudiera relacionarla con ese nombre. Luego se la dio a su agente para que la enviase a las editoriales que la publicaban regularmente, con la orden de que ocultase su autoría. La principal editorial de Lessing en el Reino Unido, Jonathan Cape, le pasó el manuscrito a un joven lector; este les dijo que no valía la pena preocuparse por aquella Jane Somers, por lo que devolvieron la novela al agente.

El sello británico Michael Joseph fue el que al final publicó a Jane Somers. Era la misma editorial que había apostado por Lessing por primera vez, así pues, se dio la extraña circunstancia de que editaron dos debuts de la premio Nobel. La novela de Somers pasó desapercibida y vendió mucho menos que cualquier otra obra de Lessing porque los medios apenas la reseñaron. Ella no se rindió y publicó un segundo libro de Jane Somers que funcionó igual o peor que el primero. A Lessing no le preocupaba el fracaso comercial, sus intenciones eran bien distintas.

Una de las primeras era sacar a la luz lo difícil que lo tienen los nuevos autores. «En el terrible proceso de la publicación no hay nada tan exitoso como el éxito», dijo Lessing. Se suele decir que para hacer dinero primero hay que tener dinero. Del mismo modo, podemos afirmar que para vender libros primero hay que haber vendido.

Considero, por eso, que en el espinoso ecosistema editorial el talento es un aspecto importante, pero no fundamental. ¿O acaso pensáis que Doris Lessing tenía mucho más talento que Doris Lessing? Habrá quien argumente, no sin razón, que los libros de Jane Somers no son los mejores de Lessing. En efecto, no lo son. Pero como exclamó la sudafricana: «Si hubiesen salido con mi nombre, se habrían multiplicado sus ventas y los críticos habrían dicho: ¡Oh, Doris Lessing, qué maravilla!».

Es decir, se habrían vendido y elogiado nominal y rutinariamente. Serían un conjunto de páginas cualesquiera pegadas a un nombre en la cubierta. Volvemos a Saramago y esta sociedad en la que los nombres y los números de la tarjeta de crédito lo son todo. ¿O de dónde creéis que sale la irritante costumbre de las fajas, a modo de listín telefónico, llenas de elogios vacuos e interesados?

Más o menos por esa época, el filósofo francés Michel Foucault concedió una entrevista a *Le Monde* con la condición de que se ocultase su identidad. El entrevistado sería *el filósofo enmascarado* y no se desvelaría quién estaba detrás de las respuestas hasta después de su muerte. En la entrevista Foucault propone un juego llamado *el año sin nombre*. Publiquemos, dice, durante todo un año, los libros sin decir quién es el autor. El filósofo disfrutaba imaginando el desconcierto de los críticos al no poder aplicar el guion aprendido: este es bueno, este es malo; este es intelectual, este no; este es de los nuestros, a este no lo conocemos. Pero espera un momento, dice Foucault, probablemente los críticos no tuvieran nada que decir porque todos los autores esperarían al año siguiente para publicar sus libros.

Los miembros de la manada de macacos, sin duda, esperarían. Volviendo a la frase de Bryce Echenique de que uno escribe para que lo quieran más, ¿quién se arriesgaría a comprobar que en realidad no te quieren tanto como creías? O, casi peor, que te quieren por motivos diferentes y más espurios de lo que desearías.

La vida sin mi padre

Si en efecto la genética motivó la fibrosis de mi padre, y la enfermedad, progresiva e implacable, propició tantos encuentros y despedidas, entonces debo concluir que ha sido también el azar el que me ha llevado a escribir este libro. Nunca lo habría hecho de no haber sentido con tal hondura que las historias estaban ahí para ayudarme cuando las palabras flaquearon.

He dedicado dos años, en cuerpo y alma, a escribir estas páginas. En la fase decisiva me encerré durante semanas en A Guarda, el pequeño pueblo en la desembocadura del Miño del que ya he hablado, para destinar al libro todas las horas del día. Durante las primeras jornadas en el pueblo sentía que no avanzaba, que nada funcionaba, que no sería capaz de terminarlo. Entonces empecé a dar largos paseos como Tolstói, solo que en vez de la estepa rusa, lo hacía junto al mar, y, en lugar de estar desnudo, llevaba una bufanda anudada al cuello y la ropa de mayor abrigo que había metido en la maleta.

En uno de esos paseos al lado del océano empezó a lloviznar. Recuerdo que las olas rompían con fuerza contra el dique como si huyesen de alguien y yo escuchaba música con auriculares como si quisiese huir de mí mismo. Una canción me devolvió entonces a mi padre y reventó mi última resistencia.

Sentí que algo me aporreaba el pecho y mi esternón hacía crac como la capa crujiente de la crema catalana al golpearla con una cucharilla. Debajo de esa capa yo no era más que líquido. Algo hizo crac en mí y lloré y lloré.

Agradezco a todas las personas que me vieron llorar por el paseo marítimo que no interrumpiesen mi llanto. Que no se acercasen a preguntarme si necesitaba algo, aunque me mirasen extrañadas. Agradezco que no perturbasen el duelo porque necesitaba quebrar esa capa. Romper a llorar: definición gráfica. Durante las semanas que mi padre estuvo muriéndose me censuré por no llorar, pensé si tendría algún tipo de fallo emocional, algún tipo de deficiencia en la empatía. Puede que lo tenga de todos modos, aunque haya llorado en diferido. Puede que no tenga solo las piernas cortas, puede que también sea paticorto de emociones y estas tarden en llegar al lugar que les corresponde. Sucede a veces que cierras un libro y no lo has entendido del todo y sientes que te ha dejado frío, pero con el paso de los días ese libro va creciendo en ti. Ese soy yo en la vida.

En A Guarda, en aquel paseo a la orilla del mar me descubrí caminando rápido por primera vez en mucho tiempo, esta vez no iba a dejar que nadie me adelantase. ¿Pero por qué caminaba tan rápido? ¿Pretendía cansarme? ¿Quería castigarme? Tardé en entenderlo, pero ahora creo que mi cerebro estaba dándole una orden a mis piernas para que caminasen rápido de la estación de tren al hospital. Mi cerebro les decía a mis piernas que deseaba aprovechar cada minuto que le quedaba a mi padre. Pero la orden llegaba dos años tarde. Aquellos minutos que perdí al demorarme voluntariamente ya nadie me los devolvería. Dos años después había conseguido romper el bloqueo que me aprisionaba. Crac. Crac. Mi cerebro decía: ¿Por qué quisiste irte de su casa aquella última noche? ¿Por qué fuiste tan cobarde? Y: ¿Qué fue lo último que os dijisteis? Piensa, piensa... Pero por mucho que me he estrujado la mente, no lo recuerdo. Ahora lo que me pregunto no es lo que le dije, sino lo que me gustaría haberle dicho.

En mi infancia a mi padre siempre le tocaba pasar las Navidades embarcado. Como estoy de cumpleaños el 6 de enero, ese día antes de levantarnos a abrir los regalos de Reyes, mi madre se acercaba a felicitarme junto a mi cama —aquel sofá-cama de la *sala de estar* en la que me habían depositado con las otras cosas sobrantes de sus vidas— y cada año traía consigo un telegrama recién llegado de mi padre. Supongo que ya no existen los telegramas. Quizás fui el último niño que los recibía. *felicidades hijo te quiero mucho disfruta del día ganas de verte pronto besos*. Mis años empezaron durante mucho tiempo con frases como esa pegadas en finas tiras blancas sobre un papel azul.

Me pregunto qué le escribiría ahora a mi padre si pudiese enviarle un último telegrama. No le escribiría *te quiero*, de eso estoy seguro. Como dijo Graham Greene en *El revés de la trama*: «No creo a nadie que diga amor, amor, amor. Siempre significa egoísmo, egoísmo, egoísmo». Quien te dice te quiero suele querer decir: mira si soy maravilloso que te quiero. O quizás te lo diga como quien te pide que le pases el bote de kétchup solo para tenerlo en su lado de la mesa. ¿Le diría que lo lamento? No, no creo. Una vez le confesé a mi hermano que me gustaría poder volver atrás y hacer las cosas de otra forma. Mi hermano me respondió: Si volvieras al mismo lugar y al mismo momento con los mismos conocimientos y el mismo carácter, harías exactamente lo mismo. Su argumento me resultó bastante convincente. Seguramente querría contarle una historia a mi padre, pero no creo que pudiera, un telegrama es algo demasiado corto.

¿Qué le diría a mi padre? Quizás algo como
qué estás leyendo ahora hay algún libro bueno por ahí.

Epílogo

La cámara super-8 de Annie Ernaux

Annie Ernaux realizó un documental con las imágenes que había grabado con una cámara super-8 cuando aún estaba casada con su marido y sus hijos eran pequeños. En las cintas se ven sus vacaciones, a familiares que ya han muerto, a los niños crecer. Con el tiempo, los viajes por España y Portugal que graba en la super-8 son cada vez más tristes y fríos, porque el matrimonio se está deshaciendo.

Desde que vi el documental, no he parado de darle vueltas a algo que Annie Ernaux comenta hacia el final. Cuando por fin ella y su marido se separaron, él se llevó la cámara y le dejó las cintas a ella. Me parece un gesto de enorme crueldad. Me parece un gesto que dice: yo seré quien grabe nuevas cintas, seré quien viva, a ti solo te quedará el recuerdo de lo ya vivido. Por supuesto, Annie Ernaux no se ancló en absoluto en el pasado, construyó una vida nueva que la llevó hasta el premio Nobel. Pero el mensaje de su marido me pareció de una violencia sibilina: él sabía que si al cuentahistorias le quitas la capacidad de crear historias, lo estás condenando a una muerte lenta y desdichada.

Mi mejor amiga, la primera persona que se marchó de mi vida —antes que mi padre y de un modo muy distinto al marido de Ernaux; falleció de cáncer con 31 años—, me dejó una orquídea de flores blancas y multitud de recuerdos. Ella había comprado la orquídea para el despacho en que trabajábamos, y cuando ambos abandonamos aquel lugar, la planta vivió varios años en mi casa, mientras mi amiga estuvo enferma, y luego las dos murieron. La orquídea resultó esencial para la escritura de mi primera novela y se convirtió en un personaje importante en la resolución de la trama. Mi amiga no solo me dejó las cintas, también me dejó la cámara súper-8, en forma de flor, para escribir nuevas historias.

La casualidad quiso que tras la muerte de mi padre hubiese en el tanatorio una orquídea de flores blancas muy parecida a la primera. Al recoger nuestras pertenencias para irnos, ese instante que es lo más parecido a barrer del suelo los restos de tus ilusiones, nos dijeron que la familia podía quedarse con la planta. Me la llevé yo y ahí la tengo, dos años y medio lleva floreciendo sin parar, cada día más hermosa. Creo estúpidamente que mi padre vivirá mientras viva la planta, y he llegado a pensar que las orquídeas blancas son las flores del duelo. Un particular duelo que genera historias y libros.

Desde que me quebré en el paseo marítimo de A Guarda como se rompe la capa crujiente de caramelo de la crema catalana, he escuchado una y otra vez la canción *Father and son*, un viejo tema de Cat Stevens. En él un padre le da consejos a su hijo. Tómate tu tiempo, le dice, y piensa en todo lo que tienes, porque tú estarás aquí mañana, pero puede que tus sueños no.

Ya es mañana. Yo sigo aquí. No diré que mis sueños ya no están, simplemente han cambiado. Soñaba con ser un *macaco* intelectual, con tener como Amis medio millón de libras para arreglarme la dentadura. Hoy eso me da igual. Ver morir a mi padre me ha hecho tener demasiado presente que un día yo estaré en su lugar; el tiempo pasa cada vez más deprisa, y mis pulmones u otro órgano dejarán de funcionar en algún momento.

Cuando llegue ese día solo quiero ser para alguien lo que esas orquídeas han sido para mí. El día que me vaya, quiero dejarles las cintas a quienes me quieren, pero, sobre todo, quiero dejarles la cámara.

Una huelga en la maternidad

En la escena de *La gata sobre el tejado de zinc* que mencioné en el primer capítulo, Brick le pregunta a su padre por qué compró tantos cacharros, tantas obras de arte y objetos caros que cogen polvo en un sótano. El padre le responde: El ser humano es una bestia condenada a morir, la razón de que compre todo lo que puede es la absurda esperanza de que algo de lo que compre dure eternamente. Puede que eso sea lo que hacen los escritores al publicar sus libros, imaginar que son capaces de crear algo que dure para siempre. O por los menos algo que dure más que sus fugaces vidas.

A veces pienso también que los autores creen en una suerte de alquimia que les permite escribir su futuro en sus propias novelas. Ya lo dijo Oscar Wilde: no es el arte el que imita a la vida, sino la vida la que imita al arte. Quizás por eso apareció aquella orquídea en el tanatorio de mi padre. Porque yo ya lo había escrito antes.

Cuando salí de allí, con la orquídea bajo el brazo, me acordé de un textito de Boris Vian en el que predijo cierto detalle de su futuro. Dice así: «Nací por azar el 10 de marzo de 1920 a las puertas de la maternidad, que estaba cerrada por culpa de una huelga. Mi madre se había quedado embarazada de la poesía de Paul Claudel —desde entonces no soporto a ese autor— y como estaba por su decimotercer mes de embarazo no podía esperar a regularizar la situación. Un piadoso sacerdote que pasaba por allí me recogió; e inmediatamente me volvió a depositar en el suelo. Era ciertamente un niño feo. Por suerte una loba hambrienta me acogió y me dio de beber. Sigo siendo feo, pero desde entonces tengo un pelo grueso aunque poco homogéneo. En realidad mi cabeza parece la cabeza de la victoria de Samotracia».

El párrafo nos acerca al enorme talento de Vian para la inventiva y el disparate, pero os preguntaréis, con razón, qué tendrá esto que ver con predecir el futuro. ¿Cómo iba a estar el adulto Vian prediciendo su nacimiento? ¿Acaso es cierto que lo amamantó una loba? Si Vian vaticinó algo con estas líneas no fue el dislate de su nacimiento, sino el absurdo de su final.

Esa historia comienza con un editor francés en busca de una novela americana para lanzar un nuevo sello llamado Scorpion. El editor se encuentra con Boris Vian y su mujer a la salida de un cine parisino y los invita a tomar un café. Te pagaría bien si me encontrases una buena novela americana para traducir, le dice a Boris, pero a él se le ocurre algo distinto: Tengo otra idea, responde, yo escribiré una novela americana para ti.

Tarda quince días en terminarla, la titula *Escupiré sobre vuestra tumba* y la firma como Vernon Sullivan. Se inventa a un escritor negro y una cláusula según la cual su nombre real nunca podría ser revelado. La novela es un éxito y se rueda su adaptación cinematográfica. Pero Vian está en contra de la película y se cuela de incógnito en el preestreno. Enfermo del corazón desde niño, ha predicho que no vivirá más allá de los cuarenta años. A los diez minutos de empezar la película, Vian, muy irritado, protesta en voz alta porque los actores franceses no parezcan verdaderos americanos. Cuentan que sus últimas palabras son: ¿Y dicen que esos parecen americanos? ¡Y una mierda! En ese momento le da un infarto. Tiene 39 años y tres meses.

Pero lo más extraordinario es lo que sucedió después: no hubo huelga en la maternidad cuando Vian nació, como decía él en su perfil autobiográfico, pero sí en el cementerio el día que lo llevaron a enterrar; fueron sus amigos quienes tuvieron que meter el féretro en el agujero excavado en la tierra. Y yo me pregunto, ¿cuántas opciones hay de que alguien escriba que nació un día de huelga en la maternidad y acabe muriendo un día de huelga de enterradores? ¿Es cierto entonces que algo de lo que escribas puede acabar por cumplirse?

Todo lo que soy

Si es verdad que uno puede influir en su futuro con lo que escribe, si uno puede empujar al azar y al destino, dejo aquí mi deseo. Porque una cosa que descubrí hace dos años y medio es cómo me gustaría morir.

Uno de los pocos entretenimientos de mi padre, sentado en el sillón negro de Scheherezade, consistía en pedirles a mis hermanos que fuesen a su armario y le acercasen sus trajes para que pudiera revisar el corte, las mangas, la botonadura. Él, que solo se sentía cómodo en traje, esperaba la muerte en pijama.

Mi padre estaba en pijama una mañana en la que sintió que algo no marchaba bien. Él tenía la costumbre de empezar los libros por la última página, era un experto en finales, así que lo supo, no tuvo la menor duda, aquella era su última página. Era, de hecho, su última línea. Gastó las pocas fuerzas que le quedaban en llamar a mi madre; no había nadie más en casa: Me muero, le dijo, abrázame, abrázame. Mi madre lo abrazó y él murió entre sus brazos.

Tal vez como historia no sea la mejor. Pero ahora sé que así me gustaría morir a mí.

Mientras pensaba en cómo cerrar este libro, un fragmento de *Austerlitz*, de W. G. Sebald, sobrevolaba mi cabeza. En él, el protagonista se pregunta si es posible que, así como tenemos citas en el futuro, las tengamos también en el pasado; si es posible que debamos visitar lugares y a personas ya desaparecidas que, más allá del tiempo, están conectadas con nosotros. Creo que eso es lo que hace la literatura, nos vincula milagrosamente con personas que escribieron sus historias en otro momento y otro lugar. En ocasiones especiales, los lectores, como escribió Toni Morrison, somos capaces de sobrepasar la letra escrita y leer la tinta invisible que el autor ha dejado en la página. Esos momentos, las citas en el pasado, la tinta invisible descifrada, son, estoy seguro, *la belleza.*

Nunca podré agradecerle lo suficiente a mi padre que me introdujera en esa belleza, en el mundo de las historias, en el lugar que me ha hecho más feliz. Eso, ahora lo sé, es lo que me gustaría haberle dicho cuando aún tenía la oportunidad. Eso le habría escrito si hubiera podido enviarle un último telegrama. He necesitado escribir un libro entero para darme cuenta y él ni siquiera podrá leerlo, porque hace dos años y medio murió en brazos de mi madre. Tuve que esperar a su ausencia para descubrir que lo que me había dejado no eran *cosas*, como a Brick en *La gata sobre el tejado de zinc.* El único material que heredé de él fueron unos zapatos que me quedan grandes y un abrigo con un clínex usado en el bolsillo. Aparte de eso, solo me dejó todo lo que soy.

Bibliografía

Cormac McCarthy dijo aquello de que los libros están hechos de otros libros, y eso, que es verdad en cualquier ocasión, no puede ser más acertado para definir estas páginas. Este libro bebe de las investigaciones y el talento de muchos autores, que han puesto los andamios sobre los que he construido este *Tinta invisible*. Vaya para todos ellos el agradecimiento de este humilde cuentacuentos.

Libros

AIRA, CÉSAR, *El mago*, Penguin Random House, Barcelona, 2002.
—, *Evasión y otros ensayos*, Penguin Random House, Barcelona, 2017.
ALEXANDER, PAUL, *Salinger, a biography*, Picador, Londres, 2013.
AMIS, MARTIN, *Experiencia*, traducción de Jesús Zulaika, Anagrama, Barcelona, 2006.
ARISTÓTELES, *Retórica*, Alianza editorial, Madrid, 2014.
ARMOUR, RICHARD A., *Gods and myths of Ancient Egypt*, American University in Cairo Press, El Cairo, 1986.
ASIMOV, ISAAC, *Yo, Asimov: memorias*, traducción de Teresa de León, Arpa, Barcelona, 2023.
AUSTER, PAUL, *Diario de invierno*, traducción de Benito Gómez Ibáñez, Anagrama, Barcelona, 2013.

BALINT, BENJAMIN, *Kafka's last trial: the strange case of a literary legacy*, W. W. Norton and Company, Nueva York, 2018.

BARNES, JULIAN, *El loro de Flaubert*, traducción de Antonio Mauri, Anagrama, Barcelona, 1994.

BEACH, SYLVIA, *Shakeaspeare and Company*, Harcourt, Brace and Company, Nueva York, 1959.

BELLOS, DAVID, *Georges Perec*, Harvill Press Editions, Londres, 1993.

BERLIN, ISAIAH, *Personal impressions*, Princeton University Press, Nueva Jersey, 2001.

BERNOFSKY, SUSAN, *Clairvoyant of the small, the life of Robert Walser*, Yale University Press, New Haven, 2021.

BIGELOW PAINE, ALBERT, *Mark Twain a biography: The personal and literary life of Samuel Langhorne Clemens*, Harper & Brothers, New York, 1912.

BIRKERTS, SVEN, *The Gutenberg elegies*, Faber and Faber, Nueva York, 1984.

BLAISDELL, BOB, *Creating Anna*, Pegasus Books, Nueva York, 2020.

—, *Chekhov becomes Chekhov*, Pegasus Books, Nueva York, 2022.

BLOOM, HAROLD, *Shakespeare: la invención de lo humano*, traducción de Tomás Segovia, Anagrama, Barcelona, 2002.

BLUME, LESLEY M. M., *Everybody behaves badly; the true story behind Hemingway's masterpiece The sun also rises*, Houghton Mifflin Hartcourt, Boston, 2016.

BOGGIO, PHILIPPE, *Boris Vian*, Flammarion, París, 1993.

BOLAÑO, ROBERTO, *El tercer Reich*, Anagrama, Barcelona, 2010.

BOOTH, MARTIN, *The doctor, the detective and Arthur Conan Doyle*, Hodder & Stoughton, Londres, 1997.

BOWERS, JOHN, *The colony*, Dutton, Nueva York, 1971.

BOYD, BRIAN, *Vladimir Nabokov, the american years*, Princeton University Press, Nueva Jesey, 1993.

BROWN, CAROLYN J., *A daring life, a biography of Eudora Welty*, University Press of Mississippi, Jackson, 2012.

Bruccoli, Matthew J., *Some sort of epic grandeur, the life of F. Scott Fitzgerald*, University of South Carolina Press, Columbia, 1981.

Bukowski, Charles, *Mujeres*, traducción de Jorge Berlanga, Anagrama, Barcelona, 1994.

Caballé, Anna; Rolón-Barada, Israel, *Carmen Laforet, una mujer en fuga*, RBA, Barcelona, 2019.

Calvino, Italo, *Por qué leer a los clásicos*, traducción de Aurora Bernárdez, Tusquets, Barcelona, 1992.

Canetti, Elias, *Notes from Hampstead, the writers notes, 1954-1971*, Farrar, Straus and Giroux, Nueva York, 1998.

Carr, Nicholas, *Superficiales: ¿qué está haciendo internet con nuestras mentes?*, traducción de Pedro Cifuentes, Taurus, Madrid, 2011.

Carrère, Emmanuel, *Yo estoy vivo y vosotros estáis muertos*, traducción de Marcelo Tombetta, Anagrama, Barcelona, 2018.

Ceccatty, René de, *Elsa Morante, una vita per la letteratura*, Neri Pozza Editore, Vicenza, 2020.

Cheever, John, *The journals of John Cheever*, Alfred Knopf, Nueva York, 1991.

Chéjov, Antón P., *Cuentos imprescindibles*, edición de Richard Ford, traducción de Augusto Vidal, Ricardo San Vicente, José Laín Entralgo y Luis Abollado, Penguin Clásicos, Barcelona, 2016.

—, *Sin trama y sin final: 99 consejos para escritores*, edición de Piero Brunello, traducción de Víctor Gallego Ballestero, Alba Editorial, Barcelona, 2005.

Chikiar Bauer, Irene, *Virginia Woolf, La vida por escrito*, Taurus, Buenos Aires, 2012.

Coetzee, J. M., *Late essays, 2006-2017*, Harvill Secker, Londres, 2017.

Collins, Paul, *Edgar Allan Poe, the fever called living*, New Harvest, Boston, 2014.

Cooke, Natalie, *Margaret Atwood, a biography*, ECW Press, Toronto, 1998.

Cummins, Elizabeth, *Understanding Ursula K. Le Guin*, University of South Carolina Press, Columbia, 1993.

DAHL, ROALD, *Cuentos completos*, traducción de Jordi Beltrán y Flora Casas, Alfaguara, Barcelona, 2013.

DELBANCO, ANDREW, *Melville, his world and work*, Vintage Books, Nueva York, 2006.

DIDION, JOAN, *Let me tell you what I mean*, Alfred A. Knopf, Nueva York, 2021.

DIX, STEFFEN; PIZARRO, JERÓNIMO (coordinadores), *A arca de Pessoa, novos ensaios*, Imprensa de Ciências Sociais, Lisboa, 2007.

DOMÍNGUEZ, CARLOS MARÍA; GILIO, MARÍA ESTHER, *Construcción de la noche, la vida de Onetti*, Cal y Canto, Montevideo, 2009.

DU MAURIER, DAPHNE, *Rebeca*, traducción de Fernando Calleja, Galaxia Gutenberg, Barcelona, 2020.

EPSTEIN, JASON; *Book business: publishing past, present and future*, W. W. Norton & Co, Nueva York, 2001.

FANTE, DAN, *Fante: a family's legacy of writing, drinking and surviving*, Harper Collins, Nueva York, 2011.

FANTE, JOHN, *Pregúntale al polvo*, traducción de Antonio-Prometeo Moya, Anagrama, Barcelona, 2001.

FINN, PETER; COUVÉE, PETRA, *El expediente Zhivago*, traducción de Valentina Reyes, Bóveda, Sevilla, 2016.

FLAUBERT, GUSTAV, *The letters of Gustav Flaubert*, Harvard University Press, Cambridge, Mass., 1980.

FLEMING, IAN, *Casino Royale*, traducción de Isabel Llasat, RBA, Barcelona, 1999.

FORD, ANDREW L., *Homer, the poetry of the past*, Cornell University Press, Ithaca, 1992.

FOLLI, ANNA, *MoranteMoravia, una storia d'amore*, Neri Pozza Editore, Vicenza, 2018

FRANK, JOSEPH, *Dostoevski*, Princeton University Press, Nueva Jersey, 2010.

FRANKLIN, RUTH, *Shirley Jackson, a rather haunted life*, W.W. Norton Company, Londres, 2016.

GRAZIOSI, BARBARA, *Homer*, Oxford University Press, Oxford, 2016.

GREENBLATT, STEPHEN, *Will in the world: How Shakespeare became Shakespeare*, W. W. Norton Company, Nueva York, 2004.

GREENE, GRAHAM, *El revés de la trama*, traducción de Jaime Zulaika, Libros del Asteroide, Barcelona, 2020.

GROSSMAN, LEONID PETROVICH, *Dostoevski: a biography*, Bobbs-Merril Co., Indianapolis, 1975.

HAYMAN, RONALD K., *A biography of Kafka*, Phoenix Press, Londres, 2005.

HEMINGWAY, ERNEST, *Por quién doblan las campanas*, traducción de Miguel Temprano García, Lumen, Barcelona, 2011.

HOUELLEBECQ, MICHEL, *H. P. Lovecraft: contra el mundo, contra la vida*, traducción de Encarna Castejón, Anagrama, Barcelona, 2021.

HRABAL, BOHUMIL, *Trenes rigurosamente vigilados*, traducción de Fernando de Valenzuela Villaverde, El Aleph, Barcelona, 2006.

HUGILL, ANDREW, *Pataphysics, a useless guide*, The MIT Press, Cambridge, Massachusetts, 2012.

HUIZINGA, JOHAN, *Homo ludens*, traducción de Eugenio Imaz Echeverría, Alianza editorial, Madrid, 2012.

JACKSON, VIRGINIA, *Dickinson's Misery, a theory of lyric reading*, Princeton University Press, Nueva Jersey, 2013.

KERNAN, ALVIN, *The death of literature*, Yale University Press, New Haven, 1990.

KING, STEPHEN, *Mientras escribo*, traducción de Jofre Homedes Beutnagel, Penguin Random House, Barcelona, 2001.

KLIMA, IVAN, *Karel Čapek, life and work*, Catbird Press, North Haven, Connecticut, 2002.

KNAUSGÅRD, KARL OVE, *Inadvertent (Why I write)*, Yale University Press, New Haven, 2019.

KRISTOF, AGOTA, *La analfabeta*, traducción de Juli Peradejordi, Obelisco, Barcelona, 2006.

KROEBER, THEODORA, *Ishi in two worlds, a biography of the last wild indian in North America*, University of California Press, Berkeley, 1961.

KRYSTAL, ARTHUR, *Except when I write, reflections of a recovering critic*, Oxford University Press, Nueva York, 2011.

KUNDERA, MILAN, *El arte de la novela*, traducción de Fernando Valenzuela y María Victoria Villaverde, Tusquets, Barcelona, 2006.

KUSSI, PETER (ed.), *Toward the radical center: a Karel Čapek reader*, Catbird Press, North Haven, Connecticut, 1990.

LAFORET, CARMEN; SENDER, RAMÓN J., *Puedo contar contigo. Correspondencia*, Destino, Barcelona, 2019.

LAGO, EDUARDO, *Walt Whitman ya no vive aquí: ensayos sobre literatura norteamericana*, Sexto Piso, México, 2018.

LAING, OLIVIA, *El viaje a Echo Spring: por qué beben los escritores*, traducción de Núria de la Rosa, Ático de los libros, Barcelona, 2020.

LANDESON, ELISABETH, *Dirt for art's sake: books on trial from Madame Bovary to Lolita*, Cornell University Press, Ithaca, 2007.

LE GUIN, URSULA K., *Contar es escuchar*, traducción de Martin Schifino, Círculo de Tiza, Madrid, 2018.

LEMEBEL, PEDRO, *Loco afán: crónicas de sidario*, Anagrama, Barcelona, 2006.

LENNON, MICHAEL J., *Norman Mailer, a double life*, Simon and Schuster, Nueva York, 2013.

LESSING, DORIS, *The Diaries of Jane Somers*, Michael Joseph, Londres, 1984.

LEVINE, SUZANNE JILL, *Manuel Puig and the Spider Woman, his life and fiction*, Farrar, Straus and Giroux, Nueva York, 2000.

LEWIS, C. S., *Una pena en observación*, traducción de Carmen Martín Gaite, Anagrama, Barcelona, 1993.

LIPSKY, DAVID, *Aunque por supuesto terminas siendo tú mismo: un viaje con David Foster Wallace*, traducción de José Luis Amores, Pálido fuego, Málaga, 2013.

LOPEZ, DONALD S., *Prisoners of Shangri-La: Tibetan Buddhism and the West*, University of Chicago Press, Chicago, 1998.

LUNDIN, ROGER, *Emily Dickinson and the art of belief*, Grand Rapids, Michigan, 2004.

Lupton, Mary Jane, *Maya Angelou: A critical companion*, Greenwood Press, Westport, Conn., 1998.

Lycett, Andrew, *Conan Doyle, the man who created Sherlock Holmes*, Phoenix, Londres, 2007.

—, *Ian Fleming, the man behind James Bond*, Turner Publishing, Atlanta, 1995.

Mann, Thomas, *La montaña mágica*, traducción de Isabel García Adánez, Penguin Random House, Barcelona, 2020.

Malcolm, Janet, *Dos vidas, Gertrude y Alice*, traducción de Catalina Martínez Muñoz, Lumen, Barcelona, 2011.

Mankell, Henning, *Arenas movedizas*, traducción de Carmen Montes Cano, Tusquets, Barcelona, 2013.

Mansel, Philip, *Paris between empires, 1814-1852*, J. Murray, London, 2001.

Max, D. T., *Todas las historias de amor son historias de fantasmas*, traducción de María Serrano Giménez, Debate, Barcelona, 2013.

McCarthy, Cormac, *La carretera*, traducción de Luis Morillo Fort, Random House, Barcelona, 2009.

Mellen, Joan, *Hellman and Hammett: the legendary passion of Lillian Hellman and Dashiel Hammett*, Harper Perennial, Nueva York, 1997.

Milford, Nancy, *Savage beauty: the life of Edna St. Vincent Millay*, Random House, Nueva York, 2001.

Morrison, Toni, *Mouth full of blood: essays, speeches, meditations*, Vintage, Londres, 2020.

Moser, Benjamin, *Sontag: vida y obra*, traducción de Rita da Costa, Anagrama, Barcelona, 2020.

Murakami, Haruki, *De qué hablo cuando hablo de correr*, traducción de Francisco Barberán Pelegrín, Tusquets, Barcelona, 2010.

—, *De qué hablo cuando hablo de escribir*, traducción de Fernando Cordobés y Yoko Ogihara, Tusquets, Barcelona, 2017.

Nothomb, Amélie, *Metafísica de los tubos*, traducción de Sergi Beltrán, Anagrama, Barcelona, 2013.

—, *Primera sangre*, traducción de Sergi Pàmies, Anagrama, Barcelona, 2023.

ONETTI, JUAN CARLOS, *Confesiones de un lector*, Alfaguara, Madrid, 1995.

ORWELL, GEORGE, *Why I write*, Penguin Books, Nueva York, 2005.

OZ, AMOS, *¿De qué está hecha una manzana?*, traducción de Raquel García Lozano, Siruela, Madrid, 2019.

—, *Mi querido Mijael*, traducción de Raquel García Lozano, Siruela, Madrid, 2015.

PAWEL, ERNST, *The nightmare of reason: a life of Franz Kafka*, Farrar, Straus & Giroux, Nueva York, 1992.

PESSOA, FERNANDO, *El libro del desasosiego*, traducción de Manuel Moya, Alianza editorial, Madrid, 2016.

PIZARNIK, ALEJANDRA, *Diarios: nueva edición de Ana Becciu*, Lumen, Barcelona, 2013.

POE, EDGAR ALLAN, *The complete letters of Edgar Allan Poe*, Delphi Classics, Hastings, 2017.

POIRIER, AGNÈS, *Left bank: Art, passion, and the rebirth of Paris, 1940-50*, Bloomsbury Publishing, Londres, 2018.

POND, MAJOR J. B., *Eccentrities of genius*, Chatto & Windus, Londres, 1901.

PRATER, DONALD, *Thomas Mann, a life*, Oxford University Press, Oxford, 1995.

PRIDEAUX, SUE, *I am dynamite, a life of Friedrich Nietzsche*, Faber & Faber, Londres, 2018.

REICH-RANIKI, MARCEL, *Thoman Mann and his family*, Collins, Londres, 1989.

RESCHER, NICHOLAS, *Luck: the brilliant randomness of everyday life*, Farrar, Straus & Giroux, Nueva York, 1995.

ROBB, GRAHAM, *Victor Hugo*, Picador, Londres, 1998.

ROFFÉ, REINA, *Juan Rulfo, biografía no autorizada*, Fórcola, Madrid, 2012.

ROLLYSON, CARL, *Lillian Hellman, Her life and legend*, St. Martin's Press, Nueva York, 1988.

RUSSELL, BERTRAND, *La conquista de la felicidad*, traducción de Julio Huici Miranda, Austral, Barcelona, 2021.

RUSHDIE, SALMAN, *Hijos de la medianoche*, traducción de Miguel Sáenz, Random House, Barcelona, 2011.

—, *Joseph Anton*, traducción de Carlos Milla Soler, Random House Mondadori, Barcelona, 2012.

—, *Los versos satánicos*, traducción de José Antonio Miranda Vidal, Random House, Barcelona, 2003.

SCHIFF, STACY, *Véra, Mrs. Vladimir Nabokov, Modern Library*, Nueva York, 1999.

SEBALD, W. G., *Austerlitz*, traducción de Miguel Sáenz, Anagrama, Barcelona, 2002.

—, *A place in the country*, Penguin, Londres, 2003.

SEYMOUR, MIRANDA, *Mary Shelley*, John Murray, Londres, 2000.

SHIELDS, CHARLES J., *And so it goes: Kurt Vonnegut, a life*, Henry Holt and Co., Nueva York, 2011.

—, *I am Scout, the biography of Harper Lee*, Macmillan, Nueva York, 2008.

—, *The man who wrote the perfect novel, John Williams, Stoner, and the writing life*, University of Texas Press, Austin, 2018.

SIMMONS, ERNEST J., *Dostoevski, the making of a novelist*, Oxford University Press, Nueva York, 1940.

SISMAN, ADAM, *John Le Carré: the biography*, HarperCollins, Londres, 2015.

SKLENICKA, CAROL, *Raymond Carver, a writer's life*, Scribner, Nueva York, 2009.

SLETTEN KOLLOEN, INGAR, *Knut Hamsun, soñador y conquistador*, traducción de Anne-Lise Cloetta e Inés Armesto, Nórdica Libros, Madrid, 2020.

SMITH, ANGELA, *Katherine Mansfield and Virginia Woolf: a public of two*, Clarendon Press, Oxford, 1999.

SOUHAMI, DIANA, *The trials of Radclyffe Hall*, Weidenfeld & Nicholson, Londres, 1998.

SOUNES, HOWARD, *Charles Bukowski: locked in the arms of a crazy life*, Canongate, Edimburgo, 2010.

SPARK, MURIEL, *Mary Shelley*, Sphere Books, Londres, 1989.

SPRAGUE DE CAMP, L., *H. P. Lovecraft, a biography*, Barnes & Noble, Nueva York, 1996.

ST. CLAIR, WILLIAM, *Trelawny, the incurable romancer*, The Vanguard Press, Nueva York, 1977.

STEIN, GERTRUDE, *Ser norteamericanos*, traducción de Mariano Antolín Rato, Bruguera, Barcelona, 1984.

STOKES, HENRY SCOTT, *The life and death of Yukio Mishima*, Cooper Square Press, Nueva York, 2000.

STRAUSBAUGH, JOHN, *The Village, 400 years of beats and bohemians, radicals and rogues. A history of Greenwich Village*, HarperCollins, Londres, 2013.

THOREAU, HENRY DAVID, *Walden*, traducción de Marcos Nava, Errata Naturae, Madrid, 2013.

—, *The portable Thoreau*, Penguin Books, Londres, 2012.

TOMALIN, CLAIRE, *Katherine Mansfield: a secret life*, Penguin Books, Londres, 1998.

—, *The invisible woman*, Penguin Books, Londres, 1991.

TREGLAWN, JEREMY, *Roald Dahl, a biography*, Open Road Integrated Media, Nueva York, 2016.

TRELAWNY, EDWARD J., *Records of Shelley, Byron and the author*, Penguin Classics, London, 2013.

TROYAT, HENRI, *Tolstoy*, Doubleday, Garden City, Nueva York, 1967.

TWAIN, MARK. *The stolen white elephant, etc.*, James R. Osgood and Co., Boston, 1882.

UNAMUNO, MIGUEL DE, *Niebla*, Cátedra, Madrid, 2007.

VÁZQUEZ, MARÍA ESTHER, *Borges: esplendor y derrota*, Tusquets, Barcelona, 1996.

VV. AA., *Psychological novelists*, Salem Press, Ipswich, Mass., 2012.

VV. AA., *The Paris Review, entrevistas (1953-1983)*, traducción de M. Belmonte, J. Calvo, G. Fernández Gómez y F. López Martín, Acantilado, Barcelona, 2020.

WAGNER-MARTIN, LINDA, *Gertrude Stein and her family*, Rutgers University Press, New Brunswick, Nueva Jersey, 1995.

WARD, NATHAN, *Becoming Dashiell Hammett*, Bloomsbury, Nueva York, 2015.

WHITE, EVELYN C., *Alice Walker: a life*, W. W. Norton & Co, Nueva York, 2004.

WOOD, JAMES, *Lo más parecido a la vida*, traducción de Mariano Peyrou, Taurus, Barcelona, 2016.

ZENITH, RICHARD, *Pessoa: an experimental life*, Penguin Books, Londres, 2022.

ZGUSTOVÁ, MONIKA, *Los frutos amargos del jardín de las delicias*, Destino, Barcelona, 1997.

ZWEIG, STEFAN, *Balzac, la novela de una vida*, Greenbooks editores, edición digital (no figura traductor), 2016.

Artículos

ABEND, LISA, «I don't want them to think they know me: Linda Boström Knausgård asserts herself with welcome to America», publicado en *Vanity Fair* el 4 de septiembre de 2019.

ARMITAGE, SIMON, «Rough Crossing», publicado en *The New Yorker* el 16 de diciembre de 2007.

AVNSKOG, SVERRE, «Friedrich Nietzsche and his typewriter: a Malling-Hansen Writing Ball» publicado en la web de la Malling-Hansen Society el 2 de febrero de 2008.

BRYCE, CONRAD, «Gertrude Stein in the american markertplace», publicado en *Journal of Modern Literature*, otoño de 1995.

CASTLE, TERRY, «Desperately seeking Susan», publicado en *London Review of Books* el 17 de marzo de 2005.

CHIASSON, DAN, «Emily Dickinson's singular scrap poetry», publicado en *The New Yorker* el 27 de noviembre de 2016.

CRUZ, JUAN, «La extraodinaria actitud de Juan Carlos Onetti. El placer de escribir es muy grande», publicado en *Quorum, revista del pensamiento iberoamericano*, 2004.

DOHERTY, MAGGIE, «How fame fed on Edna St. Vincent Millay», publicado en *The New Yorker* el 9 de mayo de 2022.

GORDON, LYNDALL, «A bomb in the bossom: Emily Dickinson's secret life», publicado en *The Guardian* el 13 de febrero de 2010.

GORNICK, VIVIAN, «The company they kept», publicado en *The New Yorker* el 17 de junio de 2013.

GRAEDON, ALENA, «Cesar Aira's infinite footnote to Borges», publicado en *The New Yorker* el 27 de enero de 2017.

KOVACEVIC, BOJANA, «Los juegos bélicos de Roberto Bolaño», publicado en *Revista de Filología Románica*, 2016.

KUNDEL, BENJAMIN, «Still small voice, the fiction of Robert Walser», publicado en *The New Yorker* el 30 de julio de 2007.

MCDOWELL, EDWIN, «Doris Lessing says she used pen name to show new writers' difficulties», publicado en *The New York Times* el 23 de septiembre de 1984.

MONTECCHIO, ESTEFANÍA, «Asimilación, caricatura, implosión, clichés y estereotipos según Boris Vian y Vernon Sullivan», tesis doctoral, Universidad Católica Argentina, 2008.

PHILLIPS, JULIE, «The fantastic Ursula K. Le Guin», publicado en *The New Yorker* el 10 de octubre de 2016.

VÁZQUEZ RECIO, NURIA, «Todos los juegos fueron jugados: Bolaño ludens», publicado en *Cuadernos del CILHA, estudios de la cultura literaria latinoamericana* en 2022.

VERANI, HUGO J., «Onetti in memoriam», publicado en *Diablotexto: Revista de Crítica Literaria* en 1995.

Documentales

Burns, Ken; Novick, Lynn, *Hemingway*, Florentine Films, WETA, 2021.

Ernaux, Annie, *Los años de super-8,* Les Films Pelleas, 2022.

Jones, Richard, *The irregulars: Why was Sherlock Homes killed off?*, Timeline, 2010.

Lidl, Sabine, *Paul Auster, what if?*, Medea Film Factory, 2021.

Louter, Jan, *A sad flower in the sand*, Viewpoint Productions, 2001.

Muggeridge, Malcolma, *Dostoevski*, Learning corporation of America, 1975.

Raymont, Peter; Lang, Nancy, *Margaret Atwood. Una palabra tras otra es poder*, White Pine Pictures, 2019.

Reposi Garibaldi, Joanna, *Lemebel*, Solita Producciones, 2019.

Rock, Marcia, *Greenwich Village Writers, The bohemian legacy*, Museum of the city of New York, 1992.

Ruffinelli, Jorge; Jaimes, Julio: *Espejo de Escritores: Juan Carlos Onetti*, Ediciones del Norte, 1984.

Smídmajer, Milos, *Milan Kundera: de la broma a la insignificancia*, Bio Illusion, 2021.